U0672598

笔泖景山

文山樵人◎著

中国言实出版社

图书在版编目（CIP）数据

笔上梁山 / 文山樵人著 .-- 北京：中国言实出版
社，2019.12
ISBN 978-7-5171-3322-3

Ⅰ.①笔… Ⅱ.①文… Ⅲ.①《水浒》研究 Ⅳ.
①I207.412

中国版本图书馆 CIP 数据核字（2020）第 010055 号

出 版 人　王昕朋
责任编辑　赵　歌
责任校对　张　朕

出版发行　中国言实出版社
　　　　　地　　址：北京市朝阳区北苑路 180 号加利大厦 5 号楼 105 室
　　　　　邮　编：100101
　　　　　编辑部：北京市海淀区北太平庄路甲 1 号
　　　　　邮　编：100088
　　　　　电　话：64924853（总编室）　64924716（发行部）
　　　　　网　址：www.zgyscbs.cn
　　　　　E-mail: zgyscbs@263.net
经　　销　新华书店
印　　刷　徐州绪权印刷有限公司
版　　次　2020 年 6 月第 1 版　2020 年 6 月第 1 次印刷
规　　格　850 毫米 ×1168 毫米　1/16　14.5 印张
字　　数　210 千字
定　　价　48.00 元　　ISBN 978-7-5171-3322-3

出版说明

四大名著是中国民众自幼耳熟能详的文学巨作。而其中《水浒传》和《西游记》由于内容接近群众喜好，也就是通俗说的可读性强，在网络时代到来之前，借以戏曲、评书的强大传播力，受到以此为主要娱乐形式的广大群众的喜爱与欢迎。

不仅是在中国，在国际上《水浒传》也是备受赞誉。

美国作家赛珍珠的诺贝尔奖获奖演说《中国小说》，以中国古代小说的发展史作为主要内容，其中用较大篇幅介绍了《水浒传》的创作、演变及流传过程。她评价《水浒传》是"中国生活伟大的社会文献"。

阿根廷作家博尔赫斯曾专门撰文对《水浒传》进行过点评。他认为《水浒传》的情节有"史诗般的广阔"，并认为其与西班牙 17 世纪的"流浪汉小说"有异曲同工之妙。

法国作家、2008 年诺贝尔文学奖得主勒·克莱齐奥，曾自称很早就读过《水浒传》。他认为《水浒传》"记录了那个遥远年代人的基本生存状态"。

而且《水浒传》是中国历史上第一部白话长篇小说，开创了白话章回体小说的先河。它作为一种新的文体，从此在文学领域内确立了应有的地位，开始逐步改变以诗律文为正宗的文坛面貌。也正是因着这新颖的文风，独得读者百年偏爱。虽然不如《三国演义》格局宏大，但较之《红楼梦》的隐晦深刻、不接地气，《西游记》的神怪仙佛、因果循环，《水浒传》更贴近生活，作者目光和笔触更多投向市井社会、日常琐事和寻常小人物，自有其独特的阅读魅力和文学感染力。诚然，借树《水浒传》开花的作品已经很多，古有《水浒后传》（陈忱）、《荡寇志》（俞万春）等后传续集，成果可谓比比皆是，不胜枚举。尤其是金圣叹评《水浒传》，可谓如同体育赛事的现场同步解说一般，实为《水浒传》品评之翘楚。

　　相比在前之众多珠玉，拙作仅仅是出于喜爱之余的浅显见解，必不能和前辈、专家们的真知灼见相提并论，不过是立足于地摊文学，能够在茶余饭后供读者一娱，心内即感颇足矣。

目 录

人物篇

杂谈篇

思考篇

目
录

人物篇

　　本书尝试以与以往不同的视角和大家重新感受一下《水浒传》中那些形形色色的黑白人物，以及许多露面极少的"群演"。

　　这些形形色色的人物，代表着大宋社会的不同群体、不同阶级、不同意识形态，并共同构成了一千多年前整个大宋王朝的社会景象。

第一部分 老少爷们儿

作为一部主要描写好汉的小说,《水浒传》里的角色无疑是以男性为主。男性角色虽然数量众多但特点不同,风采各异,读来极少有雷同之感。这里我将其中部分戏份较多,为读者所熟知,人气较高,且较具代表性的男性人物挑选出来分析品评一下。

宋 江——伪装大师

纵观《水浒传》全书,能在梁山几个重大转折时刻起到关键作用的人物,除宋江外不做第二人想。"及时雨"是当之无愧的男一号。然而宋江究竟有什么本领,可以将一百零八条好汉的命运操弄于股掌之中?

答案就是伪装。这一技巧已被宋江玩到了极致,并贯穿其一生。

且先看宋江甫一出场,书中便说他仗义疏财——这是宋江最常规却最有效的社交手段。想来郓城阖县上下的孤寡老人失学儿童都领受过他的恩惠,还是长期的。但这带来一个疑问,如此阔绰的出手,资金来源为何?虽然宋代官俸远超别朝,但以书中所描写宋江土豪的花费速度,他必定有重大财产来源不明嫌疑。

书中对他的伪装还有其他描写。宋江一上来便以"不爱女色,只好使枪弄棒"的形象示人。可事实上呢?为了更好地包装和宣传自己,宋江确是有一面闪亮的招牌——不爱女色。

当然,招牌只是招牌。

宋江在《水浒传》全书中至少有三次显露过贪恋女色。

一是包养阎婆惜。宋江如果对阎婆惜真的只是想救济而已，大可像对待"黑旋风"一样只管打赏银两，不必包养，还不是好色？另有一件事一般为读者所忽略，就是当阎婆惜拿着晁盖写给宋江的"感谢信"要挟宋江时提出三个条件，第一个便是："你从今日便将原典我的文书来还我。"瞧瞧，还让人家早签画了卖身契，并且扣在手里不还——这就是要长期霸占啊！这本质上和"镇关西"郑屠并无不同，翻版黄世仁。

二是夜访李师师。初见李师师时，宋江尚能自持，但几杯酒下肚便露出原形，前面的阎婆惜虽然"长得好模样，又会唱曲儿，省得诸般耍笑"，但终究不过是个乡村二人转的水平。而李师师贵为大宋第一网红，当今天子都是她的铁粉。宋江哪能消受？

第二次就是见了李花魁，这次真的是情难自禁了，"揎拳裸袖，点点指指，把出梁山泊手段来"，以至于柴进连忙地打圆场，"柴进笑道：我表兄从来酒后如此，娘子勿笑"。好在以李师师的阅人无数，只一句"各人禀性何伤！"一带而过，给宋江留了面子。

三是生擒扈三娘。先看书中如何叙说：

> 且说宋江收回大队人马，到村口下了寨栅。先教将一丈青过来，唤二十个老成的小喽啰，着四个头目，骑四匹快马，把一丈青拴了双手，也骑一匹马，"连夜与我送上梁山泊去，交与我父亲宋太公收管，便来回话。待我回山寨，自有发落。"众头领都只道宋江自要这个女子，尽皆小心送去。先把一辆车儿教欧鹏上山去将息。一行人都领了将令，连夜去了。宋江其夜在帐中纳闷，一夜不睡，坐而待旦。

最后一句来得传神，既已获胜，因何还要"在帐中纳闷"？更至于还"一夜不睡，坐而待旦"？

很显然，这黑厮是在苦苦思索要得扈三娘（所以送到父亲宋太公处收管），却如何堵住众兄弟的嘴。因为众人实际已猜出了他的心思。其实不光其他头领，就连对男女之事呆懵的李逵也看透了。所以当宋江训斥李逵擅自杀了扈三娘全家时（这让宋江如何敢娶扈三娘在身边？），一向乖顺的李逵竟敢还嘴："那厮前日教那个鸟婆娘赶着哥哥要杀，你今却又做人情。你又不曾和他妹子成亲，便又思量阿舅、丈人。"李逵当众说穿了宋江的龌龊心事，使得宋江无法再厚颜占有扈三娘，而他一怒之下将扈三娘嫁给了王英，这做法简直和强占潘金莲不成而报复性地将其许配给武大郎的张大户如出一辙——好白菜我吃不着那干脆就让猪拱了吧。这心理得多阴暗！

所以，"不爱女色"尽是伪装。而"只好使枪弄棒"，则更显滑稽。

全书之中，宋江只要有机会便会不厌其烦地营造多少"会两下"的假象。只要出行，必定带上朴刀、腰刀，石勇传书时当众借石勇的腰刀、短棍就是一例。但是可笑的是，书中宋江多次遭遇生命威胁，竟无一次敢于拿起武器保护自己，哪怕虚张声势比画一下。而不可思议的是，以宋江的孱弱，竟还收有两个徒弟——孔明、孔亮！当然，这可能仍是一种伪装。

其实上述都是小样，真正的伪装术不会如此浅薄。

宋江能名满江湖，靠的当然不是忠，这在江湖上吃不开，而是江湖的逻辑准则——"义"。宋江最初的江湖声望与资本都来自这一个"义"字。仗义疏财是义，徇私晁盖是义，祸福同当是义，甚至一起犯法也是义。

宋江伪装之下的"义"，书中处处着力揭露。

先看唐牛儿。宋江杀掉阎婆惜后，要不是靠唐牛儿误打误撞地缠住了阎婆，他不可能脱身。唐牛儿因此被脊杖二十，刺配五百里。脱身后的宋江再也没提及唐牛儿。按说先做寨主、后当刺史的宋江完全有能力解救和报答唐牛儿——但是像这种文武皆无的社会闲杂人员，值得宋大王为其操心劳神吗？

再看林冲。林冲为梁山建功无数，推宋江坐头把交椅时也有过关键表态。但是当他途经杭州患病不能再走时，宋江竟让断臂的武松留下照顾，连一个普通士兵都没多留。而在此之前，宋江对待独臂勇战的武松，亦是同样。

当下宋江看视武松，虽然不死，已成废人。武松对宋江说道："小弟今已残疾，不愿赴京朝觐。尽将身边金银赏赐，都纳此六和寺中，陪堂公用，已作清闲道人，十分好了。哥哥造册，休写小弟进京。"宋江见说："任从你心！"

一句"任从你心"说尽宋江凉薄。稍前鲁智深也是不愿进京，执意出家。当时宋江磨破了嘴皮子，一心劝阻。而对于立功更大的武松，宋江却无片言温慰挽留，为什么？只因鲁提辖手脚俱全，疯魔杖法威力巨大，仍堪利用。而武松已作为"前打虎英雄"，四肢不全，已成累赘，徒负打虎空名，再无利用价值了。

然后是晁盖。虽然宋江对晁盖有私放之恩，但晁盖舍命劫法场搭救宋江，冒的风险和付出的成本却更大。然而晁盖中了史文恭的毒箭奄奄一息时，宋江却不施救，只是一味痛哭。可知攻打大名府时宋江背生毒疮，张顺、戴宗星夜去请神医安道全，更不惜杀了李巧奴。而且怕回程耽误，戴宗更舍了张顺，施神行法将安道全连夜"快递"回来医治宋江。而晁盖中箭，宋江这一哭就是一夜，不见他去请安神医，生生耽误了最佳治疗时间。难怪晁盖不愿传位给他！其实宋江想取代晁盖是早有预谋的。前几次晁盖请宋江上山，但他对重回体制内仍抱有幻想。还期待过回原先挟黑道混白道，刀打豆腐两面光的好日子，所以一直自诩忠义，不肯落草。及至犯案江州，头颅上候那一刀，没了办法，只好认命上山。但此时，宋江的思维转变极快，立刻开始了今后土匪头子生活的铺垫。晁盖等人将宋江自法场救出，宋江等不及上山，在路上就对晁盖说："小弟来江湖上走这几遭，虽是受了些惊恐，却也识得许多好汉。"

说这个不为别的，乃表功也："识得许多好汉"，是炫耀凭自己威名，招来更多好汉，壮大了山寨，表示自己不是空手上山。小人嘴脸也。

待上了聚义厅，晁盖要让寨主之座给宋江。宋江心中当然清楚，此时尚不是上位的时机，自然不能从命，但他推让的唯一理由却很奇葩：论年齿，兄长也大十岁，宋江若坐了，岂不自羞。

宋江这话如同对众人说，晁盖除了年龄外都不如自己。而紧跟着宋江便一把将晁盖甩开，直接安排山上原来的头领坐到左边（共计才九人，其中尚有杜迁、宋万、朱贵等王伦旧部），今次随他上山的新头领（花荣、李逵等共计二十七人）坐到了右边。

这两相对比之下，晁宋二人的势力一目了然，晁盖这边仅四五个心腹，质量还比较低，仅林冲一人拿得出手，但和晁盖并非死党，算是中立。而宋江这边无论人数质量都明显势优，气势上宋江已占了上风。

这还不算完，宋江又表明，现在"休分功劳高下……待日后出力多寡，那时另行定夺"。也就是说，目前的排名并非固定，日后可以论功排序。

这样一来，宋江等上山较晚但整体能力更强的头领就有了排名前进的机会。何况此时宋江虽让晁盖坐第一位，自己却当仁不让地坐了第二位，坐二望一。

未几，杨雄、石秀、时迁偷鸡惹了祝家庄，投上山来。晁盖要杀三人虽然过分，但宋江为之求情，拉拢之心更加显然。而也正是在之后的三打祝家庄，宋江开始建立起了自己以义服人之外的军事威信。

而后梁山再征高唐州，宋江又以晁盖是山寨之主为由力阻晁盖下山。宋江定要亲征除了要扩大势力之外，还有两个重要原因：

一是柴进下狱是因为受李逵打死殷天锡所连累。而李逵，是宋江派去的。宋江必须为这个负起连带责任。况且李逵是宋江最忠诚的马仔，作为大哥，必须替他填坑埋单。

二是柴大官人不是一般人物啊！天潢贵胄，享誉天下。最大的爱好就是结交各种体制外的人员，出钱出力，走哪都有人膜拜。不过现在也入狱了，也需要梁山来搭救——这简直是升级版的宋江。试想，被丢在枯井里，遍体鳞伤，奄奄一息的柴进，陡然重见天日，看到恩人宋江，心中对他该生出多少感激与泪水。想必自打从枯井重生看到宋江的那一眼起，柴进已决定把自己的后半生交给这个黑胖子了。

所以，无论如何，宋江也不能让晁盖去打高唐州。

宋江的这些做法和用意，晁盖再傻也不可能全无察觉，内心的怨气必然越来越大。直至"金毛犬"段景柱来投，说曾头市劫去了本来要献给宋江的宝马（竟不是献给山寨之主的晁盖）时，晁盖的愤怒终于再也无法压制：

> 宋江苦谏不听，晁盖愤怒……

按正常剧情，这句话的顺序应该是：晁盖愤怒，宋江苦谏不听，但颠倒过来之后，宋江的苦谏似乎反成了晁盖愤怒的理由。之前打祝家庄、打高唐州、打青州、打华州，晁盖也都表示要下山出征，都被宋江一句话拦住：哥哥山寨之主，不可轻动也。独这次打曾头市，宋江再说出这句话，却不管用了——晁天王也听烦了！所以他才会说："不是我要夺你的功劳，你下山多遍了。"值得注意的是，晁盖下山并没带上吴用。可能此时晁天王的心中，已觉察到了吴用自宋江上山后的种种变化。

说来大家也许没有注意过，这次出征曾头市，是晁盖第一次直接领导和参与军事行动（智劫生辰纲的规模还谈不上军事行动，而且实际领导者应该是吴用）。而就是这第一次，晁盖就挂了。

不过晁盖也不用太害臊，另一位名气比他大得多的"托塔天王"李靖好像也没打过什么胜仗。

晁盖中的是药箭，中箭后"已自言语不得"，丧失了指挥能力，被安排送回山寨。林冲打算收兵回山，而竟遭到呼延灼这样反对：须等公明哥哥将令来，方可回军。

但知生宋江，不知死晁盖。眼中哪里有过这位梁山泊主。晁盖负伤回山，没撑到天亮就归天去了。其间宋江就做了一件事，"守定在床前啼哭"。宋江生背疽时，张顺立刻推荐了神医安道全，此时却不知为何全然忘记。（还在郓城县时宋江嫌吴用是支烂股而无心结识。那么此时的晁盖在宋江心中，不仅是烂股，简直就是股骨头坏死了！）于是宋江便一直哭到晁盖咽气。

然而晁盖拼着最后一口气，向宋江及众人立下遗嘱：

贤弟莫怪我说。若哪个捉得射死我的，便教他做梁山泊主。

（晁盖为何先对宋江说"贤弟莫怪"？因为他为继承者设置的条件是：生擒史文恭。史文恭是什么人？还要生擒，凭宋江的手段吗？呵呵）宋江千算万算，没算到晁盖临死前出了这个大招，几乎生生阻断了他继承梁山头把交椅的可能。

因为生擒史文恭，也许白胜、时迁都还有一丝希望，而对于只打得赢阎婆惜的宋江来说，则无半分可能。

其实此时整个梁山泊能生擒史文恭的，大约只有林冲——兴许晁盖就是想传位给林教头也说不定。

然而，林冲绝非恋权窃位之人。但宋江是。此时宋江心中何尝不想立刻上位，但黑道之中老大的话就是法律，何况是遗嘱。现在宋江要做的是尽力阻止攻打曾头市。

至于理由嘛，信手拈来："庶民居丧，尚且不可轻动。"

于是乎，倒霉的北京大名府首富卢大员外便光荣登场了。

民办小学教师吴学究创作了一首小学生水平的蹩脚反诗，便搞定了玉麒麟，而且买一送一，还捎带了个帅哥燕青。

这主仆二人，日后都为梁山立下了大功。不过眼下，卢俊义的主要作用，还是帮助宋江越过晁盖设置的上位条件——生擒史文恭。

不过卢俊义毕竟初上山寨，宋江担心不好掌控，仍不立刻发兵曾头市，直到段景柱来报采购马匹二次被曾头市所抢，宋江方才大怒。不顾时迁打探回来，要即刻出兵。

宋江怒气填胸，要报此仇，片时忍耐不住。

试问晁盖殒命数月，宋江都不发怒不发兵，陡听马被抢了，却一怒而起，出兵片刻都不能等待。可见夺马之新仇，远超杀晁盖之旧恨。

而在阵前初见史文恭，宋江一眼先瞅到的竟是史文恭胯下的照夜玉狮子马，"宋江看见好马，心头火起"。足见心中只有夺马之恨，早把杀晁盖之仇抛诸脑后。

之后曾太公修书讲和，宋江三番五次强调条件是必须先要那匹照夜玉狮子马。施耐庵借一匹马写尽宋江奸恶。

好歹破了曾头市，卢俊义按计划捉住了史文恭。没让林冲这样在山寨有资历有威望且有鲁智深二龙山势力暗助的竞争对手得手，宋江应当是松了一口气的。接下来，就是上位大戏的高潮部分了。书中有道：

> 将史文恭剖腹剜心，享祭晁盖。已罢，宋江就忠义堂上，与众兄弟商议立梁山泊之主。

"商议？"既有天王遗言，何用商议？卢俊义既已捉了史文恭，就可以遵照晁天王的遗命做梁山泊主，有什么可商议的？当然，卢俊义也有权不接受。但他若接受，结局不是下一个晁盖，就是第二个王伦。

卢俊义固辞不受早在意料之中，而宋江的表演也才刚刚开始。接着宋江便摆出了自己不如卢俊义的三个方面：颜值、出身、能力。偏偏就是不提晁天王遗命！若是真心推卢俊义上位，大可以一句话："天王遗命不可违抗！"何须再引它辞？无非留给吴用等人说话。

而吴用等人不遗余力地推劝宋江。其中又以武松、李逵二人之语最妙。

> 武松也上前叫道："哥哥手下许多军官，都是受过朝廷诰命的，他们只是让哥哥，如何肯从别人！"

武二郎一句话，等于代表呼延灼、索超、花荣、秦明、关胜等众多原朝廷武官表了态，而且一上来便言明了"许多军官"那可都是"哥哥手下"的，一下就亮明了宋江在梁山的巨大实力。

而李逵则直接许多，大叫道："……我自天也不怕，你只管让来让去假甚鸟！（直戳宋江虚伪）我便杀将起来，各自散伙！"

这两人的话，无疑使卢俊义感到了巨大的震撼和惊惧，如何还会理会什么天王遗言？但宋江的表演仍得继续，因为遵守老大遗命是江湖宗法。

只见宋江煞有介事地提出了抓阄分别攻打东平、乐昌二府，先得者做梁山泊主的解决方案。这一方案的出炉，悄然替代了晁盖的原版遗言，使得宋江上位具备了可操作性。

紧接着，宋江直接对卢俊义的队伍进行了人员安排：吴用、公孙胜、关胜、呼延灼、索超、杨志、单廷珪、魏定国、朱仝、雷横、燕青等二十五员头领，可谓实力超群。这当然不是宋江故意谦让，安排众多朝廷军官给卢俊义，恰是因为这些军官都是宋江的心腹，自然不会为卢俊义出力。而吴用，则是为这一安排又加了一道保险——万一卢俊义没能摆正位置，一不小心抢先打下了东昌府呢？所以吴用的存在，可以有效地防止这一情况的发生。

事实证明这样安排的效果很好，卢俊义果然在东昌府城下一筹莫展。不过宋江自己也不顺利，史进误信李睡兰而落网。

当吴用得知后，竟公然直接赶到东平府去为宋江支着儿助阵！这就好比两支队伍竞赛，一支队伍的某名队员直接跑到另一支队伍里去帮忙。而且吴用走之前还特意告知了卢俊义——真是一点面子也不给员外留。

当成功攻取了东平府并得知卢俊义打东昌受挫时，宋江竟对众人叹道："卢俊义直如此无缘！特地教吴学究、公孙胜都去帮他，只想要他见阵成功，为第一把交椅，谁想又逢敌手！"

说实话，演了这么久，宋江就这句台词最恶心。什么卢俊义无缘、什么只想要他坐第一把交椅？若果真如此，搬出天王遗言即可，还抓什么阄、比什么攻城。还有什么教吴用、公孙胜都去帮他，那不是去帮，而是去监视、掣肘，从头到尾把卢俊义当木偶耍。不得不说宋江这戏，演得太过了！

最后，咱们来说说李逵。作为宋江最忠诚的打手和保镖，李逵一直是以宋江私奴的身份存在的。主仆身份在梁山还有两对：李应和杜兴，卢俊义和燕青。但李逵在宋江心中，不过一愚忠的奴才而已，和卢燕二人情同父子的恩情相比，实在悬若霄壤。李逵去接母亲之前，宋江早已主动把朱仝、凌振、徐宁、彭玘的家小及自己的父亲、弟弟接上山来，独忘了李逵。李逵母亲被老虎吃掉，经过一大番曲折，带着青眼虎李云和笑面虎朱富一起回到了梁山。哭啼啼向宋江报告时，宋江竟然大笑，说："被你杀了四个猛虎，今日山寨里却添得两个活虎，正宜做庆。"

什么？李逵在这里哭着给你说，我妈被老虎吃了，宋江你连一句安慰的话没有，反而拍手称快说要庆祝两个兄弟入伙，这简直也太混账了吧。

李逵对宋江的忠诚不亚于燕青之于卢俊义，但宋江对李逵相比起卢俊义对燕青，则委实奸诈了许多。

李逵为了宋江，敢于孤身劫法场；为了宋江在梁山上的地位，李逵敢于和任何对立面斗争；只要宋江一句话，李逵可以赴汤蹈火，可以万死不辞。

宋江擒得黄文炳后，书中特意安排了由李逵动手凌迟黄文炳的情节。这恰恰是因为李逵是宋江的暴力代言人，由李逵动手就如同宋江亲自动手一样。

甚至可以说，宋江就是李逵的全世界。

但在被朝廷赐死之时（注意：朝廷赐死的只是宋江，并没有李逵），宋江怕李逵造反累及自己的声名，竟骗李逵喝下毒酒——宋江这不是玩什么"向死而生"的转折体，他是真的要李逵去死。最后对李逵做出的解释，亦并非是"临终关怀"，最多就是让李逵死个明白而已。

吉卜赛人有句著名的谚语：在我死后，请将我站着掩埋，因为我跪着活完了一生。反观李逵，至死仍坚决主动甚至引以为豪地选择下跪。然而悲怆的是，他的跪，从来没能换来宋江真诚的回应。况且现在，宋江万念俱灰，更没法陪他耍性子了。

最后，李逵的世界，还是坍塌了。

连李逵这样忠诚的人都可以背负，宋江的品性，何其歹毒，何其不义！对于宋江来说，李逵的烂命一条，恐怕连沉没成本都算不上。宋江的"义"，多么虚伪，多么讽刺。

之后，说说宋江最爱装的部分吧——忠。

不过，这越是最爱装，偏偏越是没装好。

宋江在书中出场做的第一件事，就是私放通缉要犯晁盖等七人。作为国家公务人员，给通缉在案的犯罪分子通风报信，忠心何在？

打头一次亮相，宋江的"忠"就露馅儿了。

宋江被刺配解往江州途中，曾被晁盖拦截上了梁山。在山寨晁盖要为宋江除去枷锁，却被宋江以"此是国家法度，如何敢擅动"严词拒绝。说来真是可笑，你私通劫匪，继而又为了掩盖这一罪行而杀了自己的二奶灭口，还口口声声讲什么"国家法度"？！而此时对面站着的，正是被你私放的劫匪老大及其团伙。宋江，脸皮真是厚得可以。

下了梁山之后，宋江途经揭阳岭，被"催命判官"李立下药麻翻时取下了枷锁，但被李俊赶来救醒之后，宋江却不提出重新戴枷。在穆家庄留宿，押差建议除枷而眠，宋江欣然接受。其后穆氏兄弟留宋江在揭阳岭连住三日，游玩村镇景致，公然抛头露面，也绝口不提戴枷之事。离了揭阳岭，竟仍不戴枷，直至到了江州下了船，即将进入牢城报到，宋江方才提出重新戴枷。试问这一路之上除枷而行，"国家法度"又何在？再对比他在晁盖等人面前的义正词严，我都替他害臊！

到了江州之后，宋江不好好服刑，反而上下使钱，收买人心，"宋江身边有的是金银财帛，单把来结识他们；住了半个月，满营里没一个不喜欢他"。活活把江州牢营变成了郓城县城。不仅如此，宋江更凭着吴用的书信和一锭十两大银，收服了戴宗、李逵两个牢头，顺带还结交了垄断江州鱼类捕捞业的行霸张顺。

这种情况可能使宋江的内心一下子膨胀起来，竟借着两杯酒下肚，在浔阳楼题下反诗，并以实名落款，可能是生怕旁人不知是哪个宋江，所以还特意注明作者乃"郓城宋江"，就差附上个人头像和二维码了。

这是宋江几乎仅有的吐露心声。绝大多数时间里，宋江都把自己隐藏在伪装之后。

宋江渴望成功，尤其是仕途上的。宋朝是极为重视文化科举的，单是太祖一朝就开榜八次，录取进士 1475 人，其他诸科 4359 人，比整个唐朝二百八十多年录取的士人都多。正所谓"州县不广于前，而官数倍于旧"。然而，即使是"扩招"了这么多人，还是没有宋江的份儿。

宋江在体制内无法取得突破，不得已把目光投向了体制外——其实可以说是法制外。劫匪、路霸、山贼、杀人犯，种种与体制相对立的，都成为宋江交际的对象。而交际的手段，虽不高明，却十分有效。

孔明出山之前，尚无半分建树，可以说"空有虚名"，但刘备依然三顾茅庐，去请这位年龄比自己小一大截、架子偏出奇大的"山野村夫"；一边坐在床上洗脚一边见客的刘邦，斋戒沐浴，筑台延礼，恭恭敬敬拜"执戟郎"韩信为帅。而宋江则简练得多，就两手：一是使钱，二是许愿。对于李逵这样的草莽贱民，尽可以像喂鸡一样撒下成把的银钱；而对于关胜、呼延灼这样的朝廷武官，则给予"他日重归体制内，升更大的官"的宏大愿景。于是在宋江松绑、下拜、情愿让位的套路下，朝廷武将们"也是天上星曜相应，又深感宋江义气深重"纷纷归顺，再拉熟人下水入伙，呼延灼策反了关胜，关胜则又拉来了单廷珪、魏定国。弄得梁山好像个传销组织一样，而宋江俨然就是首席成功学大师，负责给新成员造梦洗脑。

宋江结交体制外的绿林草莽，并不是为了真的加入进去，而是为了保护自己，并使这些草莽成为自己追求体制内成功的助力。所以早先宋江拒绝上山落草是真心的，直到被判死刑走投无路，才不得已上山落草。但这次落草仍没让宋江放弃原先的追求。所以在取得梁山的领导地位后，宋江立刻着手他重回体制内的计划。

首先是改"聚义厅"为"忠义堂"，开宗明旨，表明心迹，做出舆论铺垫。其次是继续大力招揽朝廷武将、官员，扩充和自己目标一致的队伍。因为李逵、王英这样的人和建功立业、青史留名这样的宏大词汇全无共鸣，要依靠这样的人实现招安的理想，完全是狗戴嚼子——瞎胡勒。

再有就是积极和朝廷官员正面接触，表达自己的心意，并不惜折损名声，去走李师师的后门。渴望进步、向主流靠拢的态度要充分表达，这种愿望必须要让赵官家充分了解。

宋江自书中出场，到最后被鸩杀，都在强调自己的"忠"。可是他早年在郓城为吏，便私通生辰纲劫匪。被判死罪逃走梁山后，公然对抗朝廷，并先后打破青州、高唐州、东平、昌平、北京等州府，尤其是攻打东、昌二府，并非救人或自卫反击，而是为了和卢俊义打赌定山寨头把交椅——二府百姓何辜！

清风寨的刘知寨、江州的黄文炳，先后将宋江捉住。但当时宋江是通缉犯，抓捕逃犯是他们的职责。而宋江将两人除之而后快，尤其是黄文炳，更被吃掉！

所以宋江的"忠"，连黄文炳都不如。

宋江最后楚州服了药酒，又将李逵哄来。当李逵得知情况要再造反时，宋江道："兄弟，军马尽都没了，兄弟们又各分散，如何反得成？"这是宋江的真心话，不是不想反，而是反不成了！而且一旦背叛了江湖，江湖便再也没有容身之所了。何况宋江手上还沾满了方腊的鲜血。

宋江是梁山的话事人，宋江的决定就是梁山的选择。但是宋江一直没明白，其实朝廷要招安的不是你"及时雨"，而是梁山这支武装力量。没有了这支武装，你在朝廷眼中什么都不是。可惜这一点宋江没悟透。

说到最后是李逵。铁牛作为宋江的私奴，一直充当宋江最为忠心的保镖兼打手，但当最后宋江临死之际，为怕李逵造反坏了自己的名声，竟亲手将李逵毒死。何其歹毒，何其不义！

到了最后，朝廷要鸩杀宋江（还不包括李逵）。此时如果宋江携带李逵逃走，再做山大王虽不可能，但凭李逵的忠心与武力保障人身安全应该还是可以的，但宋江装"忠"装得太入戏了，竟为了保全自己"忠"的名声，亲手把李逵害死了。

《水浒传》通篇读来，最为伪装的大师，非宋江莫属，他的成功与毁灭，都源于此。

归根到底一句话：伪装须谨慎。宋江就是装得太过了，连自己都信了，结果才落得这个下场。

那厮宋江，活该如此！

当然，世上并无完人，宋江也并非一无是处。毕竟是他，在晁盖之后接过梁山大旗，凭借自己的号召力把众兄弟凝聚在一起，延续了梁山的发展，虽然结局远非完满。然而，那本就不是一个容许人向善的世界。伪装的人，又何止一个宋江。宋江的伪，对于他自己亦是一种无奈，一种悲哀。

吴 用——冒牌军师

大凡中国古典的小说，无论题材，主人公如想成大事，则必为其搭配一个军师型的副手，如果会点法术占卜测卦则更佳。如刘备之孔明、李自成之宋献策、李世民之徐茂公、包拯之公孙先生，而《水浒传》，则是宋江之吴用。

吴用第十四回以秀才形象亮相："看那人时，似秀才打扮。"还介绍他字"学究"，道号"加亮"。

学究这个词，今时早已成为迂腐之读书人的代称，但在清代以前，却是不折不扣的正面词汇。"学究"最早见于唐代，科举中明经科（唐代科举大致分为明经科与进士科。明经科偏背诵等客观题，进士科主要考命题作文、作诗赋等主观题。因而明经难度要低）之内有个科目"学究一经"。到了宋代，礼部贡举十科中有"学究"科。所以吴用在宋代字"学究"，就如同今天有人起名叫吴机电、吴化工一样。

不过"学究"到了明朝又具有了私塾教师的意思，施耐庵即为明初人，也许正是取此意来强化吴用私塾先生的职业身份。

书中又云吴用道号"加亮"。首先，此处道号并非指吴用为道士，古时隐士习惯有一两个别号，称为"道号"。就好比诸葛亮的"卧龙"，王禅的"鬼谷子"，而非吕洞宾的纯阳真人，丘处机的长春子。

其次，"加亮"很明显是以胜过诸葛亮自居；宛如左宗棠别号"今亮"。

"秀才打扮""学究""加亮"，为吴用塑造了一个区别于梁山众好汉的文人、知识分子、战斗指挥员的特殊形象。

不得不说，《水浒传》是本"三国"色彩极浓的作品（有史料表明，由于施耐庵与罗贯中的师生关系，罗贯中为《水浒传》进行过修改与添加，以至更将施罗二人并列为《水浒传》的作者）。书中有关羽之后关胜，与吕布、张飞外形、兵器都极相似的吕方、林冲，而"加亮"先生吴学究，则基本是参照了诸葛亮卧龙演化而来。

不过可惜的是，吴的有些表现与诸葛亮可谓天壤之别。

首先我们试举一例来对吴用的军事才能进行评判，那么智劫生辰纲无疑是最佳案例。也许是由于没有发生武力对抗，许多人不认为这是军事行动。但武力对抗仅是军事行动的形式之一，诸如离间、传谣、切断补给等非武装行为也都是军事行动。况且，智劫生辰纲，无论"智"如何之高明，终归还是"劫"。所以，智劫生辰纲无疑是一次标准的军事行动，而且从头至尾，计划制订、具体实施，直到临场指挥，都是由吴用一力承担，晁盖仅是个名义上的领袖。整个行动过程，深深打上了吴用的个人烙印。所以，智劫生辰纲的确是析判吴用军事能力的佳本。

吴用的出场，正是伴随着生辰纲的出现。刘唐是生辰纲线索的提供者，吴用通过化解他与捕头雷横的厮斗，第一时间介入了劫取生辰纲的行动。之后又向晁盖推荐了阮氏三兄弟，并自告奋勇前去邀请。继而公孙胜来投，晁盖又举荐了白胜，打劫团伙的人员队伍完全齐备。

在正式行动之前，刘唐虽来提供消息，但其他一无所知；公孙胜又提供了生辰纲的行程路线："只从黄泥冈大路上来"；而晁盖、三阮仅有一腔热情，对于如何谋划如何下手则全无概念。毫无疑问，行动计划与临场指挥，只能由吴用挺身而出，一力承担。

在杨志到来之前，吴用便已向晁盖等人说出了自己的计划。也就是大家在后面篇章里所知的酒中下蒙汗药。

所谓"智取"，技止此尔。

这一计划的漏洞实在太多太多。第一，如果杨志的队伍自行携带了酒水或其他解暑食品，那么吴用的计划没到实施就会直接作废。第二，如果当日恰好阴凉，押运队伍未感热渴，那么白酒大枣很可能就失去了足够吸引力，计划也很可能因此流产。第三，如果押运的十余个军汉挨不住杨志的打骂，不做停留直接过黄泥冈而去，那吴用他们怎么办？难道推车担酒一路尾随，直到人家停下再上去推销？真这样干，恐怕老都管也要看出毛病来了。第四，即便杨志一开始就同意买酒，也可以先命一两名部下先喝，坐等他们有何反应，或者杨志自己坚持不喝，都可以轻易化解。

吴用这一计策之所以能够成功，仰赖的全是好到离奇的运气。不然的话，完全无法解释，怎么可能诸多偶然与巧合同一时间竟凑到了一起，竟还都是有利于吴用他们的。这么热的天气，杨志竟没有安排携带饮品，要知道在宋代解暑药茶早已不是什么稀罕玩意儿。不单杨志，老都管和两个虞候以及众军汉竟也无一人想起，奇了怪哉。也许公孙胜吴用如诸葛亮般能预测天气甚至气温，但他们如何得知杨志正好午间上冈，如果杨志于途中调整时间或者路线怎么办？不过他们有的是运气，杨志的押运队伍来到黄泥冈的当天恰是个晴天，而且正巧又决定在最热的中午经过。并且路上一直隐忍的老都管偏此时开了口，一直不敢违抗杨志的军汉们此时竟集体有了勇气，任杨志如何打骂，硬是赖在黄泥冈上不走，偏要坚持等到劫匪跟上来。

上述诸般小概率无逻辑事件被施耐庵的一支妙笔生攒在了一起，无中生有地硬是替吴用学究搞出了一个名不副实的智取大戏来。

虽然"智取"并没的多少"智"的成分，但是毕竟"取"的目的还是达到了。可是到此就万事大吉了吗？这生辰纲可不是张生日卡，这是十万贯啊！折合成今天的银价（2018年2月初），约为人民币几千万！梁中书再富有，也承担不起这样的损失，何况是连续两次！

还有一点，这可是送给蔡京的生辰纲，当今天下第二人！即使就真的只是一张生日卡，蔡宰相也不会容忍有人连续两次夺走，他怎能忍受这种耻辱！

所以，接下来的疯狂抓捕是完全能够预料到的。然而，我们的"加亮"先生就完全没有对此做出任何预判与准备，而是住在晁盖庄上天天喝大酒。

大家看看，啥也不干，坐等官兵上门。蔡京受此大辱，梁中书账户赔到吐血，还不搜山检海，挖地三尺来抓你。就算你隐姓瞒名远走他乡也未必逃得脱，何况是这样大摇大摆，花天酒地！而且说起吴用们露馅儿的过程，也是让人笑掉大牙。

吴用与晁盖等七人预先上黄泥冈埋伏，如此机密凶险之事，竟然还敢投店住宿，而且也不化整为零。而最令人费解的是，当店家要求登记个人信息时，吴用"抢将过来答道：'我等姓李，从濠州来贩枣子，去东京卖'"。

一个"抢"字，将七人之前毫无计划的漏洞暴露无遗。

店家问话，晁盖正要回答，吴用抢先开口，这说明七人事先对此并没有对好口型，做好应付盘查的准备。所以吴用怕晁盖失言，故而抢答。但是，他回答得就好吗？

首先一句"我等姓李"就已失言在先。晁盖、吴用、公孙胜、刘唐、三阮七个人，高大威猛的财主，三髭须白净面皮的秀才，"身长八尺，生得古怪"的道士，脸上朱砂记黑黄毛的强盗，还有样貌凶恶、辨识度极高的阮氏三兄弟，七人样貌各异，身份悬殊，怎么看也不像是同姓一家人。吴用又自称"从濠州来贩枣子，去东京卖"，这就更离谱了。濠州在哪里？今之安徽省凤阳县也。从安徽中部的凤阳前往河南中部的东京开封，需要先北上山东郓城（今菏泽）吗？两地相距约430公里。难道是先绕道山东旅游考察一番，再前往河南经商？如此炎热的天气，偏要绕如此远的路，就不怕枣子坏掉？这谎撒得简直拙劣。况且七人中有至少五个是当地口音，公孙胜是河北人，刘唐是山西人，如果要冒充外地人，至少也应该让公孙胜、刘唐两个真正的外地口音来回答问话，兴许还能蒙混过关，可吴用连这点也没做到。

不过话说回来，吴用答得再好也白搭，因为晁盖甫一露面就被店家认了出来，何清明言"却认得一个为头的客人，是郓城县东溪村晁保正"——在家门口作案，连最基本的化装都忘了。

就这样漏洞百出的计谋，当初晁盖听到时竟还"听了大喜，攧着脚道：'好妙计！不枉了称你叫作智多星，果然赛过诸葛亮。（我就问诸葛丞相您服不服？）好计策！'"足见晁盖的智商如他的外表一样粗糙。而且不仅晁盖，另外五人均未提出任何异议。每读至此段，我都会想起萧言中先生的著名漫画：《笨贼一箩筐》。

由于上述种种低智商表现，事情很快暴露，但晁盖等人浑然不觉，若非宋江来报信，七人必定被瓮中捉鳖（宋江语）。对比一下去年同样劫走生辰纲的劫匪，"至今搜捕不得"，人间蒸发一样。吴用一伙的差距实在太大。

然而奇葩的是，宋江是早上赶来报信，晁盖等人便开始收拾善后，但直到晚间官兵来到晁家庄时已是一更天时分，而晁盖等竟仍没有逃走！若非朱仝故意放水，晁盖险些落网就擒。

指挥谋划就先天不足，但不影响吴用堂而皇之地坐上了军师宝座。在宋江全面取得指挥权之前，由于晁盖粗放型随意性的管理风格，吴用实则就是梁山的三军总司令。

那么吴学究表现如何呢？

吴用上山后得到的第一次下山执行军务的机会，是支援攻打祝家庄失利的宋江。恰好孙新、孙立、顾大嫂等人来投，主动提出进庄卧底，利用孙新与栾廷玉的师兄弟关系，里应外合。这是天上掉馅饼，与吴用并无任何关系。表现为零。

第二次吴用辅助宋江攻打高唐州，面对高廉的妖术毫无办法，只得请公孙胜道士下山。虽然在高廉夜间偷袭时吴用有预测正确的正面表现，但事先对高廉会使妖术的重要军情缺乏收集，交战时误导宋江使用"四凤返火"术破敌致使再遭败绩，以及李逵要去请公孙胜时没有阻拦（事实证明李逵差点把事情搞黄）等失分行为，吴用这次的表现仍然是远不合格的。

其后几次也是大致相同，比如面对呼延灼的连环马一筹莫展，靠徐宁上山破解。

可以概括性地说，吴用的军事才能十分低下，不具备统帅三军决胜疆场的综合指挥能力。他能有所表现的事件，几乎都是暗杀行刺（冒充太尉诱杀贺太守）、放火打劫、哄骗逼迫人入伙（赚萧让、金大坚、秦明、朱仝、卢俊义）这样江湖上惯有的"好汉行径"。所以早期梁山好汉们的军事行动极度缺乏军事化特征，怎么看都像是打群架。

施耐庵和吴用一样，也做过军师。所以许多人猜测吴用即为施耐庵在文学作品中的艺术投影。如果当真如此的话，以施耐庵在张士诚帐下多年碌碌无为的平庸表现来看，吴用的低能也就不奇怪了。

当然，军师的才能不只是军事方面。如果吴用在其他方面能够拿出业绩来，也可以为其挽回颜面，填平大坑。

宋江因醉题反诗而下狱。作为晁盖劫生辰纲团伙的恩人，梁山理应搭救。此时吴用挺身而出，献计救宋江脱困——伪造蔡京家书。但是吴用千算万算，竟犯下了称谓错误的小学生级别错误，亏他还是小学教师。

而且他这一错，便等同于直接出卖了戴宗，并同时令宋江几乎送命。以至于梁山必须选择冒更大的风险，付更大的成本，凭武力劫法场这一成功概率极低的方法。而嗣后的过程也证明了这点，若非杀神李逵的出现，营救行动极有可能失败，不仅宋戴二人不能得救，连参与营救的十七名好汉也将成为陪葬。

此次失误，可以说拙劣程度远超其他。书信之中用错名讳，乃是文字上的低级失误，而吴用恰恰便是个文人出身，还是个秀才教师，竟有此谬，诚可谓丢人至极。而他成功的几次也是手段卑劣。比如害死秦明家小，指使李逵打死小衙内——妇孺老幼全不手软，心肠狠毒至此。

综合来看，吴用义武两方面都不具备军师的起码素质，他之所以能在梁山稳坐军师宝座，原因主要有两点：

一是梁山好汉们的文化水平普遍较低，吴用虽非大儒，但毕竟是秀才出身，正牌知识分子，相比大多数好汉仍然具有明显优势。

二是吴用虽然业务能力不强，但此人情商却出奇的高，见风使舵卖主求荣从不含糊；察言观色，放刁使奸先人一步。每当梁山面临权力更迭，吴用均能敏锐地洞察端倪，并精准地判断出下一任老大，毫不犹豫地改换门庭，挺身投靠。

初上梁山，吴用激林冲火并王伦；宋江上山，吴用又弃晁盖而侍宋江；卢俊义擒得史文恭，获得了晁盖的继承权，这是宋江最大的一次威胁，吴用再次清醒地判断出卢俊义不敢觊觎，于是毫无保留（没有底线）地助宋抑卢。

从个人感情来说，吴用斗王伦、阴卢俊义均无可厚非，唯其背叛晁盖，着实令人不齿。

当第十四回吴用初登场时，其自己就说："晁盖与我都是自幼结交。"晁盖也一直对吴用言听计从，即使他这位发小总是出纰漏、捅娄子。晁盖对吴用一心一意，可吴用对晁盖却是三心二意。

初识宋江之后，吴用就在心中对宋江格外留意。自晁家庄一别，宋江刺配江州途经梁山，刘唐受命来劫宋江上山，宋江阻拦刘唐杀两个捕快并不肯解除枷锁。吴用一见就窥破了宋江的心思。

吴学究笑道："我知兄长的意了。这个容易，只不留兄长在山寨便了。……略请到山寨少叙片时，便送登程。"宋江听了道："只有先生便知道宋江的意。"

宋江做戏，吴用一眼看破并主动配合，可谓投怀送抱。

等宋江下山，吴用又向宋江推荐了戴宗（并附带着李逵，使宋江得到一个最忠实的马仔），送了宋江一个大人情。后来宋江正式上山落草，吴用则从原先的眉来眼去，发展为直接公开拥抱，毫不掩饰。直至晁盖也看在眼中，渐渐无法隐忍。终至曾头市一战，晁盖亲征却不愿带吴用前往。临及发兵之时，军旗突为怪风吹折，吴用虽以此为凶兆劝晁盖休兵，但在晁盖拒绝后吴用也没有表示要随晁盖一同出征，而是待在山寨，坐等"凶兆"应验。

晁盖中箭身亡，吴用第一时间站出来拥戴宋江，带头造势，并替宋江开口将晁盖遗嘱搁置一旁。

吴学究道："晁天王虽是如此说，今日又未曾捉得那人，山寨中岂可一日无主？若哥哥不坐时，其余便都是哥哥手下之人，谁人敢当此位？况兼众人多是哥哥心腹，亦无人敢有他言。哥哥便可权临此位。坐一坐，待日后别有计较。"

宋江代理山寨之主，却绝口不提发兵为晁盖报仇之事。直至山寨买马再次被曾头市所夺，方才大怒要讨伐曾头市。此时的吴用立刻表示支持，然而令人愤怒的是，吴用支持出兵的理由竟是——

吴用道："即日春暖无事，正好厮杀取乐。"

满足出兵的前提是"春暖""无事"，而目的则竟是"取乐"！根本与晁盖无关！

书生无礼，竟至如此！

讨新恩摇尾乞怜，舍旧主如弃敝屣。

这个，便是吴用的气节了。

亏他还号"加亮"，亏天下还呼他做"智多星"，亏后世读者还多把诸葛亮拿来和他比较。诸葛武侯在天之灵倘若有知，还不气得从坟里爬出来，一把掐死这位"加亮"。

诸葛亮帅才谋略吴用比不上，人品则更是天上地下。孔明一生至忠，鞠躬尽瘁死而后已，报答皇叔知遇之恩；学究一生算计，见风使舵投机钻营，全无情义节操。

吴用在梁山位居军师要职，军事、行政、人事等各方面几无建树，正面作用与贡献寥寥无几，反而是迫害妇老、残害儿童等伤天害理之事上表现积极颇有心得。在公开倒向宋江以后，对宋江的招安政策全力襄助，甚至可以这样说，没有吴用的鼎力支持，宋江招安从龙的理想必将困难重重。

然而，吴用全力协助宋江完成了招安大业，但结局却超出了他的预料。"智劫生辰纲"之少智，早已证明了吴用缺乏通盘谋划的能力。连拦路抢劫都做不好的小学私教，还能完成对复杂政治局势的准确把握吗？

招安成功了，但梁山却失败了。这就是吴用对梁山的贡献。最后自缢于宋江墓前的时候，也许吴学究心中不仅有悲伤绝望，可能更多的还有对梁山众兄弟的羞愧与痛疚。

林 冲——凄惨英雄

不论有没有读过《水浒传》，有一句话您一定听过：逼上梁山。所谓"逼上"，就是本身不想上，迫于外部各种原因不得不上。梁山一百零八条好汉之中，上山前大都有或多或少的抵触或顾虑，除了李逵。而即便就是黑旋风，也并非十分满意这梁山，他曾亲口评价："这鸟水泊。"这一百零八人中，唯一最符合"逼上梁山"这句话的，就是林冲——这句话实则说的就是他林教头。

梁山上好汉们的来源，基本可以分为几类：

一是犯罪避祸者，如晁盖、宋江、吴用、三阮、刘唐等；

二是被俘、被骗上山者，如呼延灼、关胜、秦明、朱仝、裴宣、卢俊义、李应等；

三是主动投奔入伙，如段景柱、焦挺、杨雄、石秀、时迁，以及武松、鲁智深、周通、孔家兄弟等。

您看一看，林冲应该属于哪一类？

从上山的目的来说，林冲理应属于第一类。但林冲明明本无罪，是怀璧其罪。无论晁盖、宋江，还是三阮、戴宗，他们犯罪都是主动的，其中有些还是惯犯。但林冲犯罪是为奸人所害，带有很强的自卫性质。比如说，杀掉陆迁、富安和差拨三人，不单是自卫、报仇，其实也是履行草料场守卫应有的职责。这一点许多人都没注意到。陆迁三人为害林冲，放火烧掉大军草料场，他们才是罪犯。差拨自己也说，"烧了大军草料场，也得个死罪！"

而作为草料场守卫的林冲，当场杀掉三人，最多是个执法不当。而且按当时的司法习惯，手刃凶犯，林冲兴许还能立功减刑。

再回头看擅闯白虎堂，全程都是陷阱圈套，林冲不仅不是罪犯，反而是最大的受害者。

所以他原本真是不想来的。可他真的是别无选择。林冲上山的类型是独一份儿。这个，就是"逼上梁山"。

而且一百零八条好汉上梁山，没有一人如林冲般艰难。

先是王伦固辞不受，强下逐客令；后来开出条件，须拿血淋淋的人头来纳投名状！这对于梁山上少有的具有精神洁癖和道德底线的林冲来说，内心的抗拒、纠结、矛盾挣扎，无异于一次精神凌迟。

林冲上梁山之前，有一个自认为十分完满的生活。工作稳定，业务对口，家庭幸福，夫妻恩爱。林冲的野心也不大，没想过什么开国建业、名垂青史，他很满足于眼前的一切，因此也格外珍惜。

昆曲《林冲夜奔》里林冲有句唱词：红尘里，误了俺五陵年少。五陵，即汉代五座皇陵：长陵、安陵、阳陵、茂陵、平陵，均在长安附近，当时富豪人家以及外戚就喜爱聚居于此。所以后世便以"五陵年少"代指京都富豪子弟。这句唱词，就是林冲自比京城富豪之家。

很多人可能认为林冲仅武艺高强，但经济上应该条件一般。但林冲购买宝刀（后来携带至白虎堂的那把）的最后成交价格为一千贯，也就是白银千两。按今时银价折算，约合人民币十来万元。能用一辆轿车的价钱买一把刀，足见林冲生活完全说得上富足。

所以，这样安逸的生活是林冲不愿打破的。

但林冲的点儿就是背。他有身超级的武艺，这没事儿；他超级本分不惹事，这更没事儿；可他有个超级漂亮的老婆，其实这也没事儿，但偏偏却让高衙内给看上了，这就有事儿了。

说来林冲确实是梁山一百零八人中的第一倒霉蛋。打他一出场遇见的第一个事儿，就是老婆被人调戏，而这个流氓虽然不是《水浒传》里最好色的，但却是后台最硬的——"花花太岁"高衙内。

所以当林冲认出对方后，本想施以老拳的林冲，"先自软了"。他怕的当然不是高衙内，他怕的是高俅，殿帅府太尉。

从实质上说，林冲怕的是权势。这个怕，毁了林冲一生。

不过，这个怕是一种正常人的正常心理。林冲的同事王进，差点就着了高俅的道儿，若不是王进乖觉，先一步逃离东京，恐怕日久也是跟林冲一样的下场。毕竟，不是每一个离职的故事都是励志的。王进实际是"逃离"，典型的自动离职，但这并不是因为世界那么大，他想去看看。

但这真真也是林冲倒霉的地方，《水浒传》之中描写高俅亲自下手加害的其实就两个人，一个是王进，一个就是林冲。有的读者会说，不是还有个杨志么？这里就扯远点说一下。

杨志押解花石纲，遇风浪沉了船，失陷了花石纲。这毕竟是失职在先，而且怕被治罪，一直躲避在外，属于负案在逃人员。高俅不同意杨志恢复官职的请求，并无不当。而这次，高俅还"竟然"拒贿，表现出了难得的廉政形象，且仅将杨志赶出殿府而已。所以高俅对杨志，并无任何加害。

对比杨志，林冲确实倒霉得多，林冲的祸事，于他自身来说完全无辜。他没有犯一点错，却家破人亡，落得了最悲惨的遭遇。

面对高衙内对妻子的调戏，林冲选择了忍气吞声，在家生闷气。本以为事情就此过去，但你林冲忍得住受欺负，人家高衙内可忍不住不欺负你！

高衙内对林冲的娘子相思成病，富安便举荐了陆谦和调虎离山之计。

陆谦本来是林冲多年的好友，但此时他轻松地就选择了放弃友谊（这也是林冲的又一悲凉之处）。陆谦选择了高衙内，也就选择了权力。

尽管这一劫暂时又被林冲夫妻躲过，但林冲仍然未觉察到危险其实已经非常巨大且迫近了。他似乎以为只要隐忍下去，就可以换取平安，所以他仍没有去找高衙内理论，更没有去找高俅。即便是陆谦，林冲在连找了他三天未见后，自己也"把这件事都放慢了"。看看，这心得多宽。

直到被骗到了白虎堂前，陡见高俅喝骂诬陷，林冲竟还口称高俅为"恩相"。事情都到了这份儿上，还看不明白，还抱有幻想，这不是天真，简直是幼稚了。

林冲被刺配沧州，保了一条命。此时的林冲，竟没有半分怒火，岳丈张教头来为他送行时，言语间林冲竟似还有侥幸余生后的欣喜。更令人费解的是，林冲竟主动提出要休掉妻子，理由则是："诚恐高衙内威逼这头亲事。"这简直是要给高衙内扫清障碍。要是想把美眷拱手相让，何不早为，以保全避祸。但时至今日，又是何故？

在岳丈张教头的拒绝下，林冲说出了心里话：如此林冲去得心稳，免得高衙内陷害。

原来是为了自保，怕高衙内对自己赶尽杀绝。这就太不英雄了！

不过，由此我们真能看出，林冲骨子里就不是什么英雄，连好汉都算不上，甚至都不够爷们儿。别人对妻子调戏乃至设计企图淫辱，一个连这样奇耻大辱都能忍受不敢反抗的人，不可能为其他人出头，所以他根本成为不了英雄。说到底，林冲不过是个普通人，和我们一样没有远大理想和抱负，并和我们一样对权势怀有天生的畏惧，只不过比我们多了一身武艺而已。

林冲的绰号叫作"豹子头"，生的"豹头环睛，燕颔虎须，八尺身材"，又使得条丈八蛇矛，活脱脱一个张飞再世。不过可惜，林教头虽生的"豹子头"，却没有豹子胆，更没有张飞喝断长坂桥的英雄虎胆。

事情到了这种地步，林冲想到的还是忍，可能是他觉得自己还不够惨。他真是低估了这些小人的智慧，高估了这些小人的品德。

鲍鹏山教授有句话说得好：小人只是道德坏，但小人智力不坏。

说起害人，小人都是自带系统的。小人的招数多着呢！

陆谦只是送金子让董超、薛霸结果了林冲，没让他俩折磨林冲。但董超、薛霸自有招数，扩大了服务内容，将个林冲整得三魂出窍、五魄脱体。从这也可以看出林冲确实是惨。《水浒传》中，被刺配的人不在少数，但无一人如林冲般苦难凶险。杨志、朱仝能够平安抵达，不仅如此，还在服刑地得到了当地领导的赏识，得到了很好的差事，迎来人生的转机；武松在途中，虽然遭到了暗杀的凶险，但却可以凭本事自保，并反戈一击，手刃仇敌。更有甚者宋江，不仅沿途好吃好喝，更一路收揽了童威、童猛、李俊、李立、薛永、张横、穆弘、穆春、戴宗、李逵、张顺、侯健、欧鹏、蒋敬、马麟、陶宗旺等十六位好汉。宋江这不是流放，这是花仙子的故事，朋友走一路交一路。

这么多人被发配，只有林冲最惨。沸水烫脚、麻鞋磨泡、饥行渴宿，路程没走得多远，打骂却吃了不知几顿。最后若不是鲁智深——野猪林里堂堂八十万禁军教头，就要交待在董超、薛霸两个腌臜泼才手中！

即便如此，林冲竟还替两个恶徒求情。从这点可以看出，此时的林冲仍不愿反抗，对于高家父子构陷自己所造成的刺配命运仍然是准备接受的。

林冲的这种忍耐，直到风雪山神庙那晚手中的尖刀搠入陆谦的胸膛方才宣告结束。草料场的冲天大火烧红了夜空，同时也将林冲最后的希望化为灰烬。

不过这次林冲是真的无路可走了，人家是天无绝人之路，他这是天无活人之路，不过这也正是梁山泊该要登场的时候了。《水浒传》书至十一回，梁山这一全书主场终于因林冲的走投无路而亮相了。所以才说，"逼上梁山"这句话，真的就是为林冲设计的。

然而，上梁山却不是林冲说上就能上的。别人上梁山都是热烈欢迎，只有林冲上梁山是困难重重。前面说了，王伦对林冲十分苛刻，先是百般推托，后是逼其杀人。这对于品格上不愿自污的林冲来说，精神上带来的折磨必定更加强烈。要不是杀出个杨志，林冲真的可能连梁山都上不了。

所以当王伦以同样的理由（山寨小容纳不下）和同样的方式（拿出银两打发）来赶晁盖等人下山时，目睹此景的林冲必定勾起了心中屈辱的回忆。加之吴用恰到好处的挑拨，林冲终于血性了一回，手刃王伦。

王伦确实可恶，梁山在他手里也壮大不起来。但王伦没有罪，甚至没有错。他是梁山的老大，他有权不收留别人。拒绝晁盖等人上山的原因表面上是书中讲的嫉贤妒能，实则是担心被外来者吞并，是山寨之主对自己权益的一种本能保护。而之后山寨果然易主，恰恰证明了王伦当初的担心是对的。

即使王伦有罪，也罪不至死，林冲大可将他赶下山去，自生自灭。但林冲动手前就先说了："我其实今日放你不过！"

林冲早埋杀心，只是等今天这样一个机会。可怜王伦，犹在梦中，足见一介书生！

杀了王伦，其实林冲大可自立为山寨之主，但他却强推了晁盖。我想原因大概有三：

一是不愿担当以下犯上、杀主篡位的骂名。以林冲的本事与声名，其实早就可以杀王上位，但他直到今天才动手，不想背负江湖骂名是个重要原因。

二是确实对坐大哥之位没有兴趣。也许林冲内心仍想做"林教头"，而非"林大王"。而且一旦做了山大王，势必使得自己藏身梁山的消息宣扬出去，极有可能使得高太尉借机迫害京中家眷或兴兵征讨，这都不是林冲想看到的。

三是忌惮晁盖七人集团的实力。虽然在武力上林冲未必敌不过，但林冲毕竟孑然一人，山寨中没半个心腹，恶虎难架群狼。

总之，林冲做出了一个明智的决定。但可悲的是，这并没给林冲带来应有的回报，甚至连境遇都没有得到应有的改善。王伦在时，林冲就坐第四位，现在晁盖来了，林冲仍排第四位。原来上山时是新人，没有功劳和苦劳，排名靠后没话好说；现在比起晁盖等人，林冲算是老人了，而且是晁盖们得以窃据梁山的首功之臣，居然还只能排在第四位。

等到晁盖又换成了宋江，林冲的境遇却更差了。

宋公明集齐了一百零八人，正好两副扑克牌，看看山上的机构设置和人员编制基本齐备，于是开始了人事布局。

先是两杆大旗：山东呼保义，河北玉麒麟。

是的，没有林冲。

然后是参谋联席会委员（掌管机密军师二员）：吴用、公孙胜。

没有林冲。

接下来是参谋联席会候补委员（同参赞军务头领一员）：朱武。

嗯？还是没有林冲。

那好，再往下看。马军五虎将五员（这下该有林教头了吧）：大刀关胜（嗯？！竟然……），豹子头林冲，霹雳火秦明，双鞭呼延灼、双枪将董平。

原来好歹还是前四，而且第三名的公孙先生还长期缺岗，林冲在山寨上的话语权还是有保障的。可现在排名一退再退，甚至已经被明显扫出了核心圈，而且实际权力连这个排名还不如。林冲可谓江河日下。

纵观宋江这次的人事布局，虽说政治意味较浓，但单就业务职能设置来看，财务、马军、步军、水军、情报、基建、医疗、后勤、交通等一应俱全，说得上考虑周详。但唯独缺失了一样——军事训练。

梁山泊在王伦时代，想来以王伦、杜迁、宋万、朱贵的能力，显然不可能训练出一支铁军。接下来陆续上山的好汉们，成分复杂，甚至还有许多非军事人员，大都不具备正规军事素养。即便是关胜、秦明、徐宁、董平等职业军人，也都是以个人勇力著称，训练士卒不是所长。

梁山一百零八个好汉的工作分工，没有一个是专门负责军事训练的。也许宋江吴用们以为马步水军的头领自然会承担这项工作。但是，大部分的头领会做吗？他们即使读过兵书战策，但他们会传业授技吗？武松打得了猛虎，未必教得出猛虎般的士兵。

其实谁最适合这个岗位不言自明——林冲，八十万禁军教头。专业对口，业务熟悉，具备多年教学经验，水平业内公认，简直不要太合适。

但是宋江们把他忽略了——绝对是有意的。

好吧好吧，就算是先笑不算笑，谁笑到最后谁笑得最好，林冲如果最后能落得一个好结局，也算苦尽甘来。然而，林冲得到的，又是所有人之中最惨的——瘫痪在床，活活气死。

林冲，逼上梁山的凄惨之人，真惨！

武 松——犯二青年

四大名著有一个共同的特点，就是结尾均非全书的高潮，大家耳熟能详的经典桥段均不在最后收尾处。比如《三国演义》之草船借箭、三英战吕布；《西游记》之大闹天宫、三打白骨精；《红楼梦》之黛玉葬花、刘姥姥逛大观园。而《水浒传》也同样，说起它的经典段落，大家脱口而出的必然是武松景阳冈打虎，而肯定不会是宋江魂归蓼儿洼。

武松打虎，绝对是《水浒传》中最浓烈艳丽的一笔。毫不夸张地讲，武松打虎之于《水浒传》，就是《西游记》中的大闹天宫，就是《射雕英雄传》里的华山论剑。

武松之所以为人所共仰，不是因为他杀了蒋门神或者西门庆，而是因为他打死过老虎。杀人谁不会？忠义堂里没几个人的手上未沾过旁人的鲜血，就连黑三胖宋江也杀过阎婆惜，可有几个杀过老虎？

打虎，是武松最耀眼的光环，是他一生的王者荣耀。

武松在杀掉张都监一家后，蘸着鲜血在墙上留下姓名——"杀人者，打虎武松"。还特将"打虎"二字冠于姓名之前，可见打虎一事在他自己心中的分量。

施耐庵对于武松可以说十分偏爱，从第二十二回到第三十一回，独写了武松整整十回，水浒一百零八人，无一人有此厚遇。而这十回，第一回就是景阳冈。

开篇就做打虎英雄，武二郎的运气够好的。不过这原本并不是他计划内的事，纯属意外。

情节大家都很熟悉了，武松回乡寻兄，途经景阳冈，在冈前一家酒肆吃酒。店家卖弄噱头，说什么"三碗不过冈"，结果被武松连喝十八碗，实力打脸。之后店家告诫武松山上近日出了老虎，却被武松视为又一推销住宿的营销手段，说："便真个有虎，老爷也不怕。"

这时的"不怕"，应该主要还是不信。再加上还有十八碗私家精酿好酒的力道支撑，武松此时执意上山，是逞强大于勇敢。

等上了冈，在山神庙（又是山神庙，看来梁山好汉犯山神）前看到了阳谷县衙关于老虎伤人的告示，武松这才相信有虎。待要转身下山，又不想在店家面前受耻笑，于是继续前行。这时武松显然是害怕的，但在他心中面子更重要，这也是江湖好汉的共有价值观：掉脑袋可以，但不能被人耻笑。而且至此武松对于真有虎虽已确信，但对于是否会真的被自己遇上，仍抱有侥幸，并自己给自己打气："怕什么鸟！且只顾上去看怎的。"

与其说这是勇气，倒不如说有些"二"。不过看看武松的年龄，二十五岁，正是二字当头。这岁数，又有一身武艺和力气，兼之腹中十八碗劲酒作祟（别忘了还有数斤牛肉），想不犯二都难。何况，他本就叫作"武二"。

明知山有虎，偏向虎山行，二不二先不说，起码胆量是有的，毕竟憨大胆也是胆。

武松上了冈，当真遇上了老虎。这真是越怕出事就越会出事，武松早于墨菲几百年验证了墨菲定律。结合武二郎的名字和他这犯二的行为，墨菲定律在这里也可以叫"二定律"。

现在才是真的考验。但武松此时已忘记了害怕，生平打熬的气力和胆识发挥了作用，干掉了这只大虫。

看书中的描写，武松仅凭徒手就打死了老虎，过程中也几乎没有受伤，似乎并不很难。其实这是施耐庵的写作习惯造成的，以人敌虎，怎么可能轻而易举？我们可以通过分析武松的对手——老虎来体会一下。

这只老虎在景阳冈上，按地域来看，应该是华北虎，即华南虎的一个亚种，书中说它是一只"吊睛白额"的大虫，即眼睛上翘凶恶，额头白色的老虎。这个白额，就是华南虎区别于东北虎的重要特征。

华南虎体型较东北虎（西伯利亚虎）要小，但体长也达2米左右，体重200公斤，堪称巨兽。仅凭个人力量又是赤手空拳，要将这头已

"坏了三二十条大汉性命……猎户也折了七八个"的食人猛兽打死，倘无一身惊人神力、英雄虎胆，如何能够做到！

武松凭借打虎，成了天下敬仰的英雄，并做上了阳谷县的都头。从一名伤人的逃犯，一跃成了抓捕逃犯的执法人员，可谓华丽转身。而且恰在此时，武松又在街头与大哥武植相遇，带着打虎英雄的侠名与新任都头的威风，正是光耀门楣衣锦还乡。

如果生活就这样延续下去，武松不会去杀人，更不会上梁山。他会安稳地做他的都头，维护治安，打击犯罪。待二十余年后，靖康之耻（本人将书中所述事件时间细细排数一遍，武松打虎应在徽宗元符年登基后约两年，距宣和年汴京沦陷有二十四年），武松虽年近半百，但以他的脾性，极有可能奔赴国难，抵御外侮，从打虎英雄升格为民族英雄，得到一个与断臂独居、孤亡古寺完全不一样的结局。

但还是那句说了无数次的老话：生活没有如果。

生活，只有结果，只有后果。

武大郎被毒死，潘金莲、西门庆被剜心砍头，王婆被坐了驴吃了一剐，武松被流配直至再杀人继而为山贼，这着实是个多方共输的结果。

武松杀嫂，是人性原恶与丑陋的一次彻底曝白。

潘金莲只看了武松一眼，就先想到了他"必定生得好力气"（一上来就想歪了），可想她同时必定脑补了许多儿童不宜的动作画面。而且几乎不假思索地，潘金莲就打定了主意：何不就让他搬来同住（已设计好了计划）。想不到我一段姻缘，就在这里（春梦还先做上了）。

只看了武松一眼，就轻而易举地决定出轨（而且是叔嫂乱伦），足见潘之后与西门庆的奸情绝非偶然。那些为潘氏大鸣不平，云其是追求幸福，应予理解，并大可原谅之言论，足可休矣。

武大郎只是丑，其他方面并无不堪之处。他没有黄赌毒之类的不良嗜好，勤劳工作（购置了临街的二层楼房），疼爱妻子（武松回家，潘金莲陪小叔子说话，武大郎在楼下弄酒做饭）。他的丑，不应是潘金莲出轨的理由。反之同理，老婆丑，同样不是男人出轨的理由。

而且，潘金莲出轨满足的是欲望，并非爱情。

武松发配孟州牢城，没吃杀威棒，倒莫名其妙连吃了数日好酒好肉。在武松的逼问之下，施恩登场了。

一听这位的名字，也可猜到他优待武松的原因了。施恩，就是要施恩图报的嘛。果不其然，施恩央求武松夺回被抢的快活林。

其实蒋门神夺走快活林之前，施恩本也是当地餐饮娱乐业的一霸："小弟一者倚仗随身本事，二者捉着营里有八九十个拼命囚徒。但有过路妓女之人，到那里来时，先要来参见小弟，然后许他去趁食。"说白了，就是仗势欺人，强收保护费，雁过拔毛。估计这快活林也接近黑店性质，卖的弄不好也是"天价大虾"。

但不管怎么说，武松接受了施恩这么多天的贵宾级特殊服务，不能没有回报。当然，也有逞强的成分。因为之前介绍蒋门神时施恩有意无意说起："（蒋门神）自夸大言道'三年上泰岳争交，不曾有对。普天之下，没我一般的了'。"

武松此时是打过大虫的好汉，自信心爆棚，哪能低头服软？非要当场举石礅，动手前定要喝醉，其实就是在和施恩斗气——你还真以为我敌不过那蒋门神？

当然，武松是真本事，蒋门神这种货色根本不够瞧的。也得亏他乖觉，抓紧服软求饶，不然他这"门神"真得变成画贴门上了。

但历来明枪易躲，暗箭难防。武松施恩以为赶跑了蒋门神便万事大吉，只天天关起门来喝大酒，却忘了人家背后还有个张团练。

人家计策也不复杂，并不比高俅引林冲误闯白虎堂高明多少（高太尉以宝刀诱林冲，张都监凭玉兰赚武松，如是而已），顶多也就算是略施小计，就叫武都头着了道儿。

武松这回算是真正认识了社会。

所以当武松在潜回都监府，杀掉张都监、张团练及蒋门神之外，又将所见之人尽数杀尽，其中也包括了玉兰。

许多人认为这一段就是为了描写武松复仇而已，其实不然。这一笔施耐庵绝非仅仅是为了给武松和读者出气，更是为了日后武松在梁山反对招安做出铺垫。因为至此，武松不再对体制抱有期待与希望了。上一次杀人，武松选择了自首，他当时必定仍对重回体制内留有期待。而这一次，武松双手再次染满了鲜血的时候，他已不再抱有任何幻想。只见他：

> 提了朴刀出角门外，来马院里除下缠袋来，把怀里踏扁的银酒器都装在里面，拴在腰里。拽开脚步，倒提朴刀就走。

杀人不忘掠走金银——标准的梁山业务流程。武松还没上梁山，却先遵从了梁山的规矩，算梁山的预备役战士吧。

逃出孟州城，武松又流落到了十字坡酒店分店，幸与张青夫妇重逢。张青捧出一副头陀衣刀、佛珠、度牒（前文已见，今时方见其用也），劝武松扮了行者，去投二龙山。

此处书到第三十一回，武松的篇章暂告一段落。等二郎再露面时，已是第五十六回了。

三十一回之前，武松是打虎英雄，虽两次犯了血案，但打虎名头不辍。在孔家庄里，孔氏兄弟听说他是武松，纳头便拜。所拜的不是武松原为都头或有杀人的"好汉"行径，而是拜的他景阳冈打虎的威名。

而至五十六回再登场之后，武松已成为山大王，整日里打家劫舍，干着与梁山同样的勾当，与梁山是同行儿了。

因为要对抗青州府，武松所在的二龙山与孔家兄弟的白虎山以及史进、李忠、周通的少华山联合，三山组团投奔了梁山。

说是投奔，其实就是三家小公司主动上门，求梁山这家大公司来兼并自己。之所以三山联合，就是为了兼并时能谈个好价钱，毕竟联合起来要强大一些，话语权也更大一些。

三家山头，共计有头领十一人。这其中绝大多数是支持上梁山的，上了梁山之后也是积极拥护领导决定的（比如宋江的招安政策）。而难能可贵的是，在这种情况下，武松却一直保持了清醒的头脑和独立的思想。

宋江第一次公开表达了招安意愿时，头一个站出来反对的就是武松。这符合武松的性格，光明磊落（二的表现），但也因着这个缘由，使他与老大宋江之间产生了罅隙，且无法弥合。

武松与宋江本来关系不错，初次见面就在柴进庄上结拜为兄弟。很多读者没有注意过，这个也叫宋江哥哥，那个也唤宋江哥哥，但宋江从未真正与人结拜——除了武松。整部《水浒传》中，唯有武松和宋江结拜过。梁山自宋江以下一百零七人，个个口称宋江"大哥"或"哥哥"，但这个"大哥"不是兄弟之"大哥"，而是"老大"的意思，更近乎一种领导称谓，约等于职务名称。

只有武松是和宋江真正结拜，并行了八拜之礼，义结金兰。

也许武松正是因为有了这层独一无二的关系，感觉自己可以也应该对宋江加以阻抑和劝止。

武松这样做与李逵是不同的。李逵反对招安是出于眼界低、幼稚，近乎小孩儿使性子；而武松是深思熟虑，看透了招安的本质与前景。而且李逵反对招安是替宋江不值，是基于对主人宋江的个人感情，属于私忠；而武松是从整个梁山以及全体弟兄的立场来思考的，是出于公心，属于大义。所以两人都站出来反对招安，但出发点和着眼点都不一样，根本不是一个层次的。

武松上了梁山之后，出于某种原因有意无意地和宋江保持了一定距离。正是由于这种适当的疏离，使武松可以任意发表不同意见，而不必过多顾忌与宋江的关系，毕竟不是人人都像李逵一样缺心眼儿。

但武松终究还是高估了公明哥哥的心胸与格局。宋江不许弟兄们有思想，尤其是武松这样有能力有号召力的人。

而且在宋江心中，金钱、女人、面子都可以毫不吝惜地拱手相赠，唯有招安，是绝对不容许任何侵犯的。谁忤逆了宋江的这个意愿，就如同与宋江公开决裂。

所以乐和唱出的确实是宋江的心声。施耐庵安排武松、李逵两人站出来，颇值得玩味。一个宋江最忠诚的奴仆，一个宋江唯一的结拜兄弟，他二人的公开反对，恰恰表明了宋江招安政策的不得人心，从最贴己的人那里都没获得支持。

武松因此与宋江就算结下了梁子，但武松自己恐怕还没意识到。他的性格就是这样，磊落、耿直。不过他的耿直总带点儿"二"的意味，也经常通过有点儿"二"的方式表达出来。

而吴用对招安同样没投赞成票，但公开场合从不和宋江唱反调，比较注意维护宋江形象。私下发表不同意见时也很注意方式方法，不失分寸。

宋江安排乐和唱宣传招安的《满江红》，特意选择在重阳节宴会上，目的就是吹风，算植入广告。

但武松偏偏第一个跳出来搅局，既破坏了欢乐和谐的节日气氛，更使宋江无法下台。而且考虑到武松与宋江的结拜关系，以及他所代表的二龙山的势力，怎能不使宋江恼怒和警惕。

但宋江是多么高超的伪装大师，场面上不露痕迹，仍耐心和武松讲道理。然而武松又是一个多么耿直（很二）的汉子，势必坚持自己的意思。于是宋江没有继续说下去。两人的关系，就这样在无声中走向疏远。

也就在这次重阳风波之后，极少见武松与宋江有过什么交流，更没有什么深度与内容兼具的直接对话。宋江，从内心对武松关上了大门。

但此时武松是三山小集团的主要头领，又兼有一身武艺与打虎威名，宋江不敢翻脸。但武松却自毁长城。

上了梁山之后，武松被任命为步军头领。尽管武艺高强，但相比马军来说，步军作战的危险系数显然更高。武松虽然有天人之勇，但天外有天，人外有人。天师包道乙的飞剑，便取了武松一条左臂。这虽然有包道乙法术高强的因素，但也有武松打仗卖力不顾危险的原因。

这是武松最后一次犯二。之后，他就被宋江抛弃了。

断臂的武松失去了武力，作为空负虚名的"前打虎英雄"，对宋江来说利用价值还不如一个喽啰。宋江安排武松留在六和寺照顾风瘫的林冲——果然是当作一个喽啰来使用的。

武松、林冲，两位叱咤风云、威震一时的绝世英雄落得如此下场，实在令人唏嘘感怀！

一本《水浒传》通篇读来,武松确实不时犯浑犯二,当真不亏了他叫作武"二"郎。但武松的二,不是李逵那样的脑残,薛蟠那样的呆霸,更不是巴神那样的浑不吝。武松的二,更多的是一种磊落,一种阳明昭昭的大气魄、大胸襟。

甚至可以说,没有了这些戚戚小人眼中的"二",武松的形象就没有这么高大英伟,就不会如此令千万的读者着迷。

杨 志——大志难伸

梁山一百零八将中不乏专业军人出身的原朝廷武官,但若说得上真正的将门之后,根正苗红的不过寥寥数人。细数之下,不外大刀关胜、双鞭呼延灼和青面兽杨志三人而已。

大刀关胜,虽然书中将他的外貌、衣着、兵器,乃至坐骑都按其伟大祖先进行了一比一复刻,但他表现出的实际战力和军事才能,和祖先比只能算是个渣儿。故而关胜除了给人以一种高仿味道极强的山寨即视感以外,真没有留下什么值得一书的业绩。可以说,大刀关胜,也就是个梁山模仿秀冠军而已。

双鞭呼延灼要靠谱得多,开国名将呼延赞之后,武艺韬略都远甩关胜几条街。但假若吹毛求疵一点,呼延赞早年的战功并不十分出色,且多是凭个人武力炫示勇猛,行兵布阵方面几乎没有表现。而且呼延赞自己将"赤心杀贼"纹遍全身,平日也喜爱将忠勇挂在嘴边,表演性质强了些,皇帝也没给过他较高职位。所以整体上和杨志的先祖五侯令公杨业相比,差了几个段位。

杨志的祖上,书中说得明白:三代将门,五侯杨令公。所以杨志绝对是梁山之上真正的将门虎子。也正是因为这样的家庭背景,杨志起初也是不愿上梁山的。虽然因为失陷花石纲丢了官职,但王伦诚邀之下,杨志还是坚辞,选择重回体制内。

正如他的名字，姓杨名志，他是有志向的：

指望把一身本事，边庭上一刀一枪，博个封妻荫子，也与祖宗争口气。

就单凭这一点，杨志就将梁山上众多人落下一大截。大多数好汉们上梁山，冲的是"大碗喝酒，大块吃肉，大秤分金银"，什么志向？不如提个牛子取了心肝，做一碗三分醒酒酸辣汤来得舒心实惠！

不过现实没有给杨志实现志向的机会，反而朝着相反的方向一推再推。

杨志原先是殿司制使官，故人多唤其"杨制使"。书中有介绍，这个制使职务，杨志并非得于祖荫，乃是参加武举应试而得，可见其确有真才实学。但也可得知，杨家此时早已式微，否则杨志的复职之路也不会如此艰难。

杨志做上这个制使官，没能到边疆抵御外侮，而是做起了皇家镖师，押运花石纲进京。按以前的评价，就是做了封建皇帝和地主阶级的走狗，欺压劳苦民众。

不过这个杨志也没干好，黄河一声咆哮，打翻了他的船队，失陷了花石纲（花石纲运输实际不走黄河，另文详述）。失职有罪，杨志没法交差，竟然选择逃走，成了负案在逃人员。直到天下大赦，宽宥了他的罪名，杨志才收拾了一担财物，想要复职，再次向理想发起冲击。堂堂杨家将后人，想要报效国家，竟要靠行贿，说来也真是唏嘘。

然而别人行贿皆可，唯杨志不可，这在《水浒传》中独此一例。这并非作者想表示大宋还有好官，而是恰要凸显杨家忠良之门的凄凉晚景。连杨令公的嫡孙尚且如此，这样的朝廷如何不亡？

更可恶的是，这些贪官拿钱不办事，还不退赃，弄得杨志事没办成，钱先没了，连吃饭都成了问题。没办法，唯有变卖祖传宝刀。

说来也巧，宋朝开国名将曹翰曾和宋太宗对诗："曾因国难披金甲，不为家贫卖宝刀。"且不说老曹是不是在装穷，但杨志卖刀原来早有先例。

刀虽是宝刀，却遇不上林冲那样识货的买家。杨志在大街"立了两个时辰",没等来行家,等来个牛二。

牛二,一听这名字就知道这货一定很二。果不其然,耍无赖撒泼皮也不看看对象,惹谁不好惹卖刀的?何况杨志既名"青面兽",面貌凶恶自不必说,脸上那一搭青记,七尺五六身材,怀中还抱了钢刀,岂是善与之辈。

可二货之所以叫二货,就是明知不作不死,可偏还要作。

杨志卖刀杀了牛二——标准的没有买卖就没有杀害。

虽然为京城除了一害,但杨志还是免不了脸上刺了两行金字(不知配上他的青记是什么效果),发配充军。

可怜杨志,他的志向明明是"与祖宗争口气",可偏偏净干丢祖宗脸的事儿。现在可好,不仅边庭上一刀一枪立功做不到,更成了流配罪犯。自此,杨志再没提过自己是"三代将门之后,五侯令公之孙",说出来,真真辱杀先人!

不过杨志迭配至北京城大名府,却意外地得到了留守梁中书的赏识。您可能会问,留守是个什么职务,大得过知府吗?

北宋建朝,全国置有四京,即东京汴梁、西京洛阳、南京宋州(今河南商丘)、北京大名(今河北大名东北)。东京汴梁为国家首都,设开封府。余下三京,分别设河南府、应天府和大名府,各以留守司为最高权力机构,而留守,即相当于直辖市市长。

所以,这位梁世杰梁中书在大名府可谓一言九鼎,兼之又是蔡京的女婿,杨志能得到他的赏识,人生似乎又迎来了转机。

起初的情况也确实如此。梁中书先是将杨志留在自己厅前使用,后又专门创造机会让杨志展示武艺。而杨志也很争气,枪术剑法都技压众人,展现了杨家将的应有水平。梁中书自此更加器重杨志,一举擢拔为掌军提辖使,还留在自己府中居住,常随左右。

然而杨志的春天尚未开始,新的灾难又降临了。书中有道:"时逢端午,蕤宾节至,梁中书与蔡夫人在后堂家宴,庆贺端阳。酒至数杯,食供两套,只见蔡夫人道:'相公自从出身,今日为一统帅,掌握国家重任,这功名富贵从何而来?'梁中书道:'世杰自幼读书,颇知经史,人非草木，岂不知泰山之恩。提携之恩，感激不尽！'"

这段文字十分有趣。梁中书的夫人，按古时礼法及书写习惯，应当写作"梁夫人"，而此处却作"蔡夫人"。这并不是施耐庵疏漏，而是故意写明强妻弱婿的夫妻关系。"梁夫人"已作"蔡夫人"，而梁中书的自称则更加"低调"："世杰"——竟对自己的妻子以己名自称！少见之至。而蔡夫人说话更加直白，直接动问丈夫，你的功名富贵哪里来的？梁中书急忙表明心迹，我不是忘本之人，全靠老丈人！不谢皇上谢丈人，国家公器私相授予。这要是让宠幸蔡京的皇帝老儿听了，不知做何感想。

蔡夫人的第一问梁中书回答正确，不过那只是热身。

蔡夫人道："相公既知我父亲恩德，如何忘了他的生辰？"梁中书道："下官如何不记得，泰山是六月十五日生辰，已使人将十万贯收买金珠宝贝……见今九分齐备，数日之间，也待打点停当，差人起程。"

第二问才是重点。梁中书看来也体会到了，以至于直接对自己的老婆自称"下官"。

大家看这位梁中书，不仅对老婆口称"下官"，而且也真的像下属对长官一样，把如何为泰山大人贺寿这一年度最主要工作的开展情况进行了详尽汇报：购买寿礼（金珠宝贝）、标准（十万贯）、工作开始时间（一月之前）、目前进度（今见九分齐备），预测完成时间（数日之间），以及工作隐患（去年礼物不到半路，尽被贼人劫了……至今严捕贼人不获）、实际困难（今年叫谁人去好）。可谓计划周详，考虑缜密。而且最后，为使领导夫人放心，中书大人又打下包票，"世杰自有理会"。

他二人这边妻唱夫随，可苦了不知大祸临头的杨志。

看看六月十五生辰临近，蔡夫人催问"生辰纲几时起程？"总要夫人动问，梁中书太被动了，不过他也有理由，工作遇到难题了：上年费了十万贯收买金珠宝贝，送上东京去；只因用人不着，半路被贼人劫将去了，至今无获。今年帐前眼见得又没个了事的人送去，在此踌躇未决。

蔡夫人倒是直接给出了解决办法。

　　蔡夫人指着阶下道:"你常说这个人十分了得,何不着他委纸领状送去走一遭,不致失误。"

　　杨志中招。不过,这接下来梁中书的反应却颇值得玩味。

　　梁中书看阶下那人时,却是青面兽杨志。梁中书踌躇,便唤杨志上厅,说道:"我正忘了你,你若与我送得生辰纲去,我自有抬举你处。"

　　"却是青面兽杨志",一个"却"字;"梁中书踌躇",偏又一个"踌躇";"我正忘了你",前文方说"梁中书十分爱惜杨志,早晚与他并不相离",如何现今却又"正忘了你"?

　　一个"却",一个"踌躇",一个"正忘了你",写出梁中书多少意外、犹豫、没奈何。看得出来,梁中书是未打算让杨志去的。不是说没人可用了吗?为何偏偏"正忘了"武艺高强的杨志?这里有个细节许多读者可能没有注意到,梁中书抱怨说去年生辰纲遭劫,正是因为"只因用人不着",去年杨志未到,可是留守司不还有个和杨志旗鼓相当的索超吗?然而,今年"正忘了"杨志的梁中书,去年也"正忘了"索超。

　　大家说奇怪不奇怪?难道十万贯白搭了梁中书不心疼?

　　如果说梁中书是一时脑子短路忘了杨志,也有那么点可能,但要是这样,当蔡夫人点到杨志时,梁中书的反应理当是"哎哟,对啊!"一副如梦方醒的样子才对。可是梁中书,竟"踌躇"起来。

　　这上下结合起来看,令人甚至怀疑,上年的生辰纲,压根就是梁中书自己派人劫的!

　　这样的话,梁中书去年今年先后"正忘了"索超、杨志,还有他的"踌躇",就都解释得通了。因为索超、杨志的武艺,足以击退依靠武力动手的劫匪,显然梁中书手里没有可以匹敌二人的人选,故而只好"正忘了"二人。但蔡夫人偏偏直接点了杨志的名,所以梁中书老大不愿意,以至于"踌躇"起来,但又无法搪塞,只好听命如此安排。

杨志领命之后，梁中书对生辰纲的押运办法做出了具体安排。

梁中书道："着落大名府差十辆太平车子，帐前拨十个厢禁军监押着车，每辆上各插一把黄旗，上写着'献贺太师生辰纲'。每辆车子再使个军健跟着，三日内便要起身去。"

想来中书大人去年必定也是如此安排。这简直是一个套路的，三藏法师走到哪里都先报上名号："吾乃前往西天取经的唐僧是也"，生怕妖精不知道他的肉能长生不老似的。

梁中书这样安排时，也许尚未死心。既要插旗标明运送财物，却又只安排二十名护卫，兵力明显不足，足见中书之心。其实这从两次失陷生辰纲之后的处理就能看出来。去年生辰纲被劫，贼人至今未获，但未听说致令任何官吏遭到处罚。而今年被劫，不仅严令当地州府缉捕，否则发配沙门岛，更限期十日——这次是真丢了十万贯，真心肉疼啊！

不过杨志坚决拒绝了这一安保安排。但是千算万算，杨志没算到又出来一位谢老都管。

反正杨志命里就犯在什么"纲"上了。上次是失陷花石纲，黄河风浪大，是天灾；这次是晁盖七人计赚，是人祸，都让杨志赶上了。好赖沾上"纲"的差事，杨志横竖就是搞不定。

其实吴用所谓的智取生辰纲，其计划并不高明，甚至漏洞百出，但杨志还是着了道，当然责任大半是老都管谢奶公的（其实"奶公"一职，已表明他只能搞些衣食冷暖的内勤，根本无法胜任外事工作，何况这等险山恶水）。不过杨志没有留下面对结果，而是选择了和上一次失陷花石纲同样的逃避，事实证明这不是个正确的解决办法——这一稍显懦弱的行为直接使谢都管有了推卸责任和诬陷杨志的机会。

杨志因此背了锅。不过他不在乎了，他自己明白从此和体制内无缘了。他"边庭上一刀一枪，博个封妻荫子，也为祖宗争口气"的理想也不可能实现了。

不过阴差阳错，最后杨志还是跟随梁山接受招安，重回体制内。但是，杨志在这之前必须完成书中大部分主要人物都要完成的事——上梁山。

刚失陷生辰纲时，杨志还真是这么打算的，因为林冲在梁山，而且王伦还主动邀请过自己。但是，这样安排是万万不可以的。

假使杨志此时真的去梁山入伙，想必王伦仍旧会是欢迎的。但杨志若真在梁山做了头领，那晁盖吴用等人如何还能再上梁山？杨志要是得知七个投奔者正是劫生辰纲、害自己落草的对头，还不领兵下山厮杀？到那时就不是豹子头火并王伦，而是青面兽火并晁盖了。当然，也更不可能再有今后的梁山大聚义了。

所以杨志现在还不能上梁山，书中借"操刀鬼"曹正的口，另给杨志推荐了一个去处——二龙山。杨志偶遇鲁智深，不打不成交，二人合力夺了二龙山。

在这一过程中，杨志实际上并未能通过与二龙山原大王"金眼虎"邓龙的正面对决中展现自己的武功，而是仅仅搠倒了几个喽啰。反而是正式开打之前，和鲁智深来了一场较量。

通过这场遭遇战（动手之前两人互不相识，在山下突逢），杨志树立了他日后梁山一流猛将的地位。

书至第十六回，算上这一次，杨志一共和林冲、索超、鲁智深三次对决（杀牛二当然算不上什么对决，只如杀鸡屠狗而已）。在这三次正面硬杠中，杨志全部未落下风，从结果来看，全都平分秋色，不过内容过程却大有不同。

首先是和林冲。当时林冲劫走了杨志的金银挑担，那可是杨志的全部身家，也是杨志到东京殿帅府跑路子的全部本钱，所以杨志必定是拼死抢杀，舍命相搏，弄不好武功还超常发挥。

反观林冲，当时对杀人纳投名状是不情愿的，而且生平第一次打劫，内心的负罪感必定十分强烈。所以武艺上的发挥，势必要打些折扣。

此消彼长之下，杨志多少占了一些场外因素的便宜。但他与林教头的水平差距应该很小，青面兽和豹子头，伯仲之间，林教头理当略胜半筹。

接下来是第二次，对决索超，这次杨志是受梁中书授意，有意夸示武功。但毕竟仍是比武，尚属竞技范畴，不能与战场厮杀同日而语。所以杨志应当是点到即止，至少是有所控制。而且考虑到杨志当时仍是戴罪之身，配军一名，面对军官索超，想必多少还是会有所顾忌。而索超绰号"急先锋"，性子火暴不亚秦明，此刻又是替败于杨志的同事出头，想来不会留手、更不会留情。

按这个思路两人仍战成平手，可见杨志应当稍强索超半分。

最后这一场对决，与前两次正有不同。两人在树林之中碰面时，杨志是准备武力夺山，自然是战力值满满，杀气腾腾；鲁智深则是攻山不顺，正憋了一肚子怒火，两边可谓都是上足了发条，铆足了力气。从气势上，两人可谓是旗鼓相当。

这一场和曾经倒拔垂杨柳、拳打镇关西的"花和尚"的正面硬刚，杨志使用的还不是最擅长的家传兵器——朴刀，这使用朴刀，简直是《水浒传》武学者的必修技。而鲁智深，使用的是自行设计锻造的称手兵器——铁禅杖，这是《水浒传》中独一无二的存在，绝对属于独门兵器。

这样一来，就如同杨志这个特长生考试，偏不考他的特长，考公共基础科目。而鲁智深则是有什么特长，任意发挥。两人的起点就不公平。

两人最终还是平局收手。但与前两次被第三方叫停不同的是，这次是鲁智深主动停手，足见鲁智深对于战胜杨志并无把握。虽然杨志在心中也暗赞了鲁智深："哪里来的这个和尚！真个好本事，手段高！俺却刚刚地只敌得他住！"杨志虽然如此自说，但事实上杨志除兵器不称手之外，还有一个不利因素，就是疲倦。

书中写明，杨志遇到鲁智深之前，是"行了一日，看看天色渐晚"，走了整整一个白天，准备进林子歇息，应该是比较疲倦。而鲁智深是在树林中坐等，属于以逸待劳。再加上兵器称手与否的差异因素，此消彼长之下，杨志的发挥肯定被打了折扣。

三场超高质量对决、与三位一流高手过招，全然不落下风，后两场还隐有胜意，壮哉杨志！

和鲁智深占据二龙山之后，杨志坐了第二把交椅，成了打家劫舍的山大王，直至三山聚义打青州，最终一齐上了梁山。在此之前，杨志又得到一次展示祖传武艺的机会——对决呼延灼。

呼延灼和杨志的祖上都是宋朝开国时的名将，世代行伍，没想到今天阵前两军相见，明天还要同上梁山为寇。

杨志这次较量的结果，仍旧是平局。杨志倒是不伤和气！

二龙山、桃花山、白虎山，三山因为青州府攻打，商议之下干脆推倒墙来是一家，组队投奔梁山。

这就如同三家小公司，联合入股梁山这个大集团，盈利倒在其次，主要目的还是在于增强抗风险能力。但就三山的头领们来说，心中可谓五味杂陈、各怀心事。

其中最开心的，必定是白虎山的孔明、孔亮兄弟。二人是宋江的徒弟，等于和大集团董事长有关系，况且三山之中他们的白虎山实力最弱小，对合并到大集团肯定最积极。之后梁山的大排名也证明了这一点——以孔明、孔亮的孱弱，竟然力压打赢李逵的焦挺这样的实力派；杜迁、宋万、朱贵这样的资深元老派；还有孙新、顾大嫂、张青、孙二娘、李云、石勇等江湖名气、地位、综合实力都在自己之上的好汉。毫无疑问，白虎山是三山投梁山最大的受益者。

至于桃花山的李忠、周通，本事并不比孔氏昆仲高明多少，上梁山入伙，也算投托大寨，交出指挥棒，换回个保护伞。

而二龙山，则复杂得多。首先，二龙山自身实力最强，鲁智深、杨志、武松都是一流高手，后来又加入了曹正、张青、孙二娘、施恩，可谓人才济济。几个主要头领的态度也不甚一致。武松与宋江是旧交，应该比较积极。考虑到鲁智深结义兄弟林冲在梁山这一因素，鲁智深对于上梁山至少不抗拒。

只有杨志，失陷生辰纲之仇在眼前，想及自己杨门之后，落得今日剪径山贼之境地，杨志如何能与晁盖、吴用等人称兄道弟、把臂言欢？

奈何形势比人强。再怎么不情愿，杨志此时也得服这个软。但见他和宋江甫一照面，便道这三山聚义一梁山是：

此是天下第一好事！

八个字，说不尽英雄多少怨懑，道不完将军多少悲怆！

可怜杨志，原本志在边疆，不能开疆拓土，至少也要保家卫国，"为祖宗争口气"，如今却屈沉文面小吏麾下，手中缨枪反要指向朝廷。再加上每天还要面对晁盖等人的"可憎"面目，青面兽的内心，可知是何等煎熬。当他每天见到晁盖时，还得拱伏施礼，口称"天王"之时，心中又是何其屈辱。

最为可恶的是，在欢迎宴会上，晁盖竟然当众揭杨志的疮痕。

晁盖说起黄泥岗劫取生辰纲一事，众皆大笑。

全然不顾杨志的颜面！在"众皆大笑"之下，书中没有描写杨志做何感想，有何反应。可以猜想，必定是满面羞怒，一脸通红……哦不，衬着他脸上的青记，真正是青一块、红一块了！

面对羞辱，杨志选择了沉默。而这种沉默，伴随了杨志今后全部的梁山岁月。

何谓沉默？

首先是不出工。入伙梁山之后，杨志从不主动申请任务。当时梁山之上，马军头领仅有林冲、杨志、秦明、花荣、呼延灼而已，杨志实力上的优势十分明显。但杨志从不"抢"军功，别人下山厮杀，他却一直甘于镇守山寨。

晁盖攻打曾头市，没带杨志（自然不会带他）；宋江攻打大名府搭救卢俊义，又没带杨志；迎战关胜，亦不见他；等到宋江攻打曾头市，作战人员名单中终于出现了杨志，但从头到尾杨志没在战斗中出现过一次，生生当了一次观众——让老子出力去给晁盖报仇，做你的红楼梦去吧！

二就不出力。好不容易攻打东平府时，杨志终于出了一阵。可这一阵，却委实窝囊得很：

张清又一石子，铮地打在盔上，唬得杨志胆丧心寒，伏鞍归阵。

哪里还有杨家将的威风、硬刚"花和尚"的风采？

再至后来童贯来剿众好汉、高俅三打梁山泊，轮番恶战之下，杨志也仅出战一阵，斩了一个无名之辈李明。

这就是随梁山接受招安前，杨志的全部战绩。

招安后，仍旧如此。出征辽国，按说辽国乃杨家宿敌，又是迫死杨老令公的仇家，杨志竟也未见一阵。再征田虎，杨志仍仅仅挂名随行而已，还是未动一刀一枪，更遑论立功。就连王英之流都有斩获，杨志是当真不想干了。直到又征淮西王庆，才见到杨志出战，可就这一战，还中伏被困：

马疲人困，都在树林下，坐以待毙。

好个"坐以待毙"，这何止是不想干了，简直是不想活了。

宋江主动讨旨去江南征讨方腊，杨志还是寸功未立，仅限于每天点卯而已。再后来……就没有后来了。书中有载：患病寄留丹徒县。才刚过长江，就因病脱离工作岗位，成了出征方腊的梁山大军之中第一位非战斗减员的头领。

等到杨志再次在书中出现，已经到了第一百十九回，此时宋江已剿平方腊，准备班师回朝。书中曰：丹徒县又申将文书来，报说杨志已死，葬于本县山园。

对于杨志的死，宋江及梁山众将无一人表示出悲痛，甚至连一句慰勉追忆的话语都未曾有。梁山众好汉有多人是因病殒亡，记有林冲风瘫、杨雄背疮、时迁搅肠痧，张横、朱贵、朱富、白胜、孔明则是死于瘟疫。唯独杨志一人，没有记载是身患何病。这出奇的冷漠，与杨志的沉默有直接关系。他除去不出工、不出力之外，还不出声。

杨志作为梁山的一流猛将，又是梁山之中小三山集团的核心领导之一，话语权绝对是有的。但杨志遇到任何事，都像没嘴的葫芦一样，闷不作声。无论山寨做出任何决定，杨志都不表态，就如同木偶一般，装聋作哑。无论招安、反对并破坏招安，或是平叛、征辽，大家说怎样便怎样，但甭想让我表态。

杨志这玩的不是什么"讷于言，敏于行"，而是言也讷、行亦不敏，横竖就是不卖力。难怪谁死了，宋江不论真假都哭两声，唯独杨志死了，一字也没说。

杨志出场时，就是一副落魄相，但当需要拿出本事来时，他是毫不怯阵的。他一人押运生辰纲，晁盖七人都不敢凭武力硬夺，足见对其武艺的忌惮。上梁山之前，杨志先后正面对决林冲、索超、鲁智深、呼延灼四位一流高手，全然不落下风。但上了梁山之后，杨志惰战、避战，直接自废武功，直至自我毁灭。

杨志一生被梁山抢劫了三次。

第一次是被林冲劫去财物，虽后被奉还，但毕竟不会是一段什么美好的回忆。

第二次是失陷生辰纲，这次杨志失去的是前途，好不容易失而复得的前途——以至于杨志一度想要自杀。

第三次则是投奔梁山，实则是被梁山兼并。杨志这次失去了原本属于自己的山寨、队伍、财富以及领导地位。更重要的是，随着上梁山，杨志也上了朝廷的黑名单。

宋江和柴进乔装私入禁宫时，看到徽宗皇帝在"睿思殿"的屏风御笔亲书四大寇姓名：

山东宋江　淮西王庆　河北田虎　江南方腊

连宋江自己都惊讶，他竟然排在第一位！而杨志投奔了宋江，也就把自己和宋江绑在了一起。在朝廷眼中，他杨志也就和宋江没有区别，不过是首恶与从恶之分而已。本来杨志若一直在二龙山上待着，朝廷和徽宗甚至都不知他是哪号人物。他和鲁智深、武松在落草之前，罪名最重不过是杀人（且是个人渣），不像宋江，被扣的是谋反的帽子。杨志几人若是想招安，反而倒有几分重获朝廷真正委用的希望。但一旦跟了宋江，就好比加入了头号通缉犯的团伙，犯罪情节一下重了许多，从此便再无被朝廷和主流社会真心接纳的机会了。梁山众好汉最终结局也印证了这一点。

所以，实际上可以说，是梁山毁了杨志"边庭上一刀一枪，博个封妻荫子，也为祖宗争口气"的朴素理想。当然，昏庸的皇帝和无道的朝廷也是重要原因，但是，直接动手将其几次推入深渊的却是梁山。

最终，杨志放弃了自己的"志"。一旦去志，人也就废了，只留下脸上的一大块青痣。

他的"志"，在这个病态的封建社会中，不可能得以施展。

鲁智深——赤胆侠客

　　许久以来，众多读者喜爱将《水浒传》惯称为一部"武侠小说"。原因想来应该也很简单，一是众好汉大都武艺高强，又基本是"江湖中人"；二是"替天行道"的旗帜与"杀富济贫"的口号。

　　然而尴尬的是，梁山只有"武"，没有"侠"。一百多武林高手，好几万士卒，啸聚数载，每次下山都只有"杀富"，不见"济贫"。至于行侠仗义，则更是从未有之。

　　所以，梁山之上，绝少侠客。不过好在绝少并非绝迹。说到侠客，鲁智深便是一个。

　　鲁智深在《水浒传》中出场属于非常早的，第二回，那时他还叫鲁达。

　　当时鲁达仍是名军官，渭州经略府提辖，关西五路廉访使，也就是五路纪检监察专员，负责给各州府官员打分写评语上报朝廷，狭隘地说是打小报告的。鲁达出场是经由史进寻王进而引出的，而史进恰是梁山少有的另一侠客，施耐庵这样安排，可谓匠心别具。

　　后面的情节大家都很清楚了，鲁提辖义救金翠莲，三拳打死了"镇关西"郑屠，做了自己第一件义举。当然，这件好人好事做得有些莽撞——鲁达主观认定郑屠仗势欺人，凭的仅仅是金氏父女一面之词，并未进行任何调查取证，连群众都没走访一个。

　　不过，鲁达是侠客，不是侦探。

　　武松杀潘金莲之前，倒专门搜集了罪证，但结果呢？法律为他伸张正义了吗？如果世界上没有不公与黑暗，那么就不需要侠客了。

　　鲁达送走了金氏父女，便上门去找郑屠的晦气。从郑屠的反应来看，两人早就认识。也许郑屠平日就早有恶行恶名，所以鲁达才会不做了解，直接认定郑屠仗势欺人。

鲁达三拳打死了郑屠，避祸出逃。这个剧情大家都很熟悉了，武松、李逵、林冲，乃至老大宋江，都是这样杀了"该杀"之人而流落江湖的。不过鲁达与上述几人不同的是，宋江等人所杀之人固然均系"歹人"，但杀人动机、原因全部是出于私怨，只有鲁达打死镇关西是为别人打抱不平，是出于行侠仗义。

鲁达从一出场，表现就比别人亮眼许多，精神层次也高许多。

鲁达与金氏父女初遇，得知对方遭人欺辱的遭遇之后，首先给予了金钱上的资助，继而打退了阻拦金氏父女离开的店小二，帮助父女二人脱困启程。一般来说，做到这里已经是一件完整的"好人好事"，但鲁达显然还想做得更多。

鲁达找上郑屠，并未直接开打，而是先行"找茬"。鲁达的这一个做法，往往被解读为"粗中有细"，是具有智慧的表现——先令郑屠肥瘦二十斤生肉切他两小时，既消耗其力气又消折了其锐气，实现了以逸待劳。但我不这样认为。

郑屠根本不会武功，那点儿力气和临时冒起的怒火，在步战实力排名梁山前三的鲁达面前完全可以忽略不计。虽然是抢先动手并手持尖刀，但郑屠连半个回合都没撑住：

> 被这鲁提辖就势按住左手，赶将入去，望小腹上只一脚，腾地踢倒在当街上。

这一倒郑屠就再也没有起来，被鲁达"咣咣咣"三拳结果了性命。大家请注意，鲁达这一脚三拳，郑屠不仅统统躲避不开，连哪怕遮挡一下都做不到，拳拳到肉，照单全收，足见郑屠确实全无武艺。

郑屠打架不仅不行，挨打也不行，只挨了三拳就挂了。此时的鲁达也很意外：

> 鲁达寻思道："俺只指望痛打这厮一顿，不想三拳真个打死了他……"

由此可知，鲁达打死郑屠是完全失手。本来只是想揍他个鼻青脸肿，没想到他这么不禁打——这简直就是年少莽撞的愣头青。

动手之前的命郑屠切肉等所谓的"智慧"，其实是鲁达成心对郑屠的折辱而已。鲁达气愤郑屠欺负金氏父女，更恼火郑屠自称"镇关西"：

> 看着这郑屠道："洒家始投老种经略相公，做得关西五路廉访使，也不枉叫作'镇关西'！你是个卖肉的操刀屠户，狗一般的人，也叫作'镇关西'！"

本来是为打抱不平，替金氏父女出气而来，一开口却先痛骂对方身份低微，配不上"镇关西"这一响亮外号，并怒言自己做关西五路廉访使，才"不枉"叫作"镇关西"——这哪里是义愤郑屠欺负人，分明是气不过郑屠僭越"镇关西"的名头，失了身份差异地位尊卑。

鲁达打死郑屠固然有私愤在内，但金氏父女得到解救毕竟是事实（鲁达还给予了经济资助，并出手解除了店小二阻拦的阻碍），而且郑屠之死，也确为当地剪一恶霸，功在乡邻。

不过帮了别人，损了自己。鲁达不得不背井离乡，避祸远逃——除掉了"镇关西"，结果连关西都待不下去了，干脆闯关东去了（当时关东并不指东北地区，而是指函谷关、潼关以东地区）！

东行至代州，鲁达又遇到金氏父女。这次轮到父女二人回报鲁达了，金翠莲的新欢、郑屠的接盘侠赵员外为鲁达安排了容身之处，五台山文殊院。

五台山文殊院的方丈智真大师，为新收的徒弟鲁达取了个法号"智深"，直接按同辈给起的。大师，您这是收师弟啊？

鲁达自此成了鲁智深，因他一脊背花绣，所以得绰号"花和尚"。从军官到僧人，从悠闲自在到清规戒律，转变不可谓不大。鲁智深受不了，三番两次破戒闹事，终于为智真方丈所不容，一封信打发去了大相国寺。

大相国寺坐落京城开封，建于北齐天保六年（公元555年），档次比五台山文殊寺又高出不少，鲁达惹了事反而因祸得福。当年高俅先后在数家官宦家中帮闲，均因惹是生非为主人所不容。但几位主人对高俅的处理方式与智真长老如出一辙，写信推荐给门第更高之人。不过不如此，恐怕送不走瘟神。

前往开封途中，鲁智深又两次解救妇女。一次是路过桃花村，一顿老拳教训了"小霸王"周通；一次是瓦罐寺，与史进联手搏杀强占民女的崔道成、丘小乙。

鲁智深不愧是侠士。许多人会说，这种事李逵也干过啊？李逵回梁山途中听说"宋江"强抢民女后大怒，为此甚至要杀宋江。这不假，但李逵大怒并非是有什么侠义之心，而是出于对宋江"竟好女色"的失望。之后的杀贼救人，不过是对错怪宋江的将功折罪。这与鲁智深相比，性质完全不同。

鲁智深与史进分别，迤逦来至东京大相国寺。大相国寺的方丈是智真长老的师弟，法号智清，听起来与智深倒更像师兄弟。智清长老并不像师兄那样稀罕鲁智深，不过安排的工作倒发挥了智深的特长，看管菜园子，防范地痞流氓搞破坏。

类似这样需要仰仗武力的工作，鲁智深绝对是胜任的。而且，在完成这项工作中，鲁智深还奉献了全书中最精彩的个人秀——倒拔垂杨柳。

鲁智深与张三李四等泼皮吃酒，柳树上筑有一个鸟窝，鸦雀吵闹，扰了众人兴致，于是搬梯子要捣去鸟窝。鸟窝的高度要搬梯子才能触及，说明这棵柳树至少两层楼高（即六七米，而且鸟窝一般还不筑在树冠最高处）。这种高度的杨柳，至少碗口粗细，上千斤重应该是有的。这么高重的植物，土下的根也得有一米深，硬生生拔起来需要一台5桥6节臂100吨级的汽车起重机。凭人力，又是赤手空拳，根本不可能完成。

当然文学创作不是搞科研，没有科学精度上的严谨要求，读者完全可以就当它是真的，如同电影里的蒙太奇，观众自行脑补就可以了。

鲁智深在向众泼皮展示武艺时邂逅了林冲，正好赶上林冲娘子为高衙内当众调戏。一贯热衷于解救妇女的鲁智深当然不会袖手旁观，立即

"提着铁禅杖，引着那二三十破落户"，赶去岳庙前要帮林冲"厮打"。只不过去得稍晚，被高衙内走脱了。当时鲁智深是吃了酒去的，又提着他六十二斤的水磨禅杖，酒后持械，若非高衙内走得快，还不把他"花花太岁"打成"花花太碎"。

这是高衙内的幸运，却是林冲的霉运。当时若是鲁智深来得快些，必将上演"三拳打死镇关西"的升级版，"一杖砸死高衙内"。果能如此，后面的假卖宝刀、误闯白虎堂就都不会发生了。林冲肯定当场就带着娘子与鲁智深逃出开封，梁山故事就要改写了。

林冲被陷害充军，鲁智深在京城也混不下去了。而且他担心林冲的安危，于是暗中跟踪保护。

在野猪林搭救了林冲，鲁智深又在林冲的劝阻下饶过了董超、薛霸两个恶役的性命——这事放在李逵身上是绝不可能的，就连燕青都做不到（巧了，押送并意欲谋害卢俊义的又是董超、薛霸）。

侠者不畏杀戮，亦能止杀。

篇幅至此，鲁智深做的几乎都是正能量的事情，除了醉闹五台山外，全部是舍己为人，不求回报。这是鲁智深的侠肝义胆，古道热肠。在此之后，他暂时退出纸面，直到第五十七回"三山聚义打青州，众虎同心归水泊"才又复出，直接上了梁山。

说来也奇怪，自从上了梁山，鲁智深的行侠仗义也同时随之彻底终结了。是鲁智深转性了？不再爱管"闲事"了？非也，真正的答案是梁山不给他做的机会。梁山，压根就不是一个以行侠仗义为目的而建立的组织。

梁山需要的是鲁智深的大侠武艺，而不是鲁智深的大侠心肠。

其实对于这样一种情况，鲁智深应该是早有预料的，他从不盲目迷信梁山的宣传口号，正如同他从不盲目迷信宋江的声名一样。

鲁智深道："——众人说他的名字，聒得洒家耳朵也聋了，想必其人是个真男子，以致天下闻名。"

这段话透露出了鲁智深当时对宋江的态度：

一是宋江的各种好，都是别人说的，但我本人并没有亲眼所见，这是表明耳听为虚，眼见为实，未经我亲自过目勘验，洒家是不会轻易信服的。

二是虽未相见，但已对宋江这誉满江湖的漫天褒扬心存质疑。"众人说他的名字，聒得洒家耳朵也聋了"，这一句已显出不耐烦来，隐隐还透着一股不服与逆反心理。"想必其人是个真男子"，一个"想必"，就说明了"是个真男子"乃是一个推测的结果，尚待证实。

在这个宋江名动天下、人人见了立刻"纳头便拜"的情况下，鲁智深能保持着这样一份独有的清醒，实属难得。

宋江素爱自表忠义，鲁智深向来弘扬侠义，二者皆奉行个"义"字。而施耐庵也将二人之"义"暗暗做了比较。

同样是救助歌女，宋江救助阎婆惜，是包养（还签了卖身契约）；而鲁智深是出资放行，并击杀了债主。

晁盖被史文恭射死，宋江因恐寨主宝座有失不肯前去；史进行刺史太守被捉，鲁智深片刻都不愿多等，连夜要去营救。

李逵是宋江最忠诚的兄弟，但他们不是朋友，他们之间不存在情感交流，仅仅是李逵向宋江的单项输出。最后，宋江亲手终结了李逵。

林冲是鲁智深的结拜兄弟，而且他们是朋友，精神沟通、灵魂共鸣的生死挚友。

直至最终剿平了方腊，鲁智深执意不愿还俗做官，面对宋江市侩的挽留，能坚持自己的意愿，"洒家心已成灰，不愿为官，只图寻个净了去处，安身立命足矣！"容身贼窝多年，能得这番心境，实属难能可贵。相比秦明、关胜等人，同为军官出身的鲁智深要超然洒脱得多。

及至六和寺坐化，鲁智深更显得宗师风范。

鲁智深看了（潮信），从此心中忽然大悟，拍掌笑道："俺师父智真长老，曾嘱咐与洒家四句偈言，道是'逢夏而擒'，俺在万松林里厮杀，活捉了个夏侯成；'遇腊而执'，俺生擒方腊；今日正应了'听潮而圆，见信而寂'，俺想既逢潮信，合当圆寂。众和尚，俺家问你，如何唤做圆寂？"寺内众僧答道："你是出家人，还不省得？佛门中圆寂便是死。"鲁智深笑道："既然死乃唤做圆寂，洒家今已必当圆寂。烦与俺烧桶汤来，洒家沐浴。"

忽悟偈言，即刻赴死。有读者也许会说，不怕死并不稀奇。没错，梁山好汉当中畏死者确属少数，大都临危不惧，慨然赴死。不过这仅仅是"不怕"而已。能如鲁智深闻死而"拍掌笑"者，绝无仅有。

听说"圆寂"即为死，鲁智深笑命众僧为自己烧水沐浴，没有半分犹豫。这才叫作"视死如归"。

这份面对生死的大悟，正与佛家四谛之中"灭谛"——"我生已尽，烦恼已灭，所作已办，不受后有"的至高精神境界相合。

这便是大悟。

鲁智深行侠，许多人感觉他武艺超群，战斗力爆表，似乎十分轻松容易。但是做任何事情都是有成本的，不能因为行侠者的能力强，就忽略其承担的过程危险，结下仇家的风险以及物力财力上的各种付出。鲁智深义助金翠莲，不仅支出了金钱，还搭上了自己的前程，原有的生活遭受了全部的破坏。

但即便如此，鲁智深并没有任何后悔之意，这从他之后仍继续行侠仗义（基本都是主动的）就可以证明。

这便是大侠。

鲁智深以自觉之心行侠义之举，后经大师点拨，复能自悟，不仅无动于利禄，更脱弃肉身，从容坐化。不过这种死法并非他首创，我要说的属同是宋朝的仲殊大师，名义上也是个有道高僧。仲殊大师既像才子，又像文士，像浪荡儿，像醉猫无赖，就是不像和尚，更因为极嗜吃蜂蜜，人称蜜殊。从头到脚，除了那张光头、那身僧服，半点儿超凡脱俗的意思都没有。就这么混了很多年，别人都宝相庄严了，就他还是很猥琐。在杭州宝月寺挂单的时候，跟当地方长官的苏东坡认识了，两个人很对胃口，经常在一起喝酒聊天。聊什么？不是诗词歌赋，就是风花雪月。不过仲殊文采的确过人，善诗及歌词，皆操笔立成，不点窜一字。这个评语是苏轼下的，以苏子之才和眼界，可见和尚是真的才华出众。《唐宋诸贤绝妙词选》中则说：其词作"篇篇奇丽，字字清婉"。后来仲殊老了，跑回到最初出家的苏州承天寺，一天突然对众僧说："我去矣。"然后在寺中一棵树上自缢而死。两位大师都很洒脱。就像康熙年间曲作家邱圆的《虎囊弹》里鲁智深辞别师父时所唱的一首唱曲《寄生草》：

赤条条，来去无牵挂。

那里讨，烟蓑雨笠卷单行？

一任俺，芒鞋破钵随缘化！

（昆剧折子戏《醉打山门》即出于此。）

鲁提辖，赤胆好侠客；花和尚，悟道真禅师。

鲁智深，不愧一代侠客，不愧一代宗师。

李 逵——越位小弟

问起国人最喜欢的《水浒传》人物，一定少不了李逵。这位自称"铁牛"的黑旋风，人气一直超高。

为什么呢？当然不是因为他长得帅。他不仅不帅，而且跟高帅富整个都不沾边。论层次，他就一江州牢城的牢子，也就是狱卒，而且还是文盲；论财富，他穷得赌本都没有，一锭十两大银就被收买了一生；论颜值，铁牛哥则更是负值。

恰恰就在于他的这份屌丝属性。他性格率直粗鲁，不像宋江虚伪狡诈；他遇事敢作敢为，不像林冲瞻前顾后；口中的权贵都是"鸟人"和"直娘贼"，不像大多数人奴颜婢膝、唯唯诺诺。李逵，不愧是一百零八好汉里的第一屌丝，所以也是第一接地气的好汉。读者也大都因着他的接地气、藐视权贵、粗直爽快，而对他青眼有加。

李逵是一百零八人中最彻底的无产者。造反之前是个狱卒，就住在单位（监牢之中），连个集体宿舍都没住上；除了两把板斧之外，身无长物，更没有财产。但李逵天性憨直，虽然穷困，可赌品却极好，赌场荷官小张乙也说，闲常最赌得直；他虽然极富蛮力，但却不爱恃强凌弱，戴宗说他是：在江州牢里，但吃醉了时，却不奈何罪人，只打一般强的牢子。

不动手欺负弱小，不代表没动手的能力。李逵就打架，而且爱打架，非常爱的那种。甫一亮相，书中便介绍他流落江州的原因是："因为打死了人，逃走出来。"和宋江相识，短短一顿饭的工夫，动了五次手：向酒店主人家强借十两银子不成要动手；赌输了之后把荷官张小乙和十二三个赌徒"打得没地躲处"；嫌歌女卖唱吵闹一指头将其戳晕；点肉吃时打骂小二；为讨鲜鱼，和"浪里白条"张顺约架，狱霸渔霸各显神通，水陆各胜一场，算是平手。

"打"是李逵最重要的招牌之一。遇到任何问题，李逵首先想到的解决手段，都是打。人家是有事好商量，他是先打再商量。央视版《水浒传》主题歌里有"该出手时就出手"，李逵是想出手时就出手。

李逵之所以这么爱打，我想大约有三个原因：

一是勇力过人。也就是打得赢，这个是最直接的原因。一般人确实打不过他，而打赢的次数一多，渐渐就会产生一种优势心理，遇到矛盾就会下意识地选择通过"打"这种自己具有优势的方法予以解决。

二是生存环境。李逵作为一个无钱无权无人脉的"三无"人员，文盲外加穷光蛋，几乎处于社会最底层，肯定是其他优势阶层欺凌的首选对象。如果李逵想免受压迫和欺凌，"打"也就成为他唯一的选择。

三是出于对暴力至上的崇拜。李逵是（其实梁山上好多人都是）暴力至上的忠实信徒，书中第七十四回，李逵在寿张县误打误撞做了半天知县。为了过审官司的瘾，他命两个牢子假扮原告和被告上堂告状。案情超级简单，一个把另一个打了。可是李逵不问情由，做出了令人啼笑皆非的判决。

李逵道："这个打人的是好汉，先放了他去。这个不长进的，怎的吃人打了，与我枷号在衙门前示众。"

这虽然是出闹剧，但却是李逵崇尚暴力至上的具体表现。李逵除了"打"之外，还有一块招牌：不怕。天不怕地不怕。不怕死，尤其是不畏权贵，这其实也是众多读者喜欢他的原因之一。但李逵的这种"不怕"，并非因为他有什么大勇或者坚强意志，更多的其实是来源于无知。正是由于这种无知造成的"不怕"，使得李逵四处招弄事端，成为一个麻烦制造者。

李逵随戴宗去请公孙胜，因得不到公孙胜师父罗真人的许可而擅自去杀罗真人；宋江、柴进密会李师师，李逵却怒打杨太尉搅局；有人假冒了宋江强抢民女，李逵不分真假，就要找宋江算账，并犯浑之下一斧砍了"替天行道"大旗（其实诬宋江强抢民女是个小事，因为毕竟是个误会。而毁坏大旗则完全不同，这是政治立场问题，性质恶劣得多）……

类似的胡来在李逵身上举不胜举，所以和李逵共事的人脾气得特别好，耐心差一点儿都不行，而且处理突发情况和解决麻烦的能力必须还很强。不然的话，要不被李逵气死，要不被李逵累死，若本领再不济，还可能被李逵砍死……

宋江当然也清楚这个小弟的缺点，所以在安排李逵下山执行任务的时候，经常安排燕青一起前往。为什么？不光是因为燕青机敏多谋，更因为燕青治得了李逵——燕青擅长相扑，李逵沾不得他身便吃他扑得摔跤，所以李逵对燕青有几分犯怵。

这也说明，李逵没有多少高超的武艺，凭的不过是自身的蛮力和一股浑不吝的勇（呆）气。事实上李逵没有在任何正面对决中战胜任何高手，他主要杀喽啰、杀平民。以李逵的性格与行为方式，在梁山上肯定得罪过不少人。但为什么没人站出来教训他呢？估计一是因为打狗看主人——给老大宋江面子；二是觉得和他置气犯不着。没有什么真材实料，还敢天天喊打喊杀，更证明了李逵的"不怕"，并非真有什么过硬的勇气，仅仅也就是个"不怕"而已。

其实梁山本身就是一个暴力集团。它诞生于暴力，靠暴力生存、靠暴力扩张壮大，暴力是它的基本法则和行为方式。而李逵，则是这一特点的杰出代表。一百零八条梁山好汉之中，只有李逵对于上梁山是毫无抵触并满心欢喜的。因为梁山具有和李逵相一致的"三观"——只认拳头，不讲道理。所以李逵一上山就表现出了与梁山暴力法则高度的适应性。自打上了梁山，李逵正式从街头混混变成了黑帮打手，并将"打"向最终极形式"杀"发展下去。

书中第一次正面描写李逵杀人，是第三十九回，为救宋江劫法场：

> 手起斧落，早砍翻了两个行刑的刽子手……抢两把板斧，一味砍将来……只见他第一个出去，杀人最多……不问军官百姓，杀得尸横遍野，血流成渠……直杀到江边来，身上血溅满身，兀自在江边杀人……一斧一个，排头儿砍将去。

这通文字读下来，人头翻滚，血浆满屏。江州军民祸从天降，必定鬼哭狼嚎，四散奔逃，只恨爹娘少生两条腿。这场面，就连晁盖都看不下去了，连声喝阻李逵"不干百姓事，休只管伤人"！但无奈黑旋风杀人杀得兴起，把个江州城杀出一股血旋风，直杀到江边无人处方才罢手。

江州劫后余生的幸存者，一生都不会忘记这次"大逃杀"。这虽然仅是李逵首次大开杀戒，但却是堪称触目惊心，惨不忍睹。李逵这次出手，具有其特有的脑残特点：

一是滥杀。即不分对象，老幼妇孺、奸恶良善，他一概不加以分辨，凡是进入视线的活物，一律板斧伺候。

二是收不住手。黑旋风一旦出手，便很难住手。书中多处描写李逵"杀得兴起"，不把能杀的人杀光，很难"尽兴"。

且说李逵正杀得手顺，直抢入扈家庄里，把扈太公一门老幼尽数杀了，不留一个。

宋江因此责问李逵，他却毫不以为忤，竟说"谁鸟耐烦，见着活的就砍了！"宋江表示杀得不对，但之前有功，就功过互抵。李逵对此并不在乎，"虽然没了功劳，也吃我杀得快活"，说得很明白，我杀人是为了快活。

没错，李逵杀人是为了取乐。

《水浒传》第七十三回中，李逵闹了东京回梁山途中来到四柳村，投宿到乔太公庆庄上。乔太公误以为李逵是道士，央求他替家中捉鬼。李逵此时又展现了他"不怕"的特点，究竟有没有鬼、是何鬼、自己根本不会捉鬼，这些李逵统统不顾，只管答应下来。

等李逵酒足饭饱，"鬼"还真的来了——竟是乔太公女儿的奸夫！原来是假鬼。此时李逵理当捉住这吃软饭的小白脸，交由乔太公发落，方才对得起乔太公招待他受用的酒肉猪羊。但李逵哪管这些？一斧一个，叫乔小姐与奸头双双人头落地，也算魂归一处去也。

不过李逵的脑残，不影响他成为宋江一个优秀小弟的必要条件：

一是有破坏力。两把板斧，杀人作恶，不在话下。

二是没有负罪感。由于缺乏必要的是非观念，使得李逵即使是做出令人发指的人间罪行时，也没有任何心理障碍，不管多么凶残的事情，李逵做起来都不会半点手软。比如为骗朱全上山，李逵受命将小衙内——一个仅四岁的小孩子（况书中言他"生得端严美貌"，更令人痛惜）生生砍死，"头劈做两半个"。何其残忍，简直毫无人性！

三是易于控制。《水浒传》通篇，宋江赈济结交了无数人物，无一个像得李逵一样容易，也没一个像李逵如此忠心。宋江只需一句话，有时甚至连话都不用说，李逵就会为宋江赴汤蹈火，万死不辞。

正是基于这些"优点"，宋江才选择李逵作为自己最贴己的跟班，宠护有加。

两人的这种关系本来维持得很不错，虽偶有不快，但整体还是和谐的。但是当宋江的理想目标从竞争山寨一把手升华为招安做大官之后，他和李逵之间就不可避免地出现了裂痕。

而此时，作为马仔，李逵做了一件最愚蠢的事，就是有了独立思想。当宋江宣传招安的好处时，李逵竟敢出来唱反调。而且和武松等人只是反对招安不同，李逵更彻底，直言要"杀上东京，夺了鸟位"，更兼有妙语"你的皇帝姓宋，我的哥哥也姓宋，你做得皇帝，偏我哥哥做不得皇帝"。此言若是宣扬出去，宋江相当于二次题反诗。公平地说，李逵反对招安、扯诏打钦差、李虞侯等人态度倨傲、怠慢轻蔑宋江时，李逵是发飙替宋江出头。但宋江需要李逵做的是不出头，恰恰相反，是要李逵和自己一样，忍气吞声，忍辱负重。如此一来，李逵就不再是一个合格的小弟了。

宋江在山寨重阳节聚餐时填词《满江红》，为招安做宣传。李逵就掀桌子骂娘，当众拆台。只许大哥做土匪，不准大哥走正道。宋江强抢民女（实为他人假冒），李逵竟砍大旗要杀宋江。乃至宋江偶尔去趟东京，逛了次窑子（实为走后门），李逵干脆大闹东京，整个一山炮进城。

直到最后，宋江背叛了众兄弟后又被朝廷背叛。在领受毒酒之后，宋江亲手鸩杀了李逵。

卢俊义——水货英雄

梁山好汉一百零八人，来源十分复杂：上有呼延灼、杨志这样的名将之后，下有时迁、白胜之流的鼠盗之辈，可谓五行八作，将吏农商，野无遗贤。在如此众多的身份背景之中，有一类人为数甚少，亦显得十分特殊，就是财主。而上梁山的财主又以柴进、卢俊义为翘楚，与二人相比，其他的都是小角色。而柴卢二人之间，卢俊义又显得更加特殊，特殊在哪里呢？首先在于加入梁山之前，与梁山的关系不同。柴进上山虽然直接原因是被高廉陷害，但自草创时期，就帮助梁山先后无私推荐过王伦、林冲、宋江、武松等多名好汉，属于梁山的老朋友；而且还给予了金钱上的许多资助，属于梁山的天使投资人。相比之下，卢俊义则完全相反，不仅和梁山无一人相识，更主动将梁山视为敌人，甚至还把"踏平梁山，活捉宋江等贼寇"作为人生理想，标准的梁山的敌人。他家住北京大名府（今邯郸大名县），完全没有受梁山侵扰的危险。他贵为北京大名府首富，家有娇妻美眷，良田豪宅，完全让人无法理解他如此高调冒犯梁山的心理原因。不过卢俊义就是这么与众不同。首先他的绰号就透着股不同凡响——"玉麒麟"。梁山好汉的绰号之中，以动物命名的非常之多，但基本都是虎、豹、蛇、蝎之类的凶禽恶兽。而像玉麒麟这样的祥瑞仁兽，仅卢俊义一例。不过话说回来，以卢俊义"目炯双瞳，眉分八字，身躯九尺如银，威风凛凛，仪表似天神"的堂堂之貌，也绝对称得起"玉麒麟"的美誉。

卢俊义家财万贯，又有一身高超武艺，棍棒号称天下无双，江湖上响当当的名号。其实上梁山之前的卢俊义，根本还算不上江湖中人。不仅如此，还是位候补官员，即员外。员外乃员外郎之略称，始于南北朝，是正员在岗之外的意思，故称员外，有着这么多漂亮称号与优质资源的卢俊义，为什么非要去招惹梁山呢？吴用上门卖卦，作反诗，预言凶兆，这本不是什么高明的计策，而且就连李固、贾氏也没能瞒得过。燕青更是直接怀疑吴用是梁山泊歹人，假装做阴阳人，来煽惑主人。可卢俊义竟一点都没看出破绽，破绽兴许也看出来了，但卢员外不怕，反而训斥劝阻者。卢俊义道：你们不要胡说！谁人敢来赚我？梁山泊那伙贼男女打什么紧？我看他们如同草芥。兀自要去特地捉他，把日前学成武艺，显扬于天下，也算个男子大丈夫。瞧瞧，这口气与不顾谏阻执意夜走麦城的关老爷多像啊，当年关羽被东吴大军围困于麦城欲投北门小路突围，谋士王甫劝说，小路恐有埋伏可走大路。关羽此时虽已穷途末路，竟还大夸海口，"纵有埋伏，吾何惧哉？"——两人一个脾气，平时一贯自视甚高，目中无人，关键时刻偏又不顾客观事实，盲目自信，所以最后的下场也是如出一辙。不过关羽铤而走险，尚有急需突围故不得已而为之的客观原因，而卢俊义却是完全没有必要，明显是没事找事。相较之下，卢员外其实比关二爷还要自负得多。况且关羽斩颜良诛文丑，手下败将无数，威震华夷，确有自傲的资本。而卢俊义虽号称棍棒天下无双，但并无任何实际战绩给予检验，也从未听说他有什么闯荡江湖的亮眼经历。

如此高调自负，反显目光短浅，读来颇感几分好笑。之后事情的发展充分证明了卢俊义的智商短板。当卢俊义一行来到距离梁山泊仅二十里的一家客店时，卢俊义从小二口中得知此处正打梁山泊边口子前过去，他说了一句"原来如此"。然后做了一件吓傻所有人的事情。卢俊义便叫当值的取出衣箱，打开锁，去里面提出一个包，包里取出四面白绢旗，问小二哥讨了四根竹竿，每一根绑起一面旗来，里面栲栳大小七个字，写道"慷慨北京卢俊义，金装玉匣来探池，太平车子不空回，收取此山奇货去"，简直蠢极。武松不听劝阻硬上景阳冈，是因酒醉且并不相信山上有虎。而卢俊义却是神志清醒，且早打定主意，尤其是竟还早早准备好了四面题诗白绢旗主动挑战，意欲打上门去，这气势、这胆量确实没辱没了"河北三绝玉麒麟"的赫赫威名。然而结果呢？气势猛如虎，结局二百五。

卢俊义被捉上梁山，宋江又拿出劝降呼延灼等人的招数，请卢俊义做山寨头把交椅。卢俊义此时尚能坚守大义，严词拒绝，但吴用却三言两语将他滞留于山上，把早怀二心的李固放走。早已上过学究吴用一次当的卢俊义，此时竟不能吃一堑而长一智，反倒因为几句央劝的言语和酒席一住三五十日，白白给了李固弄出手脚的机会。等卢俊义终于脱身下山，家中早已大变。卢俊义赤手空拳自投罗网，最终还是靠梁山兴兵攻破大名府，把他救（劫）上山寨。

面对三番两次设计陷害自己家破人亡的仇家，卢俊义竟然还拜谢道："上托兄长虎威，下感众头领义气，齐心并力，救拔贱体，肝脑涂地，难以报答。"上次在山寨怒怼宋江的英雄员外哪里去了？坐过牢就吓破胆了吗？以卢俊义之前的表现来看，智商确嫌不足，但胆量应该是很有一些的，还不至于此。他之所以这样，应该还是因为他忠直的性格所致。论胆识本领，忠义气节，卢俊义算得上一位英雄。

他被下狱，心中只知道是李固和贾氏陷害，却不记得，初因则是吴用的阴谋。虽然吴用不仅诱骗卢俊义，亲手写下藏头反诗，还对李固进行了详尽解释。可以说李固仅是陷害卢俊义的实行者，而吴用才是真正的元凶与主谋。可是卢俊义一腔怨怒都指向李固和贾氏，却把宋江、吴用当作了恩人。卢俊义这不是做戏，以他的情商他也做不出。在上山之后，卢俊义的表现还是十分积极的。当宋江要兴兵攻打曾头市，卢俊义主动自荐，要做前部先锋，仅从这件事就可以看出卢俊义的耿直。

宋江最怕什么？就是怕晁盖关于谁捉得史文恭谁为山寨之主的遗

言。你卢俊义武艺高强，又有燕青辅佐，还要做先锋官，万一宋江还没到，你先把史文恭捉住了怎么办？卢俊义能说出做先锋来，不仅是耿直，更是没看透宋江。果然，宋江借吴用之口否定了卢俊义的自荐，而是改派他和燕青去平川小路，名为接应，实际是将他主仆二人排除出了一线战斗。

但是千算万算，宋江还是没算到，五路人马都没捉到或杀死的史文恭，偏偏就让卢俊义给活捉了。这个结果对于宋江来说，简直糟得不能更糟了，还不如干脆让史文恭逃掉，这样，谁也无法具备晁盖的继位条件！寨主的宝座宋江就可以继续代理下去了。所以卢俊义不放走史文恭，反而奋力将其生擒，再次证实了他忠直有余谋变不足的性格。这样一来，卢俊义就成了宋江地位的最大挑战者，并且直接把山寨继承权的决定问题置于无法回避的境地。当宋江杀了史文恭血祭晁盖之后，在忠义堂上主动提出立山寨之主，这时候的卢俊义方才醒悟，自己亲手为自己挖了个大坑。还没等卢俊义做出任何补救，吴用就率先开口，兄长宋江为尊卢员外为次。身为晁盖生前的至交与旧部，吴用此举可谓全然不顾江湖规矩与旧日情分，甚至脸都不要了！这个时刻，卢俊义要是再不抓紧表态，撇清自己，那就不是智商足不足的问题，根本就是弱智了。卢俊义接连表态，小弟德薄才疏，怎敢承当此位，若得居末，尚自过分，兄长枉自多谈，卢某宁死，实难从命。但事情到了这一步，话说得再到位也不顶用了。最后还得是宋江自己出马，提出抓阄比赛攻城，绕了一大圈子才摆平。毫不夸张地说，这次权力更迭是梁山历史上最复杂、变数最大的一次。所幸卢俊义在最后一刻清醒过来，否则他一时昏了头真的不推辞一屁股坐上了头把交椅，那么他的下场就是下一个王伦或者晁盖，区别无非是要不李逵挑头火并，要不出征死于乱军。您不要忘了，宋江另一个死忠——小李广花荣，神箭将军一样射得暗箭。

卢俊义作为梁山二把手，在武艺、品格、形象等许多方面都显胜一把手宋江，但唯有一样远逊于宋江，那就是谋略。

论财力，北京大名府首富卢员外肯定是胜过小县城的押司宋江，但宋江以仗义疏财之名誉满天下，卢俊义却没有这方面的美名传扬。这说明卢俊义不懂得通过花钱来为自己积攒名声，或者钱花了却不注意宣传，造成好人好事做了却不为人知，没赚到吆喝；有财，却无疏财之名。

论谋略，宋江文武皆拙，却能纵横捭阖，叱咤江湖，唯凭谋略一术尔。盘踞山寨、进登庙堂，虽然最终不免饮鸩杀身，但以宋江之平碌出身，仍可谓人生开挂。而卢俊义生于富贵之家，练就一身本事，起步就是个成功人士、社会精英，却不能识破吴用拙劣奸计，落得个家破人亡、走投无路。最终虽然投效朝廷，奋力杀敌，却仍逃不脱奸人毒手，被下水银中毒，酒后坠舟而亡，做了个水鬼，孤魂永飘他乡。不过落船溺毙这个死法，倒和一代诗仙李白撞了同款。本来以为是赢在起跑线上的人，应该出道即巅峰，谁知道不辨梁山之阴谋于前，失察奸臣之毒计于后，一代豪杰，死时尚自糊里糊涂，而这些阴谋毒计，其实在我们看来并不高明，甚至漏洞百出。而且还有人不断提醒，但奈何卢俊义置若罔闻。这也许就是达克效应吧——越是无知越自信。可以说，卢俊义的智商余额估计严重不足。

不得不说，他的种种作为实在是太水了。

高 俅——罪大恶极

高俅，是《水浒传》之中非常特殊的一个人物。首先他不是一个虚构的角色，他于史确有其人，但改动颇大。这使得对他的分析较徽宗、蔡京等要难度更大，因为徽宗、蔡京在《水浒传》里的形象与他们在正史中的记载大致相同。其次高俅在《水浒传》中出场早、戏份多，对于剧情的推动转承不可或缺，绝不是一个普通的反派角色。蔡京、童贯、王黼等反派人物都或可替代，于情节无损多少，但如无高俅，甚至可以说就没有梁山的一系列故事。

高俅在书中的登场早于所有的梁山好汉，乃是书中第一章。当时高俅还不是太尉，仅一个小混混，无权无势，甚至连个名字都没有——因为排行老二，被人唤作"高二"。又因为"踢得好脚气球"，京城人都叫他做"高毬"。这绝不是什么响亮的名字，就如同什么"王钢蛋""张大锤"一样，透着一股非主流味儿。

高俅的家庭大约是行伍出身，即书中说的"宣武军"之中，但肯定不是什么高级军官。这从高俅进入社会的起点就能够看得出——专为富贵人家的浮浪子弟帮闲，也就是替阔少们找乐子。

这个"乐子"什么意思，大家都懂得，如同一部港片的名字：破事儿。

而高俅恰是干这些破事儿的个中高手，由于帮王员外的儿子找乐子找得"太好"，被王员外告到官府，府尹一纸文书将高俅迭配流放。后来哲宗大赦天下，高俅才得以重回东京，辗转到往小苏学士门下。高俅善踢球，这会儿倒像个球一般被几位大人踢来踢去。

不过好在最后有人接"俅"，小王都尉收留了高俅。不仅如此，王都尉更以一脚世界级"妙传"，将高俅传给了端王赵佶。球星就是球星，同样的"俅"到了他脚下便是不同，立刻臭球变好球。

高俅一球成名，更一飞冲天，转眼间位上高堂，坐上了殿帅府太尉之职，可谓权倾一时。关系搭关系，朋友托朋友，高俅的逆袭发迹充分说明了朋友圈的重要性。

不过于正史中，有关高俅的记载很少，不过寥寥数语，并无善球之说，更没有因一脚"鸳鸯拐"而得端王青睐的记载。不过说到凭借踢球而平步青云的，在北宋倒还真有其人——柳三复。这是个相对陌生的名字，但他有个排行老七的弟弟名贯千古，乃写下传世名句"多情自古伤离别""对潇潇暮雨洒江天""衣带渐宽终不悔，为伊消得人憔悴"的柳永（原名柳三变）。

柳三复虽是进士出身，但才气才名皆远逊其弟三变。宋代史学家刘邠在《中山诗话》中曾记载了柳三复的一则趣闻。其言柳三复因功名失意久不得志，但其踢得一脚好球，便想依此邀宠于同样爱球的当朝宰相丁谓（"溜须"一词的始作俑者）。他每天伏于相府后花园（丁谓玩球之处）墙外，终有一日丁谓将球踢出墙头之外（可见技术较糙），柳三复遂捧球入见丁谓。

据说柳三复为了尽显手段，先将球顶于头上，边顶边行。之后又以肩、胸、肘、膝、跌各处来回颠弄皮球，那球竟似粘了鳔胶般不离柳三复周身，看得丁谓连连喝彩，当即留下柳三复细问，并直接授予官职。

这个故事，也许就是高俅一球成名的原型。施耐庵于书中将高俅书于梁山众好汉之前出场，意在指出"乱自上作"，而又将高俅发迹描写得如此轻率戏谑，则更进一步表明了高俅所作之乱，其实"自于更上"——官家赵佶。若没有昏君，宵小安能窃据庙堂，丑类何得专弄国器。

可以说，《水浒传》在第一章就挑明了之所以有梁山，乃至大宋之所以会亡，不单是由于奸臣，更是由于宠渥奸臣的皇帝。

高俅代表徽宗以及其他大小反派，将各种丑恶与不堪集大成于一身，终于扮成了《水浒传》第一大反派。

论出身，高俅是个破落户，连个正式的名字都没得取；说本事，诸般都晓得，诸般都不成得，文未见片词，武未有一胜（倒被王进、燕青两顿教训）；谈人品，过继堂弟为，近乎乱伦、公报私仇；构陷无辜，毫无底线。蔡京初见关胜，爱其英姿，尚有惜才之德；高俅凭私怨害王进，只有一己私欲之故。

高俅作为一个地痞流氓，劣迹斑斑，竟然能够凭借一记"鸳鸯拐"和逢迎拍马，一路高升，直到当上大宋要员高官，足见大宋体制崩坏与混乱。相比高俅的发迹，宋江、杨志，甚至是黄文炳都会抱叹苍天不公，痛憾自己为什么不会踢球。

施耐庵这样写，恰是为了极表当时官场之黑暗。

而高俅做了大官掌了大权之后，所作所为并没有丝毫改变。对下属肆意欺辱，乃至陷害追杀。对王进算是找碴儿，对杨志仅是不讲情理，但是对林冲，简直是灭绝人性。书中情节如此铺排，不仅是为了推动林冲上梁山的剧情需要，也更是为了表现执法者却往往首先破坏自己所执行的法律。

在《水浒传》之中，高俅代表着大宋全体社会几乎所有的恶，并且站在几乎所有普世价值观的对立面。自打一出场，就以帮闲带坏人家子弟，继而凭蝇营狗苟逢迎拍马窃居高位，一路坏事做绝。上祸国家朝廷，下害黎民百姓，无一言为善，无一事非恶。

高俅如此之恶，却又偏偏逆淘汰众多忠贤，走上人生巅峰，活活画出了大宋社会一幅乱象。高俅的人生轨迹，处处透着大宋的荒唐与腐朽，衰败与虚弱，虽是承平日久，却已病入膏肓。纵无外忧，内患已烈，一旦爆发，也足以将尚不自知的帝国轰然倾覆。

高俅以幸臣躐跻显位，而蔡京、王黼、杨戬、朱勔等衮衮流毒显诸一时，岂止高俅一人乎？

满朝衮衮，群匄丑类，排陷忠良，了不为怍，诤言不得上下，贤臣喧谤于外，国岂得不亡！

本朝之人亦识此弊。南宋罗大经《鹤林玉露·病柟诗》中曾曰：观其君子之众多如林，则知其国之盛；观其君子之落落如晨星，则知其国之衰！

诚为泣血之言！

国之君子，福海寿山，其国为太平之象；国之君子如凋木危舟，其国乃衰乱之兆。高俅之辈充占庙堂，君子安能立位存身？何况，徽宗掌国无方，偏偏自我感觉良好，用人施政全凭好恶喜厌，而高俅、蔡京一干挟诈国宪，正合天子胃口。

高俅辈逐王进、林冲、杨志只是小样，靖康年驱李纲便是大样！

小样大样积得多了，终于积出了神京陷陷、二帝被掳的大恶果！

史上所载之高俅，恶名不多，与《水浒传》相距甚远。依当朝王明清《挥尘后录》中言，高俅本是苏东坡的"小史"，即私人助理或秘书。约元祐八年，苏轼将高俅荐于好友驸马王诜。

王诜擅长丹青，因此与爱好相投的端王赵佶过从甚密。机缘巧合，一日王诜与赵佶上朝，候驾时王诜借篦刀给赵佶修鬓角。王诜的篦刀精致漂亮，赵佶连口称赞。王诜顺水推舟当即送给了赵佶，并表示家中还有一把正好成双，次日一并相送。第二天高俅便领命去端王府送篦刀。

后面的情节倒与《水浒传》一致，高俅因在赵佶面前展现了高超球技而深为赵佶所喜，从此成了赵佶的红人。后来赵佶登基，便将高俅外派军中，"镀金"回来，连连擢升，当了太尉。

《宋南渡十将传·刘锜传》有载，"（高俅）先是诜、端王邸官属，上即位，欲显擢之。旧法，非有边功，不得为三衙。时（刘）仲武为边帅，上以俅属之，俅竟以边功至殿帅。"

殿帅，即殿前都指挥使。整部《宋史》，高俅无传，首次出现是《徽宗本纪》中：政和七年（公元 1117 年）春正月庚子，以殿前都指挥使高俅为太尉。

一露面起点就是殿前都指挥使。这个职务十分厉害，是全国禁军最高统帅，负责东京汴梁卫戍。

殿前都指挥使以前不叫这个名字，而叫"都检点"。大家是不是想起什么来了？对，太祖赵匡胤黄袍加身时的官职，就是"都检点"！

高俅在正史中首次现身就是这样一种身份，恐怖不恐怖？而宋朝的最高军事机构枢密院为文职机构，所以高俅可以说是当时的大宋武将第一人！

后来高俅二次露面，又再创"辉煌"：宣和四年（公元 1122 年）五月壬戌，以高俅为开府仪同三司。

按开府（注意，不是开封府）仪同三司，自隋唐起即为文官最高官阶。意思是按三公（太尉、司徒、司空）的行政级别开办自己专属的办公机构，可谓位极人臣，连独相 17 年的蔡京都望尘莫及。更何况，高俅是以武将身份享此殊荣，在重文抑武的宋代（想想狄青、岳飞），足见徽宗对他圣眷之渥。

高俅第三次出现，变成了《钦宗本纪》，不过这次，直接画了句号：

靖康元年（公元 1126 年）五月己卯，开府仪同三司高俅卒……辛巳（死后两天），追削高俅官。

因何而亡，没有述及。但《宋史·李若水传》中有这样一段记载：

靖康元年，开府仪同三司高俅死。故事，天子当挂服举哀。若水言："俅以幸臣躐跻显位，败坏军政，金人长驱，其罪当与童贯等，得全首领以没，尚当追削官秩，示与众弃，而有司循常习故，欲加缛礼，非所以靖公议也。"章再上，乃止。

什么意思呢？就是高俅死后，按惯例，天子要穿素服为其举行哀悼仪式。太学博士李若水反对说："高俅是依靠太上皇宠幸而越级坐上高位的，败坏军政，使得金人长驱直入，他的罪责实在与童贯相同。他侥幸保住了脑袋而死，本应削夺他的官职以告天下人唾弃。但有关部门竟然要按以往正常的习惯，为高俅大操大办，这绝对平息不了公众议论！"后来又上奏章，钦宗才放弃按三公待遇为高俅隆重大葬的计划。

从李若水的话中可以了解到三点：

一是高俅确实是邀宠上位的小人，"俅以幸臣躐跻显位"。

二是高俅得以保全尸、官位，即不是下罪诛杀而死，大约应为病死。

三是死后两天就被剥夺官职，十分蹊跷。所以我怀疑高俅也许是心知报应马上就到，惊惧暴亡，甚至是自尽。

有的读者也许会质疑，李若水是何人，他的话值得信赖吗？

李若水确实名气小了高俅好多，可看他一件事。靖康二年，钦宗为金军威胁前往金营，李若水"扈从以行"，是随行人员。至金营，完颜宗翰（即粘罕）变卦，逼钦宗退位，并"异服"（换金人衣装）。李若水抱着钦宗不许，被金兵打昏在帐外，"曳出，击之败面，气结仆地"。

粘罕后几次劝李若水降，先以富贵利诱，后以双亲裹胁，均被李若水严词拒绝，并大骂粘罕。最后被剜舌割喉而死：监军者挝破其唇，嚼血骂愈切，至以刃裂颈断舌而死，年三十五。

凭李若水凛然痛斥敌酋的壮烈，我觉得对他说的话，可信。

而李若水其实与梁山还大有渊源。他的七言古诗《捕盗偶成》，是第一个关于宋江山东起事的文字记载。

高俅于《宋史》中无法得窥全貌，但我们借助稗官野史，也能基本拼凑出他的大致形象：

一是出身低微，史官都无从查找，自己更不好意思说。

二是发迹是依靠攀附权贵，路子不正。

三是虽久为高级将领，但业务水平较差，从汴京两次被围，数十万禁军不堪一击就可以知道。

四是此人虽久有恶名，但《宋史》中从未言及高俅有什么具体的劣迹丑行，李若水也只是骂他"败坏军政"。而且以他的卑微出身，想通过巴结领导（何况是天子）改变命运也并非多么不堪。高俅虽然臭名远扬，但是对他原来的主人苏轼一家却颇为照顾。乌台诗案之后，苏轼虽然得以从轻发落，贬为黄州（今湖北黄冈）团练副使，"本州安置"，受当地官员监视。崇宁二年，徽宗下诏毁三苏、黄庭坚、秦观等人文集，就连苏轼题写的招牌匾额也一律销毁，苏轼一时间成了瘟神，从此人人避之不及。此时高俅反而每当苏轼子弟进京，则给养恤甚勤还赠送礼物。原来他也是个知恩图报之人。

然而施耐庵却选择了将高俅设定为《水浒传》的头号反派，坏事做绝，人人痛恨。也许就是"欺负"高俅在《宋史》中没有立传，无法对证吧！

赵佶——跨界天子

宋徽宗赵佶，一个知名度极高的皇帝。高到什么程度？不仅是高过了同朝他的另十七位同宗，更盖过了五千年中华帝王史中的绝大多数"同行"，数来也只有嬴政、李世民、康熙、乾隆等少数几位能与之相提并论。

不过赵佶能得到如此青睐与关注，原因却不是他的皇帝身份，更不是他的"岗位业绩"，而是他身上与帝王属性全然不符的艺术才华。这份才华，确实千古难求，且绝华夏，甚至直到今天，仍然闪耀着夺目的光彩。

正是由着这种艺术气息浓厚的飘逸气质，形成了与皇家身份的鲜明反差，使得赵佶一直强烈地吸引着公众的好奇与后代史学者的兴趣。

赵佶生在大宋王朝的繁华盛世，锦衣玉食，极尽奢华。也许正是因为这盛世之相，物质的极大丰富，使得赵佶身上全无祖辈挟弓纵马的英武气质，他血管里流淌的，都是艺术的细胞。

自成年后封王开府以来，赵佶丝竹管弦，花鸟金石，无有不爱，无有不学，无有不精。这其中，赵佶又尤以书画为最长。几乎每隔数日，就会有新作问世，其艺之精，一经传出，举世称奇。

不只文墨精湛，赵佶还是一位球星。赵佶酷爱蹴鞠，这在宋代十分流行。现藏于北京故宫博物院的《宋太祖蹴鞠图》，就生动地再现了当时上至帝王下至平民共同喜爱全民参与的景象。

赵佶就是这样一位皇帝，流连声色，恣肆文墨，几乎每天都有花边新闻传出，任百官与百姓啧啧品评，供大众消遣娱乐。如果放在当下的网络时代，必定每天都上热搜。

所以，徽宗赵佶不像一位皇帝，更像一个明星，而且是文娱明星。他是书法家、画家、金石鉴赏家、养生学家，唯独不是政治家。这一关键岗位能力的缺失，使得赵佶无法合格地扮演他的职业角色，履行他的岗位职能。当然，如果是在太平盛世，天下安澜，皇帝搞点个人爱好，丰富一下业余生活，是没有什么大问题的。但徽宗朝面对的，是北方一只正在龇出獠牙的噬血恶魔，更危险的是，赵佶及其群臣们尚不自知。

在赵佶的脑子里，天下永远是自己家的，山河永固，千秋万代。即便有什么忧患，不是还有蔡京、高俅、王黼、童贯他们可以分忧承尘吗？朕既是天命之选，自当不负春光，尽情快活。蔡京他们多次对朕奏说，什么田虎、宋江、王庆、方腊，都是肘腋之患，朝夕可定。

蔡京说的？呵呵！蔡京还说苏东坡是造反派呢，而且还是造反派头子！

但赵佶就是喜欢蔡京。为什么呢？大多数人可能会简单地归结为字画享乐等兴趣相投，这方面的确是重要原因，但非主要原因。这个还要从徽宗即位说起。

大宋元符三年（公元 1100 年）正月，帝国的第七位皇帝赵煦驾崩。这位九岁即位，支持改革，对外强硬的天子深受臣民爱戴，且正处青春，二十四岁就突然仙去，使得举国上下于震惊之余更陷入一片悲痛之中。然而伤心之外，另一棘手的事情已摆到了国民面前——陛下无子。

宋哲宗赵煦自幼被高太后严格管教，为防止其耽于女色，娶皇后之前哲宗一直就只能住在高太后榻前阁楼之中，且仅有 20 名年老宫女侍奉。也许是矫枉过正，哲宗成年之后，不论哪个嫔妃，均未能承脉。当然更大的可能，哲宗与林黛玉一样，患有"先天的不足之症"，这从哲宗的英年早逝就可看得出来。

但是不论什么原因，现在刻不容缓的是继任者的人选问题。哲宗没有留下子嗣，唯有从诸王中选择。向太后（神宗皇后）主张"当依长幼之序"，而哲宗长弟申王有目疾，不宜策立。那么作为哲宗次弟的赵佶，就成了首选。

当时的宰相是章惇，史上素有"奸相"之名，不过也有为其鸣冤之声。但不管是否确为"奸相"，章惇是"权相"则无疑。章惇掌政期间，尤其在哲宗朝，权极一时，诸臣无敢忤其者。

当向太后提出"次则端王当主"之时，章惇说出了一句极富见地的话："端王轻佻。"可谓目光如炬，一针见血。不等向太后开口，章惇又总结："端王轻佻，不可以君天下。"章惇为宰相，到底不愧掌国之人，当断敢言。

然而向太后执意要立端王，并得了枢密院知事（即兼职军委主席）曾布、副宰相蔡京、许将等大臣的支持，最终将赵佶扶上了皇位。

赵佶登基后不久，保守派向太后病逝。赵佶有意继承父亲神宗、兄长哲宗的改革事业，但朝中保守派的势力仍旧十分雄厚，徽宗赵佶颇感无人可用。此时投机派蔡京打着辅佐徽宗"上述父兄之志"，推行新法的鲜明旗号走上舞台，并在童贯的引荐下觐见徽宗。

蔡京自称是王安石变法的忠诚继承人，借机将政敌冠以旧党之名，极力攻击，并替徽宗猛烈攻击保守派，深得徽宗赞许。

徽宗登基之初，雄心委实不小，决意完成父兄两朝未竟的新政改革，改年号"绍圣"，就是表自己绍述之意。但徽宗志向虽大，却没有执政经验，面对朝中新旧党争，亦没有丝毫应对之策。向太后死前，将保守派的代表人物王安石、文彦博等三十三人恢复名位，起复大批保守派官员，革新派巨头章惇则被罢相。面对这些严峻局面，初服衮冕的年轻天子一筹莫展，束手无策。

　　恰在此时，高举革新绍述旗帜的蔡京横空出世，并通过过人的政治手腕迅速将保守派打得丢盔卸甲。不仅如此，其后蔡京发觉了徽宗丰富的个人爱好，便极力迎合，曰："人主当以四海为家，太平为娱，岁月能几何，岂可徒自劳苦。"并片面强调财政收入"今泉币所积赢五千万，和足以广乐，富足以备礼"，极力夸大收入之多，隐瞒支出更巨，只是为了怂恿皇帝放心享乐，浪费光荣。

　　此举深得天子的欢心，将蔡京视为良相忠臣。蔡京大言天下富足，卖力鼓吹丰亨豫大之说。铸九鼎，并建九咸宫安放；建明堂、修方泽（即为后世之地坛），以为祭地之所；扩建"艮岳"（宋代著名园林，初名万岁山），改称华阳宫；征"花石纲"，掠天下奇石美柯。

　　如此种种，极尽奢华。

　　而且不仅是生活享受，蔡京在个人爱好与艺术追求上也和徽宗达到了高度契合。徽宗翰墨专精，尤擅书画。其书法承薛稷、褚遂良之格，又有创展，自成一派，世称"瘦金体"，誉美一时。而蔡京的书法造诣亦是极高，位列四大家"苏黄米蔡"之一（一说此"蔡"是蔡襄）。他与徽宗经常笔墨同好，诗词相合，君臣好不欢欣。尽管蔡京臭名远扬，不过令人稍感意外的是，蔡京秉政期间，对社会救助制度的推行力度之大，在古代历史上实属罕见。其推行的居养院、安济坊和漏泽园制度，相当于现代的救助站、公立医院和免费公墓。无疑是北宋救济制度发展的高峰，在中国历史上是空前的，甚至也在元明清三代之上。正是蔡京将社会救济活动规模化、制度化。此外蔡京还对宋朝教育事业的发展起了重大作用。崇宁年间他主持"崇宁兴学"，为北宋三次兴学运动效果之首。主要举措有：全国普遍设立地方学校；建立县学、州学、太学三级相联系的学制系统；新建辟雍，发展太学；恢复设立医学，创立算学、书学、画学等专科学校；罢科举，改由学校取士。是北宋"兴文教"政策的集中体现……是不是挺意外？

徽宗作为一个非主流君主，平日的关注重点与生活重心自然不会是循规蹈矩、按部就班，醇酒佳肴、歌舞丝竹、金钟玉馔自不在话下。徽宗一生，共诞下皇子 32 人，公主 34 人，合计达 66 人，数量委实惊人，足见徽宗色欲之旺盛。

至于《水浒传》中所载徽宗与李师师的风流韵事，很难考证，主要是李师师生卒年龄无详述，无法确定她在徽宗朝时的年龄。但晏几道、周邦彦都为李师师作过诗词，句中可知都曾与李师师相识，想来两位才子宿命风流，不至于对老妇生出情愫。故《耆旧续闻》之中云周邦彦大李师师六岁，应有可能。

如此言果然非虚，那么徽宗从秦观、周邦彦等粉丝的作品中悉知李师师之艳名，折节驾幸，应该很有可能。

所以宋江想到走李师师的后门，欲曲线救国面见徽宗，也是符合逻辑的——毕竟皇上都能将紫禁之巅让出来给江湖大侠搞决战，梁山好汉吹吹枕边风就不行？

不得不说，虽然第一次就被李逵搅了局，但之后通过燕青施展个人魅力，还是成功达到了目的。宋江的这条路还是走通了，不仅如此，燕青还落了一张赦免手谕。这说明，宋徽宗还真吃李师师这一套！

因爱欲而宠娼妓，因笔墨而宠蔡京，因踢球而宠高俅，这正是我们天子的风格啊！而且不仅宠，更是宠光无节。宠至李师师能参与政事，在招安梁山这样的朝政大事中进言献策；蔡京权倾朝野，他的太师府俨然就是小朝廷；高俅地痞出身，天子为其洗白起底，委以殿帅府之国器。还有因尊崇潜道教，以国财大兴道观，甚至将自己的帝号称为教主道君皇帝。赵佶生日本为五月五日，因道士认为不吉利，他遂改生日为十月十日。为了替仙道张本，赵佶还下令编撰"道史"和"仙史"——这是我国历史上规模最大的道教史和道教神化人物传记。

可能这样仍不足以表自己的弘道之心，徽宗又亲自著写了《御注道德经》《御注冲虚至德真经》《南华真经逍遥游指归》等书。宋徽宗这个疯狂的爱好，到底迷到什么程度？就是正式册封自己为"教主道君皇帝"！好好的皇位不要，却要去当教主，是疯了不成？当然，也只有宋徽宗这个奇葩皇帝，才能干得出来这种事。其实，宋徽宗之所以这么干，全是一个道士忽悠的结果。

这个道士，就是宋朝历史上大名鼎鼎的林灵素。林灵素，初名灵噩，字通叟，温州永嘉（今属浙江）人，北宋末期著名道士。根据《历世真仙体道通鉴·林灵素传》记载，林灵素跟高俅一样，也当过苏东坡的书童。有一次，东坡问其志向，他笑而答曰："生封侯，死立庙，未为贵也。封侯虚名，庙食不离下鬼。愿作神仙，予之志也。"有此等志向也，确实令人称奇。但这里的问题是，你有这等志向，就别贪恋人间的美酒美色。

史料记载，离开苏东坡后，林灵素来到了开封城，天天不务正业，却好酒贪杯，把所有钱都用在喝酒上。有的时候，林灵素没有钱，就跟店家赊账。后来，赊的钱财太多了，店家就派人来讨债，要他赶紧还钱。面对这些讨债的人，林灵素举起一把刀，当即表示，要钱没有，要命可以给半条！甚至林灵素"举手自折其面"，把自己的一半脸给劈了。讨债的一看，吓出一身冷汗，再也不敢要钱了。因为这个"壮举"，林灵素反而因祸得福。毕竟，他那副"一半是常人，一半是鬼神"的尊容，任何人看见了，都会把他当作"活神仙"（活见鬼）。

宋徽宗看见他后，也对他顶礼膜拜，视其为自己的"国师"。历史上的这个林灵素，不仅胆量过人，口才也很好，眼光还准—— 一双毒眼，最擅长察言观色，看人下菜；一张利口，足以颠倒黑白，扭转乾坤。林灵素入宫后，他玩儿命地向皇帝兜售自己的"下凡理论"，准备"唤醒"皇帝的前世记忆。林灵素告诉皇帝："天有九霄，而神霄为最高，其治曰府。神霄玉清王者，上帝之长子，主南方，号'长生大帝君'，陛下是也……己乃府仙卿褚慧，亦下降佐帝君之治。"这段话的意思是说：陛下是天上的太子爷，号称"长生大帝君"。我是您天上的一个小跟班，如今陪您一起下凡，来辅佐帝君管理人间。皇帝一听："我说怎么跟你那么熟呢，原来咱们上辈子都是神仙呀。"

林灵素继续告诉皇帝："陛下，您的'他乡故知'，又何止我一个。这满朝文武，都是天上的神仙。如今，他们都下凡来辅佐您，跟您一起渡劫。"说罢，林灵素指着蔡京道，这是原某某神仙；指着童贯道，这是原某某神仙；又指着王黼道，这是原某某神仙……就连宋徽宗的宠妃刘氏，也不是凡人，而是天上的九华玉真安妃。林灵素介绍完后，宋徽宗大喜过望——怪不得大家聚在一起，闹了半天，原来大家上辈子都是一起办公的神仙。最终，林灵素告诉宋徽宗："陛下乃九重神霄位列仙班的神仙，若陛下一心向道，再加上贫道的一些点化，很快，陛下就能重回仙界了。"

听完林灵素的话后，宋徽宗感慨万千，下令正式皈依道教，册封自己为"教主道君皇帝"……把皇帝忽悠出家了。

徽宗书画双绝于世，此外亦专于茶道。当时中国盛行点茶、斗茶、茶百戏等，徽宗尤擅点茶（斗茶料其亦喜，但天下谁有胜于天子之好茶？有，亦不敢显于天子面前），依熊蕃《宣和北宛贡茶录》、蔡京《太清楼侍宴记》所录"（徽宗）遂御西阁，亲手调茶，分赐左右"，说明徽宗对茶艺甚为自负。有载，政和至宣和年间，徽宗下诏北苑官焙制大量贡茶，还亲自赐"玉清庆云""瑞云翔龙""浴雪呈祥"等雅名。

成日书画诗茶，声色犬马，好个神仙帝王。徽宗只知道天下有几股山贼强盗，不成气候，这个判断也没有大毛病。但是帝国的北方，却有一只巨兽正在渐渐长成，在黑暗中龇出獠牙，贪婪地盯着富有却日益虚弱的帝国。

政和元年（公元 1111 年）九月，出使辽国的郑允中、童贯在回国时带回一个燕人，名叫马植，并引觐见徽宗。马植久居辽国，自称深熟辽国诸事。他向徽宗表示辽天祚帝乃无道之君，奢淫昏庸（倒像是在说徽宗），国中军政废弛，正是宋收复燕云旧土的绝好机会。

马植是什么人？落魄的辽世族之后，与宋并无往来，忽然归顺原因成疑。况且其言是否属实亦未加察校，不可轻信。然而，就是仅凭这样一个来历不明之人道听途说之言，就使徽宗深言不疑。也许是徽宗以他艺术家独有的敏锐嗅觉，一下子捕捉到了开疆复土、振国兴邦的千载良机，于是急不可待地想品尝一下旷代圣君、中兴之主的美妙味道。

徽宗视马植为天赐之人，赐其姓赵，授之以秘书丞之职。马植继而又献策："女真恨辽人切骨，若遣使自登（今山东蓬莱市）莱（今山东莱州市）涉海，结好女真，与约攻辽，兴国可图也。"

徽宗依其言，于重和元年（公元1118年）遣使由登州驾船渡海至辽东登岸，携国书见金军将领（史载未见其名），商议联兵伐辽，但初时很不顺利。后来双方又几经波折，方才勉强结盟，史称"海上之盟"。但在盟约的实际履行时，宋屡屡失信，并且在军事上被辽军轻易击溃，致使金渐生二心。

其后结局世人皆知，徽宗虽仓皇退位，仍为金军所掳，开始了悲惨的"北狩"生涯。

徽宗并非暴君，虽有苛政，但绝非桀纣之类。当然，他更不是明君，而是十足的昏君。这个"昏"不是指智商，创造书法流派的艺术家怎么可能是个"白痴"。

徽宗之昏，在于他自身认知与现实的割裂。长期优渥的宫闱生活，对身边宠臣的盲目信任，以及与外界接触的完全脱离，造成了徽宗生活在一个他的内心假想与宠臣们的谎言共同营造的虚假世界之中。

徽宗以为大宋富甲宇内，却不知积年国库已枵；酷爱园林奇石，不知"花石纲"早致民怨沸腾；醉心丹青美物，却不知天下哀鸿遍野；幻想天下安澜，心腹大患不过是宋江方腊，却不知女真蛮族早先磨刀霍霍；满心要收复河山，以为天赐良机，露出马脚不知兵甲疲弱，自保尚嫌不足。

就这样，徽宗艺术思维与迷之自信的灾难性融合，给自己和大宋带来了一场灭顶之灾。

时 迁——大材小贼

梁山是一个强盗集团，经济来源主要是打劫，所以每个成员具备的暴力值高低，很大程度上决定了其在团队中的地位。而时迁恰好就是这样一个例子。虽然梁山一百零八条好汉的排名是受到了很多因素影响后的综合结果，但一百零七倒数第二的位置，对于时迁来说，无论如何都是低了的。

时迁以偷盗为业，属于职业惯偷，有飞檐走壁、穿墙入户的本领，上应"地贼星"，可谓实至名归。时迁上梁山实属偶然，他因盗墓偶见杨雄杀妻，毛遂自荐一起投奔梁山。途经祝家庄，时迁改不了贼性，偷了庄上的公鸡解馋，导致双方起了冲突。杨雄石秀恃勇脱身，武力较逊的时迁则被活捉，后经宋江三打祝家庄才救出。

可以说时迁在梁山的初次表现差劲至极。未上山却先为山寨惹了麻烦不说，自己还当了俘虏，要靠山寨解救，丢人到家。对于这样的表现，恐怕宋江们心中直接将时迁定义为了水货，一甩手，把他打发到了山北酒店，跟着石勇卖酒卖肉，做了店小二。这份工作对于时迁来说显然是很不合适的。

一来时迁不懂酒店经营，二来把这样一位惯偷放在酒店对公私财务都极不安全，三来更浪费了时迁的才能。

如果梁山是个合法单位，守法经营，那么时迁肯定不会有什么作为，不过混吃等死而已。但既然梁山是个犯罪集团，那时迁就不会永远被埋没，其实也没有等待许久，属于时迁的机会就来了。呼延灼前来征讨，他带领的连环战马，使得梁山束手无策。汤隆献计其表哥"金枪手"徐宁的钩镰枪可以破解，但要赚取徐宁上山，需得先盗得他祖传保甲，才能设计诱骗其步步上钩。

这简直就是为了时迁而设计的任务。

其实这也是梁山惯用的套路：遇到难题就想法把有解难之力的人拉（哄）上山入伙，既解眼前之急，又扩充山寨力量，就如同请公孙胜破高廉；骗金大坚萧让伪造印信，麻翻李云以救李逵！裹挟李应合破祝家庄。无不是既办了事，又得了人。不过，尽管这路数梁山驾轻就熟，但这一次的难度却不同往日。那难在何处啊？难就难在盗甲。据汤隆所言，徐宁这副盔甲是个宝贝，世上无双。又是四代家传祖物。所以徐宁十分爱惜，不仅不卖，"花儿王太尉，曾还我3万贯钱，我不曾舍得卖给他"，更连看都不给看，"多少贵公子，要求一见，造次不肯与人看"。

真爱如此。只用汤隆一句话说得最真切："这副甲是他的性命。"凡武将所爱者不外有三样，兵刃盔甲良驹，徐宁岂能殊免！何况是这副"又轻又稳，刀剑箭矢急不能透"的赛唐猊。唐猊是古代传说的猛兽，皮坚切后可用来制造甲胄，这正如林冲爱宝刀而中计，宋江爱照夜玉狮子马而兴兵，不外如是。所以要盗得这样一副被主人家视若性命的宝甲，谈何容易。不过不难的话，怎么显得鼓上蚤了得？吴用点名时迁盗甲时，时迁随即答应（毫无犹豫，舍我其谁）道："只怕无此一物在彼，若端的有时好歹定要取了来。"

言语之中透着满满自信，对完成任务志在必得！书中行文至此，时迁之前从未有过任何亮眼的表现，偷鸡惹祸窝囊被俘，表现堪称负值，而此时却大言不惭，究其原因，还是时迁对自己的"专业水准"十分自信。时迁领命下山，身上藏了暗器，诸般行头，装备专业，显示了一个惯偷的职业水准。到了东京，先通过路人街坊把徐宁的住址和作息时间打探清楚，然后又详细观察了地形。

时迁转入班门里，先看了前门，次后蓦来，相了后门。见一带高墙，墙里望见两间小巧楼屋，侧首却是一根戗柱。如此细致，堪比3D实景绘图。果然到了夜间，时迁即按照事先观测好的地形，成功潜入徐府。

看看天色黑了，时迁潜入班门里来……爬将树头顶上去……却从树上溜将下来，折到徐宁后门边。从墙上下来，不费半点力气（写身手矫健），爬将过去，看里面时却是个小院子，时迁却从戗柱上盘到膊风板

（一种钉在大梁顶端起防风、雨雪作用的木板）……

成功潜入之后，时迁第一时间就发现并锁定了目标。先是看那卧房之间，梁上果然有个大红羊皮匣，拴在上面，但时迁并没有贸然下手。因为他预料到：我若敢半夜下手便好，倘若闹将起来，明日出不得城，却不误了大事。且挨到五更里下手不迟……虽然已经具备作案条件，但因为考虑到撤退的风险性，仍决定推迟行动，这体现了时迁的谨慎与谋划周全。

等到四更天时候，丫鬟起床做饭，时迁通过后门潜入厨房，耐心地等到徐宁吃罢早饭出门，丫鬟与徐宁娘子重新睡下之后，才开始下手。时迁听得两个人睡着了，在梁上把芦管（工具专业、准备细致）指灯一吹，那灯又早灭了，时迁却从梁上轻轻揭了皮匣（手到擒来），正要下来，徐宁的娘子醒来，听到响声叫梅香道："梁上是什么响？"时迁装作老鼠叫（又使出新技能）。丫鬟说娘子听的是老鼠叫因厮打这般响。时迁就便学老鼠厮打，忙溜将下来，悄悄地开了楼门，款款地（不慌不忙，颇有闲庭信步的洒脱），背着皮匣，下了胡梯，从里面直到外门，来到班门口，已自有那随班的人出门，四更便开了锁，时迁得了皮匣，从人堆里趁闹出去了（好胆识）。

一口气奔出城外，到客店门前，许多人读到这里都以为大功告成，高枕无忧，但时迁却丝毫不敢懈怠，马不停蹄地收拾好行李，结算房费，出离店肆，投东便走，行到40里外，方才去食店里吃饭。时迁自领受任务开展行动以来，筹划细致，准备充分，踩盘子、打探、望风、潜入、埋伏、吹灯到口技，混入敌方脱身，可谓技能爆竿，招招精彩。更令人啧啧称赞的是从计划到实施的周密与严谨，这一点在大多数只具备匹夫之勇的梁山好汉身上极少见到，可谓难能可贵。

不过仅仅是将徐宁的宝甲盗取到手，只是时迁此次行动的阶段性目标。梁山的最终目标并非这副赛唐猊，而是它的主人徐宁。时迁将宝甲交由戴宗带回梁山，然后与汤隆默契配合，一步一环将徐宁一步步引入陷阱，捉上梁山，将这出大戏推向最终高潮。但是令人义愤的是时迁立此大功，竟遭宋江吴用完全无视，不仅没有论功行赏，连半句褒扬之词都没有，令人着实替时迁叫屈。然而，这还只是时迁遭受的一系列不公正待遇的开始而已。梁山攻打大名府时，吴用要趁灯节派人潜入城中，放火为号，里应外合攻破大名府，时迁当即毛遂自荐，并替吴用选定了绝佳的放火地点——翠云楼。时迁语："翠云楼位于城内，楼上楼下大小有百十个阁子，眼见的元宵之夜必然喧哄，小弟潜地入城，到得元宵节夜，只盘去翠云楼上，放起火来为号，军师可自调遣人马入来。"时迁的建议极具可行性，吴用当场表示同意："我心正是如此（吹牛不打草稿），你明日天晓先下山去，只在元宵夜，一更时候楼上放起火来，便是你的功劳。"时迁领命之后，顺利潜入城中。

不久吴用又安排孔明孔亮化装进城接头，时迁一见到二人的乞丐装扮，立刻指出两人的破绽，一个红红白白面皮，不像叫化的，一个露出雪也似白面来，也不像忍饥受饿的人，足见时迁的精细与专业。之后时迁假扮卖闹蛾的小贩混入翠云楼，放起一把好火！只见翠云楼上烈焰冲天，火光夺目，时迁完美地完成了自己的任务，但吴用却忘记了自己的承诺，不仅没有给时迁记功，连起码的口头表扬都没有一句，书生嘴脸无耻。

书至第六十七回，梁山兴兵曾头市。宋江先后派遣时迁戴宗下山打探。戴宗先回禀报，说曾头市要与凌州报仇，欲起军马。见今增头市口，扎下大寨，又在法华寺内做中军帐，数百里插满旌旗，不知何路可进。戴宗的情报主要有以下几点：一，曾头市在军事上已有准备；二，曾头市战时指挥部设在法华寺，市口驻有兵营；三，数百里插满旌旗，没有发现可以进军的路线。不能说戴院长全无收获，但价值委实不高。曾头市开展军事行动，在市口扎寨，驻军进入法华寺均是公开进行，获取这样的情报并无任何难度。

最搞笑的是那句"数百里插满旌旗"，凡不瞎者皆可知，何须专门打探？梁山需要的显然不是这样的情报，而需要的戴宗却搞不来，"不知何路可进"，不知宋江吴用听了之后做何感想？

次日时迁回来交令，交出了一份完全不同的情报：小弟直到曾头市里面（估计戴宗仅在外围打探，可见二人胆识高下）已扎下五个寨栅，曾头市前面，两千余人守住村口；总寨内是教师史文恭执掌，北寨是曾图与副教师苏定，南寨是次子曾密，西寨是三子曾索，东寨是四子曾魁，中寨是五子曾升，与父亲曾弄把守。有个青州郁保四，身长一丈，腰阔数围，绰号险道神。将这夺得的许多马匹都喂养在法华寺内。时迁的情报当中，将曾头市的军事部署打探得一清二楚。人员分配驻扎方位毫无遗漏，还把段景住被曾头市夺去的马匹下落也打探清楚，可谓超额完成任务。而吴用正是依据时迁的这份情报，制订了军事计划（戴宗汇报后吴用没有任何行动）：既然他设了五个寨栅，我这里分调五支军，可做五路去打。

其后双方鏖战几番，曾头市下书乞和，梁山将计就计，派时迁、李逵、项充、李衮、樊瑞前往曾头市，与郁保四交换，互为人质。临行前，吴用单独给时迁布置了秘密任务，说明了对时迁的信任与重视。此时的时迁已经凭自己的出色表现消除了成见，赢得了肯定。时迁进入曾头市先是三言两语化解了李逵的鲁莽之举（"李逵大怒，揪住史文恭便打"），然后通过返回曾头市的郁保四，事先掌握了曾头市的下一步计划，并爬上法华寺钟楼上撞起钟来，东门西门火炮齐鸣，喊声大举，正不知多少军马杀将入来，里应外合，大破曾头市。

智盗宝甲，火烧翠云楼，卧底法华寺，时迁屡立他人所不能之大功，表现足称精彩。然而令人不平的是，这对时迁在梁山的境遇改变并没有带来任何有力的帮助。不久之后的大排名时迁被摆在了第一百零七位，绰号"地贼星"。倒数第二，这就是宋江吴用给时迁的座次，竟比做过叛徒的白胜还靠后一位。人品败坏、几乎没打过胜仗的王英，台词、出场数量都近乎为零的王定六，存在感一片空白的孟康等充数人员，纷纷位列时迁之上，让人着实替颇有贡献、任劳任怨的时迁大鸣不平。论功行赏，能者居前，这本来应是正常的江湖规矩，但在梁山在时迁这里为什么就行不通呢？我以为原因主要有三方面。一是文章开头所说的暴力值因素，梁山是个标准的暴力团伙，每个成员的暴力能力大小在很大程度上决定了他在团伙中的地位。而时迁这方面确实是个短板。他擅长的是专项技能，而非武力肉搏，这个短板放在领导层身上并不明显，领导凭的是权谋，但放在时迁身上就致命得多了。

二是没有背景，说白了就是没有靠山。梁山也是个小社会，各种潜规则也全部适用其中。没有足够的人际资源，就混不开玩不转。镇三山黄信，本领平平，亦无功劳，但他凭着师傅是五虎上将秦明的这层关系，竟捞到了地煞星第二位的好排名。美髯公朱仝，为人忠直，品行端严，但武艺有限，对于上梁山还一味抗拒，只因与宋江是旧交，就坐到梁山的第十二把交椅。在他之前的十一人，除了宋卢吴公孙四大首领、五虎上将之外，仅有柴进李应二大财主而已。

三是歧视链。对，没错，梁山也存在歧视链。朝廷归降的武将里官大的歧视官小的，官小的歧视官更小的。比如林冲虽然武功高强，但上山之前仅一教头，很明显地无法融入呼延灼董平等人的小圈子。但无论官多小，都歧视体制外的。在体制外，财主们歧视占山为王的；而这些山大王里面，大山头歧视小山头的，但山头再小，又歧视单干的；单干的里面，本领大的歧视本领小的，有名气的歧视没名气的；还有就是品行不太差的歧视品行更差的。您试想，有丧妻之痛的林冲和习惯解救妇女的鲁智深会欣赏王英吗？最后说到时迁，以上的歧视链都可以把它视为最低端的终极歧视对象。武将们无论官大官小，都可以尽情地鄙视时迁。财主员外们平日富甲一方，他们顶讨厌的就是小偷，特别是本事大的神偷，无论是占山为王的，还是独自剪径的强盗，都对翻墙入户、小偷小摸瞧不上眼。而且这种歧视链还是整齐划一的。估计一提到时迁，这些人全都会一脸嫌弃与不屑地说道："那个偷鸡摸狗的……"呵呵，事实就是这么残酷。大家可以注意到，排名时迁之后，位列一百零八人榜尾的"金毛犬"段景住是个盗马贼，又一个小偷。

对于时迁来说，没有肉搏的武力，没有大人物撑腰，没有显赫官职，没有响亮的名头，有的只有小偷的污名和低贱地位。时迁在大排名之后又有多次重大立功表现，并没有因为遭受不公而心生不满，但在梁山始终被当作只能做些不光彩的勾当的一个小贼而已。时迁虽然一专多能，身怀大材，但最终也没有成为梁山平等的一员。

公孙胜——道士下山

每次梁山的领导班子发生变动，无论如何变化，有一个人总是稳居其中，那就是入云龙公孙胜。每当大家在山寨排名前列看到公孙道长的大名时，会感到十分正常，但又有那么一点不正常。没错，若以公孙胜的资历、本领，又有魔法加成的综合实力，在领导层占有一席之地是没有什么问题的。然而问题是，公孙胜几乎没有表现，连出镜都少得离奇。明明呼风唤雨，撒豆成兵却寸功难立。其实从一出场，公孙胜的人设就显得模糊尴尬。他一个出家人，为什么要蹚俗世的浑水，而且要碰生辰纲这样的火药桶？

对此有的读者可能会说："为了杀富济贫。"但他一上来就对晁盖挑明了，"今有十万贯金珠宝贝，专送与保正，作进见之礼"。这十万贯是拿来做礼物结交晁保正的，与之分肥，与旁人没有半毛关系。因为担心晁盖不取公孙胜还做起思想动员来："此一套富贵，不可错过。古人有云，当取不取，过后莫悔。"您听明白了吧？这是一套富贵，根本不是一桩义举，所以不可错过。而且一旦当取不取，肯定后悔。这哪里像个出家人讲的话，哪里又是要杀富济贫？嗣后的事实也证明了这一点。晁盖等人劫了十万贯生辰纲，不过供参与者自己分肥，未曾见拿出半文钱来接济他人。

对此公孙道长也没有提出任何异议，而是和其他人一样，在晁盖家后院的葡萄树下喝大酒。既然确实是为了钱，那么公孙胜明明具有撒豆成兵呼风唤雨的本领，为什么非要找晁盖联手呢？而且事情暴露之后，在面对官兵追捕之时，公孙胜竟忘记了自己的一身法术，只知道闷着头跑路。难道此时他的仙术尚未修炼成熟？所以后来要离别梁山，回师傅罗真人处继续修炼。上了梁山，吴用挑唆林冲火并王伦，晁盖一伙方得以安身。排定位次时，公孙胜在林冲的坚持之下做了第三位，排序还在林冲之前，毫不客气。

心安理得忝居上位再次让人觉得公孙胜不像个出家人，世俗得很。其后一直到第四十一回，宋江上山，酒宴之上，公孙胜忽然提出要回家乡探视母亲，这个请求提得比较突兀。书中的解释是宋江父子完聚，忽然感动公孙胜一个念头，所以提出要回乡。如果真是这样，那么宋江下山去接父亲时，公孙胜就理应受到触动，为何非要亲眼见到人家有个父亲，方能忽然想起自己也有个母亲来？难道是师傅罗真人通过心灵感应对他做出了召唤？公孙胜这还不是主动要求离开梁山，严格地说他只是请了一个探亲假，这不奇怪。

探亲假宋江刚刚请过，马上李逵还会接着也请。但公孙胜独一无二的是，他下了山就再也不回来了。因公因私各种原因下山的人多得很，但是因个人主观因素不回来的，就公孙胜一个。这很难说。是不是公孙胜特意瞅准了这个请假的机会，即宋江刚刚请了假把父亲接上山来。准许他迎父就不许我探母？如果真是这样，那么公孙胜就是早已暗自决定要离开梁山了。这是为了什么？如果说是为了钱财，这根本讲不通，留在山上才会继续有金有银，而且他下山时连晁盖送给他的盘缠都不愿意接受。那么是对刚来的宋江有意见？可宋江是他们劫生辰纲小团伙幸免落网的恩人啊。对此，很多读者的意见又回到最初，公孙胜志在杀富济贫，此时他看出宋江并非同道中人，于是决定退隐修行，这个完全不能成立。宋江上山之前，公孙胜在山寨一直位居前三，又有法术傍身，却从来没有任何除暴安良杀富济贫的作为，连口号都没喊过一句。怎么宋探视来就要辞职去追寻理想了，何况公孙胜不是辞职，只是请假而已，而且他也没有去追寻什么理想，只不过回乡守着母亲，接着炼丹养气去了。

读者实在是很难为公孙胜如此矛盾重重、捉摸不透的行为找出一个合理的解释，难道他是因为世界太大了，我想去看看？我猜想公孙胜其实并不想彻底离开梁山，正是因为如此，公孙胜才会找了一个省事母亲的借口，没有辞职。否则的话，他这是为日后重新回来留条后路，至少不能让自己老三的位子让人给顶了。您不要忘了，公孙胜在回家途中遇到锦豹子杨林，当即介绍他上梁山入伙，足见他的内心还是向往梁山的。

这一点从戴宗来请公孙胜重新出山时他的反应就可以看出来。公孙胜道："贫道幼年漂荡江湖，多与好汉们相聚。自从与众人分别回乡，非是昧心。一者母亲年老，无人侍奉；二乃本师罗真人留在座前，恐怕山寨有人寻来。"戴宗哪肯干休苦苦相劝。公孙胜又说，干碍老母无人赡养，本师罗真人如何肯放？其实去不得了。公孙胜回绝的理由有二：侍奉老母；师傅不许。就是没说自己不愿意。而初次央告师傅没有得到准许，一行三人下山，公孙胜主动说，权且宿一宿。明日再去恳告本师，若肯时便去。果然还是想去，所虑不过师傅不允许而已。

故而当罗真人同意后，公孙胜再没有过半句推辞，即刻便将干碍无人赡养的老母忘得一干二净。当即道士下山，这一去公孙胜一直待到梁山平定淮西功成而返。公孙胜在梁山名义上是长军机密军师，但他不善掌兵持印，临阵厮杀，他的功能其实不应该是军师，而是法师。公孙胜在《水浒传》中出手数次，都是施展法术，只有一次例外，就是在晁盖庄门外，将十来个庄客打倒在地。这说明道长还是懂拳脚的。不过在这之后，公孙胜便不再显露外家身手，一心烧符念咒，行云布雨，比如大战高唐州，以五雷天罡法击败高廉，攻打芒砀山，施展法术擒住混世魔王樊瑞，并收其为徒。

后来梁山一百零八好汉大聚义，公孙胜主持罗天大醮，掘出排定天罡地煞座次的石碣。高俅二次进犯梁山，公孙胜做法唤风，助水军火烧官军船队。招安之后，征讨辽国，在幽州青石峪破除辽军贺重宝的妖法。后以五雷天罡正法，助宋江大破辽国元帅兀颜光布下的太乙混天象阵。

不过此阵其实厉害非常，破阵主要依靠的是九天玄女临阵梦授宋江的破阵之法，方才扭转颓势，公孙胜仅起了辅助作用。征讨田虎中，公孙胜五龙山斗法乔道清，将其收服为弟子，与卢俊义攻打汾阳，放神火迫马林的金砖法失效。征讨王庆时，公孙胜在南方大战金剑先生李助，将李助之剑击落并将其生擒，无一败绩。这就是公孙道长的斗法战绩。

漂亮得很。不过不知道，如果继续之后参加对方腊的战斗，会不会被打破金身？也许罗真人正是早已预料到徒弟此去吉凶未卜，才会留下"逢幽而止，遇汴而还"的八字箴言，罗真人为什么不让最得意的弟子功德圆满？

为何非得"逢幽而止，遇汴而还"？确实感觉故弄玄虚的成分更大。公孙胜的这位师傅罗真人，说到底也是个世俗之心很重的人。出了家，还把俗性保留，这就是佐证。您听过唐僧自称陈三藏了吗？戴宗和李逵随公孙胜上山去见罗真人，衣冠不整还不得入内。罗真人洞府深幽，服冠华美，外有青松翠柏，青衣碾药，内有丹灶暖房童子服侍，气派非同凡响。这范儿比教出孙悟空的菩提祖师还要大了许多。这么爱摆谱，哪里像个清修之人？

罗真人起初严词拒绝公孙胜下山的央告，但在将李逵尽情耍弄，让戴宗一连磕了五天响头之后，罗真人才改口放行："汝应上界天闲星。以此容汝去助宋公明。"你既然知道公孙胜是上天注定要应一百零八星宿共行大事的，干吗一上来还非得扯什么此非出家人闲管之事的幌子。要我说，纯粹就是为了找借口，修理李逵，卖弄手段，扬自己的威名。怪不得公孙先生也不像个修行之人，师傅就不讲清修。

公孙胜的原型今已不可考，极有可能是一个虚构的角色。

宋江三十六人作乱，这是确有实事。最早的一份三十六好汉名单，公认为宋龚开的《三十六赞》，但这份名单中并没有公孙胜，却有刘唐、张横、杨雄、三阮等二三流人物。到《大宋宣和遗事》，才开始有了公孙胜的名字，且并非什么头领，仅一备员而已。即便这个还不知是否为元人辑补所添入，而且关键是记载之中，公孙胜根本不是道士！

明嘉靖朝的名剧《宝剑记》（李开先作）之中，公孙胜乃是参军，还是林冲的好友，书中记录劫生辰纲之人中并没有他，且也非杨志等十二制使（十二个押运生辰纲之人），也不是宋江带上山（雷横、朱仝等九人），所录作为近乎为零。书中讲，宋江上山后山寨内共有二十四人，竟又没有公孙胜的名字。从这也可以看出公孙胜在故事中的地位很低，充数而已。所以，在《水浒传》之外的文献之中，亦并没有找到公孙胜是个道士及会法术的有关内容，并且连他的出处、生平事迹均极少涉及。而在元代杂剧中，有关梁山的《燕青博鱼》《黄花峪》《争报恩》《黑旋风双献功》等曲目也非常多，却均不曾见到我们公孙道长的风采。施耐庵创作《水浒传》，素材来源十分复杂，出现了许多情节上的冲突和角色塑造上的矛盾。公孙胜的人设混乱就是个例子。以道士的出家人身份，千里迢迢上门挑唆保长结伙打劫高官财务，案发之后，投奔山贼，又黑吃黑占了别人的山头，坐上了排行老三的交椅。这个亮相，本领高强，心狠手辣，出家人偏偏不做出家人的事儿。如果按这个轨迹发展下去，他就是个男版李莫愁。

但之后施耐庵笔锋一转，又将公孙道长陡然转回到修真悟道的模式上去，却全无预兆。公孙胜因为见到别人亲人团聚，突然间心态发生了巨大变化，重新看破红尘，重新回归家庭，重新皈依信仰去了。读者刚刚适应了没有公孙胜的梁山，但施耐庵却可能忘不了一清法师，于是借高廉又将公孙胜引回来，并顺便让罗真人显摆了一通手段，好好装了一回。

接下来，公孙胜打着上应星宿的名义，为梁山建功立业，直至随山寨招安，成了官方法师，奉旨打怪升级。然而当梁山即将遭遇最强的对手方腊之前，公孙胜又闪人了？！不是说好了上应星宿一百零八弟兄共行天篯的吗？可事情明明没完啊？在大结局来临之前，大法师毅然决然地表示，我师傅说了，到此为止，不许我再掺和了。于是公孙胜成了唯一一个主动退出征讨方腊任务的梁山好汉，同时他也是唯一一个两次主动脱队的梁山弟兄。

那你当初结什么拜发什么誓啊？

公孙胜上应的星宿是"天闲星"，是指他闲云野鹤，还是因闲下山，来做闲事？可能两者皆有。其实公孙胜这个矛盾重重、定位模糊的角色，正是由他的绰号极好地进行了诠释——入云龙，云遮雾隐，首尾难现，东忽一鳞，西忽一爪，不辨其身，难识真容。

哎，大法师啊，你到底是个咋样的人啊！

结　语

　　人物角色塑造的成功是《水浒传》得到如此高度评价的重要原因。首先是多样性，一百零八弟兄虽然同为头领，同为好汉，但各具特色，各领一时风骚。正如金圣叹所言，一百零八人便有一百零八副面孔，各有鲜明鲜活，各自丰富立体，如宋江之伪，武松之真，林冲之侠，鲁达之阔，卢俊义之懵愚，燕青之洞明，宿元景之明正，高俅之奸邪。茅盾先生曾说，善于从阶级意识去描写人物的立身行事，是《水浒传》人物的一个重要特点。我当然没有大师的洞察力，只能将所感所觉，尽力芹献刍荛，以飨读者。

　　文中对角色的剖析，都是樵人的个人拙见，仅为一家之言，诚不足为大家摘顾。

第二部分　女性角色

《水浒传》是一部描写江湖好汉绿林英雄的小说。喊着"杀富济贫，替天行道"，啸聚山林，打家劫舍，那么势力强大以后，对抗朝廷，最终招安，为朝廷出力，为得一个封妻荫子，取得正果，是这样一部小说。实际上描写了一个江湖世界，一个强人世界。自然在这里女性不大可能成为这部小说的主要描绘对象。所以某种程度上可以说，是一部写男人的书，描写的是封建男权视角下的男人的世界。里边的女性人物描写非常少，然而虽少，出彩却不少。我把其中较为主要的几个女性人物梳理出来，试着进行分析和研究。

潘金莲——这个女人不寻常

很有意思，四大名著之中除了《红楼梦》之外的三部均没有女主角，甚至女性人物都很少。而《水浒传》虽也是一部没有女主角的著作，不过大可以从中选出一个女一号来。而如果由广大读者投票海选这个女一号，我敢打赌，全无悬念，必定是潘金莲。

自《水浒传》问世以来，凭借评书、戏曲以及地摊文学的大力传播，潘金莲就火遍了大江南北，街头巷尾，任人津津乐道，啧啧评说。乃至于我们一提及她，就会联想到儿童不宜。

这也难怪，施耐庵创作这个人物，本来就是奔着千古第一淫妇去的。不过，潘金莲如果仅是淫荡，其文学魅力必不会如此巨大久远。我读了十遍《水浒传》方才敢动笔着字，对每个有名讳的人物，都多少有些认识和感悟。如今要写潘金莲，我想到的第一句话就是：

这个女人不寻常！

潘金莲原为张姓大户（《水浒传》中未提及姓张，读《金瓶梅》知之）的使女，因不从主人的歹念，被主人倒贴嫁妆许给了武大郎。有人说这是潘金莲本性贞烈的证据，并以此欲为其张本。我以为，这仅是作者为了给潘金莲之所以会嫁给"三寸丁"武大郎安排的一个勉强合理的理由，仅是情节铺排的需要而已。但是，我们却可以从这个"不肯依从"看出，潘金莲不是个随意受人摆布的女人。

尔后，因躲避县里几个"浮浪子弟"的骚扰，武大郎携潘金莲迁居阳谷县。我以为，就是这次迁居避祸，让潘金莲看透了武大郎的软弱，内心中必定蔑视他，并从此吃定了他。进而在日后奸情泄露之后，竟毫不忌讳，放着武大郎伤病卧床，公然偷欢。

潘金莲下嫁武大郎，其实是大户主人的报复，这确是潘金莲的不幸。这是许多要为潘金莲翻案的读者最大的依据，什么"古代没有离婚制度""人人都有追求幸福的权利"云云。

然而这些统统都不是理由。

首先，宋代有离婚制度。对，没错，不仅有，还很详细。宋代法律之中的专门条文规定：若夫妻不相安谐而和离者不坐。什么意思？就是如果是因为夫妻不和睦而女子提出离婚，那么女子无罪，不须治罪。宋代除"夫外出三年不归、夫取其财而亡、夫离乡编管者"三种情形之外，妇女擅自离婚则要判刑两年，继而改嫁的，罪加二等。虽然有关离婚的条款仍明显偏袒男性，但潘金莲按"夫妻不相安谐"提出离婚，是不会被追责的。

著名的例子有很多，比如李清照通过诉讼与二婚丈夫张汝舟成功离婚。

但大家也许还忽略了另外一个事实，即武大郎实际是一个好丈夫。在婚姻中，武大郎全心全意呵护妻子潘金莲，辛苦工作，老实本分。他没有任何不良嗜好，吃喝嫖赌一样不沾，还对潘金莲疼爱有加，基本承担了所有家务劳动。关于这一细节，《水浒传》之中有多处描写：武松初回家时，兄弟二人多年未见不得叙旧说话，反而是武大郎在楼下安排酒菜，潘金莲还为此训斥武大郎"你看那不晓事的"；三人入席，武大郎先请潘金莲坐了主位，可见对老婆不仅是疼爱，还有几分畏怯。武松去东京出差，临行前告诫兄长每日少卖炊饼，早些回家。武大郎言听计从，书中有道："武大……真个每日只做一半炊饼出去卖。"郓哥对武大郎说破潘金莲与西门庆奸情，约定次日捉奸，要武大郎少做炊饼去卖，武大郎第二天便"只做了两三扇炊饼，安在担上"。足见平日里炊饼都是武大郎自己制作，而潘金莲基本是不从事生产劳动的。许多读者因看了央视电视剧《水浒传》里潘金莲早起蒸炊饼并伺候武大郎穿衣起床的镜头，反忽略了原著中的诸多片段。

对于武大郎的付出，潘金莲不仅不领情，反而在日常生活中对武大郎动不动就恶语相向，挑刺生事儿："这妇人往常时只是骂武大，百般的欺负。"其实潘金莲的出身仅是一家大户（只是稍有资财之家，尚非官宦之门）的使女。她敢于欺负老公，无非倚仗两点：一是自己美貌而武大郎丑陋；二是武大郎软弱。

没错，这两点都是事实。但绝不是潘金莲引诱小叔子、出轨乃至杀夫的理由和借口。很简单，如果将两者的性别角色反转：一个妻子任劳任怨，含辛茹苦，操持家务，疼爱丈夫，仅因相貌丑陋个性软弱，就被帅气但懒惰的丈夫辱骂虐待，您还能替这个丈夫喊冤，并同情他婚姻的"不幸"？况且这个丈夫不仅薄情，还花心，外面撩妹出轨，暴露之后因为怕娘家小舅子厉害，便一狠心毒死糟糠妻子。这样的渣男负心汉，您还会替他寻找解脱原罪的借口吗？许多同情甚至支持潘金莲的人，都忽略了武大郎的善良。

归根结底，潘金莲所谓的"不幸"，是源于她自己欲望没有得到满足，就是这么简单，就是这么赤裸裸。但自《水浒传》问世以来，便一直有人为潘金莲鸣不平，并强冠之以女性解放符号之意义。试问，如果引诱小叔子、与只见了一次面的大款直接勾搭、奸情败露就毒死亲夫是女性解放的代表行为的话，那才是对女性解放运动最大的侮辱与污蔑！

其次，潘金莲之于武松还是西门庆，所渴望的都是赤裸裸的欲望，根本没有半分感情可言。她的着眼点，只有欲望。潘金莲自打见了武松就动了"那种念头"。书中言曰：

那妇人在楼上看了武松这表人物，自心里寻思道："武松与他是嫡亲一母兄弟，他又生的这般长大。我嫁得这等一个，也不枉了为人一世。你看我那'三寸丁，谷树皮'，三分像人，七分似鬼，我直恁地晦气！据着武松，大虫也吃他打了，他必然好气力。说他又未曾婚娶，何不叫他搬来我家住？不想这段因缘却在这里！"

之后潘金莲几句撺掇，伶牙俐齿，便说得武松果真搬到家里来住。计划初步成功，潘金莲有了近身之由，"欢天喜地服侍武松……常把些言语来撩拨他"。这里不单是要写武松正直，更写潘氏主动。从看到武松起也就三两分钟光景，就已决定出轨，且是乱伦，并立即制订计划开始实施了具体行动。

终于有一天，潘金莲按捺不住，置办了酒菜，持杯与"叔叔"对饮。

说起"叔叔"这个称号，是潘金莲对武松的专有称呼（武松虽拜张青为义兄，也称孙二娘为"嫂嫂"，但孙二娘却唤武松为"伯伯"），自与武松相见，到今天挟杯勾搭武松，前后共叫了三十九声（金圣叹查的，我也数了一遍，没错）。到了第四十声时，潘金莲可能认为火候已到，便将口中的"叔叔"变成了"你"。这个"你"字出口，她便将叔嫂人伦丢去了九霄云外，更将礼义廉耻抛进茅坑里了。

但出乎潘金莲意料的是，武松的反应竟如此决绝刚烈，一句句"不知羞耻""败坏风俗""没人伦的猪狗""这般的不识廉耻"，像一记记响亮无比的耳光，将潘金莲扇掴得颜面无存，体无完肤。

可以说，武松骂得没错，但效果却恰恰相反。这一顿白刀子直进红刀子出的语句，可谓字字诛心。可以说，正是武松的这顿骂，杀死了潘金莲对生活最后的期待，也杀死了她身上最后的一点人性与善念。

后来武松上门，来告诫武大郎在自己出差期间多加小心，潘金莲以为武松回心转意，于是又进行了努力。不过她又一次失望了。

之后，西门庆恰到好处地出现了。虽然王婆对西门庆故弄玄虚，扯什么"潘、驴、邓、小、闲"五项全能，但其实这个时候，西门庆只消敲门借口水喝，估计就能成其好事。

您不信？只要仔细读一下原著中的描写就可以体会。王婆对西门庆进行了分析，要想得遂心愿，非得"十分光"，少一分也不行。当九分光时，也就是在王婆家喝酒时西门庆故意把筷子弄掉，借捡筷子捏了捏潘金莲脚尖的时候：

西门庆且不拾箸，便去那妇人绣花鞋上捏一把。那妇人便笑将起来，说道："官人，休要啰唣！你真个要勾搭我？"西门庆便跪下道："只是娘子作成小人！"那妇人便将西门庆搂将起来。当时两个就在王婆房里，脱衣解带，无所不至。

诸位瞧瞧，西门庆一捏鞋子，潘金莲的反应是什么？"那妇人便笑将起来。"潘金莲面对西门庆的动手动脚，不惊不惧不怒，而是"笑"。不仅不反感，反而似乎还很期待。

紧接着，潘金莲说道："官人，休要啰唣！你真个要勾搭我？"催促对方直接进入正题。

面对潘金莲的开门见山，西门庆竟一头跪倒，直呼："只是娘子作成小人！"

眼看西门庆的"怂"样，潘金莲干脆化被动为主动，直接动起手来："那妇人便将西门庆搂起来"。一个"搂"字大家就可以看出，做出事情最关键推动的人，是潘金莲，而不是西门庆。

到了后来，两人奸情被武大郎撞破，上门捉奸。此时先怂的又是西门庆，潘金莲抵着门，反倒是西门庆竟一头钻到床下躲藏。

关键时刻，还得看潘金莲的，只见她挑唆道：

"闲常时，只如鸟嘴卖弄杀好拳棒，急上场时便没些用。见个纸虎，也吓一交！"那妇人这几句话，分明教西门庆来打武大，夺路了走。

奸情败露，叫奸夫来打丈夫，这便是潘金莲。

西门庆依言踹伤了武大郎，扬长而去。武大郎伤重卧床，无人照料，于是只好搬出武松的威名来，吓唬要潘金莲医治服侍自己。

可惜武大郎也是无奈，中腿伤重，丧失自理能力，又无人侍奉，只好拿打虎英雄的弟弟吓唬老婆。不得不说，作用还是有的，潘金莲立刻去找王婆、西门庆商量。西门庆也吓得筛糠。武松若不是有这打虎的威名，几个狗男女才不会在乎他呢。但可悲的是，也正是被这景阳冈斗杀大虫的凛凛威名真的吓到了，几个狗男女才会真的动了杀心，直至将武大郎鸩杀灭口。

这下砒霜的主意虽然是王婆原创并且亲自策划的，但具体实施的毕竟是潘金莲。只见她先是假哭，骗武大郎吃所谓治心疼的贴药，然后烧开水，煮抹布（备做擦血迹之用），只等半夜下手。待三更时分，下了砒霜，灌武大郎强吃。武大郎中毒腹痛，潘金莲用被子蒙住其头脸，以防叫喊。又见武大郎吃痛挣扎，干脆"跳上床来，骑在武大身上，把手紧紧地按住被角，那里肯放些松宽。那武大'哎'了两声，喘息了一回，肠胃迸断，呜呼哀哉，身体动不得了！"

下手干脆利索，全过程没有半分犹豫迟疑，完全看不出是第一次杀人（要知道，杀的还是亲夫）。

杀完老公，收拾（销毁）了现场，潘金莲又是假哭。吊唁的邻人刚走，就和西门庆在亡夫灵前，颠龙倒凤，恣意宣淫。一开始还只是夜间苟合，"任意停眠整宿"，尚还知些羞耻。到后来，竟连白天也忍耐不住，放荡交欢。武松远行归来，回家时正是白昼，那潘金莲、西门庆就"在楼上取乐"。

就做出这等荒淫之事，后人竟非要为她冠以女权意识觉醒之名，强加褒扬，极力洗脱罪责，可谓荒唐之至，荒谬之至！

潘金莲出轨，乃至杀夫，为的就是淫欲，甚至连钱都不是。

通过对《水浒传》第二十三回，西门庆从初见潘金莲到最后"十分光"得成好事的整个过程的整理，我们可以计算出来：

先是在王婆店里喝茶，主动递上一两来银子；

一匹白绫、一匹蓝绸、一匹白绢、十两好棉，作为引潘金莲帮忙做针线活儿的道具，送给王婆时，西门庆又夹带送去五两碎银；

与潘金莲在王婆家里吃酒，给王婆银子置办酒菜，书中未明数目，且以一两银子计；

吃酒过程中，王婆以再去买酒为由离开，西门庆又付五两银子；

二人奸情做成，西门庆又酬谢王婆十两银子。

前后共计银子二十二两，加上绫罗绸缎数匹，二十五两白银。按今天的银价，折合人民币几千元。绝对可以说成本不高！

但我们要注意到的是，这二十五两银子，潘金莲一分也没有落到，统统都进了王婆的腰包！

潘金莲不仅没有获利，还搭了一贯钱——因帮做针线活儿吃了王婆一顿酒食，武大郎要她拿一贯钱回请王婆。可见潘金莲出轨，跟钱没有关系。

说到底，潘金莲出轨、杀夫，目的就是为了满足自己的欲望，赤裸而直接。这并非施耐庵不擅长写女性角色，而是囿于写作目的。创造潘金莲这个角色，其目的与作用就是为了推动情节的发展与起伏，比如，潘金莲勾引武松未遂，她的淫荡就衬托了武松的"英雄"。武松的形象因而也更加高大。所以，潘金莲在形象上虽生动鲜活，但难免有失丰满与层次。

终究，施耐庵创造的，就是一个淫妇，不可能与《包法利夫人》之爱玛、《查泰莱夫人的情人》之康妮、《红字》之海丝特·白兰相提并论。

潘巧云——我不是潘金莲

一直存在着一种争论，潘巧云这个角色是不是潘金莲的延续与重复。我认为，在一定程度上是存在的。

首先，从名字上看，就具有明显的关联性。本来具有相近特征的角色，更不应将名字再同质化，此为写作大忌。但施耐庵偏偏反其道而行之，为什么？

早有人研究过，施耐庵早年曾为张士诚做过参谋。张士诚在与朱元璋对决之时，其属下潘元明、潘元绍（张士诚的女婿）驻守杭州，却献城投降明军。施耐庵深鄙二人行径，以金莲、巧云此二潘，讽喻元明、元绍彼二潘，完全可能。

其次，潘金莲与潘巧云在"罪行"上也颇为相似，王婆说潘金莲西门庆风月，要十分光景；石秀瞧潘巧云裴如海奸情，亦是十分。施耐庵笔法两相对照，笔力殊奇。

二人连情节都如出一辙。先是勾引老公的兄弟，而后遇（选）一个和自己一样风流的男人出轨。

最后，两妇人的最终下场也都完全一样，且死法剜心剖腹，一个比一个血腥。

由此我们可以看出，潘巧云这一角色，与潘金莲有着千丝万缕的联系，所以难怪，一直有研究者认为，潘巧云是潘金莲的再版，甚至提出，潘巧云即潘金莲。

这当然是一种偏颇而简单草率的说法。潘巧云身上确有潘金莲的些许影子，但从更加全面的视角来分析和看待，潘巧云仍不失为一个独立完整的角色。

潘巧云与潘金莲的不同其实是很多的。二者的出身首先就差距很大。潘金莲原是大户人家养的使女，也就是直人出身，估计教育程度也不高；潘巧云虽非大家闺秀，但也是个小姐，后又嫁了个王押司。夫丧之后再改嫁节级杨雄，算得上标准的中产阶级，比潘金莲的社会地位要高出不少。

另外，潘金莲出轨，与丈夫武大郎的夫妻生活极不和谐有极大的关系。但反观潘巧云，其前夫王押司早亡，也许是个体弱之人，但杨雄却是条好汉。潘金莲与西门庆，虽然一拍即合，但毕竟中间还有王婆拉皮条，而且尽管潘金莲回应很积极，但一开始到底还是西门庆主动在先的。而反观潘巧云，却从一开始就早早制订了与裴如海苟欢的目标与计划。先是在家中置办前夫的祭奠，制造与裴如海见面的机会；继而托出自己出生时母亲曾许下血盆经忏愿心的说辞，创造了前往裴如海寺院的绝佳借口；潘巧云与裴如海滚了床单之后，裴如海担心不能长相厮守，不料潘巧云竟然早已有了长期计划，便道：

"你且不要慌。我已寻思一条计了：我家的人一个月倒有二十来日当牢上宿。我自买了迎儿，教她每日在后门里伺候，若是夜晚，他一不在家时，便掇一个香桌儿出来，烧夜香为号，你便入来无妨。只怕五更睡着了，不知省觉，却那里寻得一个报晓的头陀，买他来后门大敲木鱼，高声叫佛，便好出去。若买得这等一个时，一者得他外面策望，二乃不叫你失了晓。"

瞧瞧、瞧瞧！不仅早有计划，还是个长期的！并为此早早买下了丫鬟迎儿作为联络员，每天还负责摆香桌儿，打暗号。再者，这个计划还有安保措施和应急反应机制：潘巧云要裴如海再买一个头陀，专职负责"外面策望"和"高声叫佛"，其实就是"放风"和"叫早"嘛！

如此周详的安排，缜密的筹划，简直就是一个训练有素、经验丰富的特工专家。

相比之下，潘金莲则全无计划，"不出半月，街坊邻舍都知得了，只瞒着武大一个不知"，一点保密工作都没有，和潘巧云的精细差得不是一星半点。

当奸情被泄露之时，二者的反应也大不一样。

武大郎上门捉奸被打，病倒在床，潘金莲竟没意识到已经大祸临头，仍每日和西门庆偷欢。直到武大郎搬出武松来恫吓，潘金莲方才如梦方醒。

而潘巧云被石秀告发，杨雄却吃醉了酒无意中说了出来。面对如此猝变，潘巧云竟毫不慌张，一把眼泪、三言两语，就化解了这场危机，并捎带手巧施反间计，反将石秀置于不义，离间了他们兄弟二人。

这智商、这情商，直接碾压潘金莲。

不过可惜的是，潘巧云的对手是石秀。人说"捉奸捉双"，石秀一下子收拾了潘巧云、裴如海、胡道人、迎儿四个，可谓人证、物证俱在，真正铁证如山。

《水浒传》中出轨的妇人极多，但似乎都不及二潘，不过倘论淫荡，潘巧云实则还在潘金莲之上。潘金莲无论是个人情感还是生理上，都处于极度空虚失落的状态，身心都不满足。而这些问题潘巧云都不存在，她就是想找乐子，而且找的还是个和尚。

所以施耐庵在文中直以"淫妇"称呼之，就连潘金莲，施耐庵也只是唤作"那妇人"而已。

不过潘巧云与其"前辈"潘金莲最大的不同，还是结局。

您可能会说，二人不都是被杀了么？剜心剖腹一样的酷刑加身。然而大家也许都忽略了，潘金莲之死，死有余辜。而潘巧云，所犯之罪不过出轨，乱搞男女关系，在古代确也属大罪，但绝不致死，至少不犯桀刑。但杨雄却将潘巧云开膛破肚，生取五脏心肝，都晾在树上，最后再将"这妇人七事件分开了"（之前还先割了她的舌头）。

什么叫作"七事件"？就是指人的头颅、胸、腹、双手、双脚。也就是说，杨雄发挥自己刽子手的职业特长，把潘巧云肢解了。

可是除了虐杀潘巧云这一件事之外，杨雄未有任何变态的言行和思想啊？其实这就是施耐庵有意而为之。其用意就是为了通过凸显潘巧云与潘金莲结局的不同，来达到他深层次的创作意图。

潘金莲之死，因其因奸杀夫，可谓该死。但若仅论其奸情并非死罪，也不是武松的杀人动机。而潘巧云却因奸情被杀（什么"杨雄日久必为其所害"之语，皆出自石秀之口，纯属假设而已），且死得痛苦百倍，这是为什么？

大家先来看一个细节。杨雄在逼问潘巧云时，是这样说的：

（杨雄）喝道："贼贱人！丫头已都招了，你便一些休赖，再把实情对我说了，饶你这贱人一条性命！"

此时的杨雄尚未完全下定决心要杀潘巧云，毕竟潘巧云只是出轨，并没有真的要谋害自己，然而，石秀却断然截住道："哥哥，含糊不得！"之后供问完毕，不等杨雄踌躇，石秀直接"递过刀来"。

其实，从一开始瞧出端倪，到杀奸夫道人，再至设计哄潘巧云上山，最后递刀劝（逼）杨雄杀人，统统是石秀一力完成。所以，某种角度上讲，潘巧云其实是死于石秀之手。

这点与潘金莲是一致的，死于小叔子。但两者又是根本不同的。

武松杀嫂，是为了报兄长血仇，具有正义性和普遍性——这个仇人是不是潘金莲，武松都会杀了报仇。施耐庵实则在弘扬赞颂武松，写潘金莲的奸情仅是剧情需要，目的还是在写武松。

而石秀"杀嫂"，完全也可以自己动手，但却非要大费周章，最后非逼杨雄动手。施耐庵这里弘扬的不是杨雄或石秀这样的个体，他弘扬的是夫权。

潘巧云所犯何罪？通奸。侵犯了他人的什么权益？侵犯了她丈夫杨雄的"夫权"。

所以，石秀（施耐庵）必须要让杨雄亲自动手。这样一来，即使原本的"受害人"杨雄得以解恨消气，也从根本上又一次弘扬了夫权的至高无上，不可侵犯——妻子是丈夫的"财产"，丈夫可以任意处置。

所以，潘金莲之死，为何描写为死不足惜，那是为了反衬武松有仇必报的好汉行径。而潘巧云罪不至死，却死得更加残忍可怖，则是在宣示夫权神圣，不容侵犯。如若侵犯，"夫"如何惩罚都是合理的，即使是像宰杀牲畜一样开膛分尸。

潘巧云的结局既是施耐庵夫权的崇拜，也是对潘氏兄弟叛反张士诚的痛恶表现，同时又杂糅了一种对"女祸"的偏执成见。

潘巧云，从名字到经历都神似潘金莲的女人。

但是，她真的不是潘金莲。

孙二娘、顾大嫂——山上的女人惹不起

梁山之上有数对夫妻，同为"好汉"，共效山寨，可谓志同道合——顾大嫂和孙新、孙二娘和张青、扈三娘和王英（扩大点还有张清和琼英）。不过说来奇怪，三对夫妻全都是女强男弱，阴盛阳衰。这与《水浒传》的整体风格确实较为违和。

三对夫妻之中，孙二娘与张青算得上是差距最小的了。顾大嫂的手段高强，书中早明言她强于孙新："我那姐姐（顾大嫂）有在三二十人近她不得。姐夫孙新这等本事也输于她。"而扈三娘与王英则更不必说，美女野兽，鲜花牛粪。张青因剪径为孙二娘父亲所败，不过因祸得福，跟着孙老儿拜师后入赘，娶了孙二娘。夫妻二人就一直继续杀人越货的勾当。不过张青给孙二娘立下"三不杀"的规矩。

不过这"三不杀"恐怕仅仅是个口头说法而已。说不杀过往囚犯，却对武松下手；说不杀僧人道士出家人，却杀了无名头陀（所以武松才平白得了一套僧袍度牒），后来还差点害了鲁智深。看来张青的这个"三不杀"根本没有得到执行，抑或张青在武松面前刻意标榜，为杀人取肉寻找些遮羞布。

孙二娘之父就是剪径强人，如今女承父业，又扩大了人肉销售的营业范围，可谓青出于蓝而胜于蓝。

孙二娘卖人肉馒头，是《水浒传》之中第一次出现食用人肉的情节，"将大块好肉做黄牛肉卖，零碎小肉做馅子包馒头"，写得竟还十分生活化。将人肉当作单纯的生产原料，物尽其用，毫不浪费，孙二娘不是一般的狠角色。

能将同类残害肢解，并加以烹制销售乃至食用，的确没有"辱没"她"夜叉"的绰号。"夜叉"一词源于梵文"YAKSA"的译音，佛教所说的一种吃人、腾飞空中、速疾隐秘之恶鬼。

孙二娘作为梁山的好汉之一，被作者非常明显地刻意男性化，从外形到性格都严重缺乏女性特征，而行事作风甚至比男性还要粗鲁凶狠。这一点从孙二娘夫妻两人的分工就能够看出来：丈夫张青仅仅是挑着人肉馒头外出售卖，而麻翻、宰杀过往客人，制作人肉食品的血腥工作则由孙二娘在家里承担。而且孙二娘干得得心应手，足见她的歹毒。

整体上说，孙二娘是一个男性化扁平化的角色，若没有十字坡卖人肉一节，几乎不会有人记住。她能够成为一个贡献少知名度很高的角色，我以为还很大程度上是蹭了武松的热度。好比颜良、文丑，虽然素称"名将"，但若不是为关羽所杀，又有几人会记得他们？孙二娘的知名度，凭的是为武松的机智武艺做的陪衬，作为武松英勇故事的一部分，人们记住了武松，也就记住了孙二娘。

相对于角色略显平淡的孙二娘，另一位年龄职业十分相近的梁山女将顾大嫂则要闪亮得多。

两位大嫂同为酒店老板，同样在家庭之中充当"话事人"的角色，同样和丈夫一起上了梁山，感觉没有大的不同，许多读者甚至从来弄不清二者的绰号，亦说不清二人的事迹与作为。

这很常见，却很可惜。顾大嫂与孙二娘虽然有着许多相似之处，但也仅仅是相似而已。

孙二娘与顾大嫂都经营酒店，且都在店中掌柜。但孙二娘开的是黑店，连龙门客栈都以她的十字坡酒店为模板，而顾大嫂开的是正经酒店（放赌在当时并不违法），并无不良的行业评价与名声。两人一个是连环杀人犯，一个是守法商贩，两家黑白分明，属于不同次元。

孙二娘的父亲、丈夫以及自己都是罪犯，且均为惯犯。顾大嫂的丈夫、大伯都是军官，两个弟弟是猎户，都是孙二娘一家的对立面。

还有更重要的一个区别：孙二娘是因自身罪行深重遂投奔梁山以自保，而顾大嫂是亲人被权贵陷害，为反抗压迫而造反上山的。一个主动一个被动，主因完全不同。

其实从梁山三女将的绰号之中就可以看出端倪。"母夜叉""母大虫""一丈青"，都是戾气外露，这是表现三女将不让须眉，表示虽为女身，仍是梁山一条"好汉"。但是细析之下，仍是各有不同。

"一丈青"，其意初为"高"，进而有"青色大蛇"之意，这是极表扈三娘的英武了得，但只是突出了她的手段本领；"母夜叉"，如实地反映出孙二娘贩食人肉的恶行，表现了她的残忍；"母老虎"，虽然凶猛，但虎不食子，非但不食子，母虎还护子。解珍、解宝兄弟受诬入狱，顾大嫂这只"母大虫"立刻龇出爪牙，咆哮着扑向加害者，愤怒地将其撕成碎片。

孙二娘，以及书中孙二娘以外的大部分女性角色，基本上都是以"祸水"的形象出现的。潘金莲、潘巧云、王婆自不必说，阎婆惜使宋江亡命江湖，卢妻勾结李固陷害卢俊义。不单"坏女人"，好女人也是亦然，鲁达因金翠莲而丢失前程，成为逃犯，就连贤惠如斯的林娘子，也因自身的美貌而引祸于林冲。

唯一的例外是顾大嫂。她武艺高强却不惹是生非，操持家业安守岁月。当她的亲人遭受奸人残害之时，她像勇敢的母亲一样挺身而出，不惜犯险营救两个族弟。

更难能可贵的是，顾大嫂还是位极有主见与智慧的女性。她在搭救解珍、解宝兄弟的整个过程中，表现出了惊人的冷静与沉着，从定策、组建人员、乔装入大牢，直至最后武力劫牢，环环相扣，滴水不漏。

乐和来向顾大嫂告信，遽变之下顾大嫂当即决定要营救解珍解宝两兄弟。但她同时也清楚凭自己的力量无法成功，她立即出银两请乐和回大牢之中上下用度争取时间，然后与丈夫定下策反大伯孙立之计，可谓当机立断丈夫作风。

尤其是策反孙立一节，堪称精彩。孙新谎称顾大嫂有病，诱使兄嫂孙立夫妻来探望。这一计本身并无高明之处，但细节设计却足称巧妙：就是谎称顾大嫂有病而非孙新。

试想，如果是孙新称病，那么兄长孙立前来即可，兄嫂乐大娘子则不会同往。如此一来，孙立极有可能因为担心家中老婆的安危而不愿合作劫牢。反之是顾大嫂称病，那么作为大伯的孙立男女有别，不便探视，则乐大娘子必来。

其后孙新和盘托出，孙立本能地予以拒绝。此时顾大嫂擎出双刀，带领邹渊邹润直接威胁孙立夫妇。如果换成是孙新动手胁迫，那么孙立即使一时妥协，但日后兄弟必然失和。同时也可能使孙立怀有二心，为行动带来隐患（此时乐大娘子的到来，又显出另一作用：如孙立不惜翻脸动手，却不得不考虑身边老婆的安全）。

当孙立又提出先安顿家眷收拾细软之时，顾大嫂即刻予以了否定，"一就去劫牢，一就去取行李不迟"，并强行将孙立夫妇留在店中，断了他们的"三心二意"。

随后的劫牢行动，在乐和的接应下，顾大嫂乔装入牢，打响行动的第一枪，下手干脆利落，不愧女中强人。之后的搏斗之中，顾大嫂也是如同砍瓜切菜，虎入羊群：当时顾大嫂手起早戳翻三五个小牢子。

整个劫牢过程，孙立孙新兄弟竟未杀一人，只是"两个把住牢门"。足见顾大嫂英雄！

而后众人去投宋江，正值梁山二打祝家庄受挫。孙立以栾廷玉同门之便，进入祝家庄卧底，顾大嫂未上梁山便先接受了任务。这次有了梁山这个超级大后台，顾大嫂的任务完成得更加漂亮。

顾大嫂带功上山，不断又立新功，但当梁山大排名之时，她却与丈夫孙新一起位居榜末（第一百、一百零一位）。甚至还远低于解珍解宝的排名（第三十位、三十五位）。但顾大嫂丝毫不以为意，不出头不抢功，不结派不拉帮，在刀山箭林血雨腥风之中从容应对淡然度日。最终她得到了她想要的结局——幸运生还，受诰回乡。这在十损七八的梁山好汉之中显得十分难得。而孙二娘扈三娘都是与丈夫双双死于最后胜利前夕，相较之下，令人唏嘘。

顾大嫂相较其他女性角色，虽然容貌并无任何优势，但却是最具东方女性特征的一个。她勤于持家，不求显功于外而求有助于内；她注重亲情，为搭救亲人不惜舍弃家业赴汤蹈火；她经受苦难时能隐忍坚持，受诰还乡一样可以悠然林下。

顾大嫂是梁山众多了无生气的边缘人物中少有的亮点，她给《水浒传》中女性角色带来了难得的人物层次与丰富情感，使女"好汉"们有了烟火气，也避免了充数之嫌。

顾大嫂是《水浒传》众多女性角色当中，最真实可鉴、角色最丰满立体、具有母性光辉与善良品质的一个。尤其是相较于孙二娘的主动犯罪、扈三娘的被动忍耐，顾大嫂才是唯一一个具有真正意义上反抗压迫的女性个体。

倘若没有了顾大嫂，抑或顾大嫂被描写成又一个茹毛饮血的孙二娘，那么梁山的女性角色终究是有欠生动、缺乏完整的。

扈三娘——佳人可叹生乱世

如同"复仇者联盟"或者"正义联盟"等其他团队组合一样，梁山好汉这个团队，也得安排有女性成员，否则就容易坏事。比如《枪火》中"鬼见愁"兄弟五人，清一色猛男，枪林弹雨战无不胜，最后却因阿信被老大文哥之妻引诱通奸，终令团队分崩离析。试想，五人之外倘得一个美女队员，也许阿信就不会误入歧途，团队的命运也许就可以改变。

同理，梁山一百多头领，属于超大团队，除非他们是一百零八罗汉，否则没有几个女性在其中，就太单调了。不仅文字读来无趣，读者亦觉乏味，恐怕即便是作者本人，也会感到缺少创作灵感。

因此，梁山好汉中自然而然（不可避免）地出现了几位女性角色——顾大嫂、孙二娘、扈三娘（因未进入排名，故此处不计入张青之妻女将琼英）。不过稍稍令人遗憾的是，三位女性都有老公，而且也都同为梁山头领。

而且不仅如此，施耐庵对这仅有的几位女性角色也进行了不遗余力的削弱与矮化。

例如顾、孙、扈三人，仅有姓氏而不具名字，仅以大嫂、二娘、三娘呼之，意在显示男女间传统社会地位的差距：男子汉行不更名、坐不改姓，方为大丈夫；女子则无此必要，具其姓氏已属格外优待，名字则以"嫂娘婆姨"之类充之即可。

而从人物形象、角色特征上，施耐庵则刻意将女性特征尽力毁去，使之男性化、"好汉化"。诸如顾大嫂、孙二娘，外表上穷形恶相，张牙舞爪，性格上粗鲁野蛮，稍不顺意，就喊打喊杀，如不事先点明性别，还以为是黑旋风来了。

唯有扈三娘，虽然武艺高强，能征惯战，但却保留了女性风韵。不过这一独笔并非施耐庵对扈三娘有什么偏爱，而是纯粹为了写作需要。试想，如果扈三娘的容貌像顾孙二妇人般泼悍，王英避之尚恐不及，还敢上阵撩拨？而宋江也不会顿起色心，意欲霸占。所以，扈三娘的美貌从一开始，就是为了衬托之后她结局的凄惨。

扈三娘年轻貌美（一直假装不爱女色的宋江见了都按捺不住），武艺高强（王英、郝思文、彭玘都曾被她活捉），虽非名门闺秀，但也是大庄主家的小姐，又许配了门当户对的夫君祝彪，人生美满完全可以预期。

可惜的是，她生的不是时候。按我的推算，宋江一打祝家庄大约应是北宋崇宁四年至大观初年间。这个时期金兵尚未入关，伟大的岳元帅也才刚开始记事儿（岳飞生于崇宁二年三月），社会矛盾主要集中于内部阶级冲突。由于徽宗统治集团的昏庸腐败，民不聊生，荒年灾民时时出现，灾民逐渐聚拢，久而生成盗贼团伙，以劫掠为生。梁山本身就是这样的标准团体，而祝家庄、扈家庄的民团武装也正是为了防范梁山这样的强盗团伙才产生的。如果只是对付一般盗贼，用不着花重金请栾廷玉这样的武林高手。

请教头，三庄结盟，更要通婚来巩固结盟，庄落外围布防严密机关险恶，庄民男丁全员习武，如此设防足见平日匪患之烈。

连堂堂庄主小姐都要习武，还得亲自上阵厮杀，这世道，还有什么体统（北宋著名女词人李清照大约与扈三娘年岁相当，也不过思一思项羽"不肯过江东"而已）？

不仅有失体统，更丧失人性的是，施耐庵更将王英安排做了扈三娘的丈夫。

王英，简直就是扈三娘的极致反面。论身高，王英比武大郎也强不了多少；而扈三娘的绰号"一丈青"，其本意就有"高"的意思，岂是"矮脚虎"可比？论颜值，扈三娘"天然美貌海棠花"；而王英，"形貌峥嵘性粗鲁"，二人差得不是一星半点。论本领，扈三娘在梁山能排位上游；而王英，数合就被扈三娘生擒。论品行，扈三娘未有恶名恶行，即使嫁了王英，也没有任何逾礼不德之举；再看王英，好色无义，糟蹋祸害多少良家女子，人渣一个。

这是如此天差地别的配对。

梁山虽是个贼窝，但也有鲁智深、史进等有过侠义之行，算是侠客。但全山一百余武林高手，整书一百余万字，竟无一侠女。本来扈三娘是个极好的人选，但施耐庵把她扼杀了，他把她塑造成了"好汉"，梁山压根不需要侠女。但好汉再多也还嫌少。

而"好汉"就要有"好汉"的样子。所以，扈三娘得去了女儿的娇柔，练一身好汉们的身手；要褪了红妆换武装，丢了针线舞枪刀；更要摒弃常人感情，让位于江湖义气，全家被屠戮殆尽，却要委身于仇人的同党，因为"义气深重，推却不得"，亲人尸骨未寒，自己不及殓葬，反倒披红做了新人。其内心的万般痛苦，又岂是忍辱偷生四字足以表尽。

初观扈三娘亮相，鲜衣怒马，英姿飒爽，使得我不由想起玉娇龙来，可惜扈三娘没有玉娇龙的叛逆个性，哪怕是任性。空有一身武艺，最后仍不免家破人亡，屈身从贼。最终也是受色鬼丈夫拖累，香消玉殒。可惜，可叹，可怜，可悯。

谁叫绝代佳人，生逢乱世！

王婆——第一毒妇人

由于施老爷子的特殊个人偏见，《水浒传》中的女性角色大都呈负面形象，对于男性角色来说，她们的出现，基本都意味着"不祥"。

例如潘金莲之与武大郎。但仅仅是一个潘金莲，武大郎还只是头上有点绿，不至于丢了性命。不过悲催的是，武大郎不光是遇到一个潘金莲，还有个王婆。

王婆，初登场是书第二十三回，出自潘金莲的口中："何不去叫间壁王干娘安排便了？"属于侧面描写，只为铺垫下文。而当王婆正面亮相，则是与西门庆同时：

不多时，只见那西门庆一转，踅入王婆茶坊里来，便去里边水帘下坐了。王婆笑道："大官人，却才唱得好个大肥喏！"

王婆的正式出场，正配合着西门庆为潘金莲所迷惑。从这一点来说，王婆的出现，就是专门为了拉二人的皮条，做祸事来的。这与后文之中汤隆出场纯为哄赚徐宁上山提供帮助、石勇出场就是为了给宋江传家书如出一辙，都是推动情节发展的功能性人物。

这个可以从王婆的自我介绍中清楚地看出来：老身为头是做媒，又会做牙婆，也会抱腰，也会收小的，也会说风情，也会做马泊六。

什么是牙婆？

牙婆起初指的是贩卖胭脂水粉的女性，也为大户人家或风月场所购买妓妾、侍奴提供中介，后来则成为专做人口贩子的女性的代称。

什么是抱腰？

即产婆的助手，专门负责在产妇生育过程从后抱住其腰。

什么是收小的？

就是接生。

什么是马泊六？

这个典故就久远了。《后汉书》有载："昔秦人，有陇之地，为周牧马。时天子以肆马为乘（十六马车）为尊而居出有行！秦人居陇地而逐土人，每有俘者，男皆奴之，唯女留之于马槽而伯（泊），以供兵士。故兵士皆以马伯（泊）留为乐。"这里的"马伯留"，即是马泊六。后代一般以此代指"撮合男女搞不正当关系的女人"，也就是"拉皮条的"。

明代《义侠记·设伏》中有云："若有好的亲事与我说一头儿。若会做马泊六，我便费些钱也罢。"

从王婆自述的这些勾当，我们可以了解，基本类似于三姑六婆中的稳婆、牙婆和虔婆。

由此可知，王婆是一个生活于社会底层，暗中从事一些下流勾当来补贴收入的市井妇人。

这种人迫于生计，练就了察言观色、看菜下饭的手段，一般阅历深厚、识人相面、口舌油滑、诡计多端。西门庆算得上是久经欢场、阳谷县出了名的流氓，可还是一上来就着了王婆的道儿，更被王婆三言两语吊足了胃口，直哄得跪倒在地央求王婆帮忙。

不过，西门庆跪得一点也不亏。他迷上了潘金莲，却苦无下手的机会，眼巴巴在人家门外遛了两天，啥也没干成。可在他这里难比登天的事情，到了王婆手里却好比探囊取物。

而王婆接下来的表现也完全对得起西门庆的经济回报。她向西门庆提出了她的计划——"挨光十分计"，远胜吴用所有的"锦囊妙计"。

这确实是条妙计，只可叹，更是条毒计。

恶毒的人，想出的计策越是巧妙，也就越发恶毒。

王婆欲擒故纵，西门庆是愿者上钩。在捞足了油水之后，王婆略施小计，就成全了一对狗男女的破事。而且事成之后，王婆主动向潘金莲提出，要潘金莲每天都要来和西门庆厮会，并威胁"若是一日不来，我便对你武大说"——倒比当事人还要急切。当然了，王婆这样做的目的是形成长期的中介关系，以便从中长期获益，可谓是深谋远虑。

不过可惜的是，王婆没有分享意识，连郓哥"也把些汁水与我呷一呷"的微小愿望也不予满足，直接导致了丑事曝光。

这里稍微说下郓哥这个人。书中打他一出场就介绍道："自来只靠县前这许多酒店里卖些时新果品，时常得西门庆赍发些盘缠。"也就是说，郓哥时常得西门庆的资助，这与唐牛与宋江的关系极为相似。郓哥出场恰恰就是寻找西门庆，想"赚得三五十钱"。但由于王婆阻挠，没能如愿。于是恼怒之下，郓哥便向武大郎去告密，换取了一顿酒肉和几贯钱——竟不是免费的。

而当武松回家，调查兄长死因的时候，郓哥又因为武松的五两银子再一次告了西门庆的密。

等到武松杀了奸夫淫妇投案之后，又给了郓哥十二三两银子。郓哥前后向武家兄弟告密两次，获钱近二十两，且无官司，属于纯获利（还白吃了两顿酒食），可谓最大赢家（甚至堪称是本案唯一赢家）。

在王婆、西门庆、潘金莲的大恶之后，还隐藏着郓哥的小恶，这一点，往往为读者乃至作者所忽略。

说回王婆。当武大郎伤重卧床，搬出弟弟武松来威胁潘金莲时，王婆的反应比西门庆、潘金莲要冷静许多。

先看潘金莲：这妇人听了这话，也不回言，却趸过来一五一十都对王婆和西门庆说了。

再看西门庆：那西门庆听了这话……却是苦也！

诸位听听，熊包一个！潘金莲一介女流，尚且能不动声色，他倒好，只知跳脚叫苦。

且看王婆如何说：

王婆先是"冷笑"（一声冷笑，既是轻蔑西门庆，也是成竹在胸）道："我倒不曾见，你是个把舵的，我是趁船的，我倒不慌，你倒慌了手脚！"

几句话既奚落了西门庆，又点明了自己在本案中的从犯身份，撇清了主要责任，可谓思路清晰，从容冷静。紧接着话锋一转，不谈眼前的危机，反而问二人道：你们却要长做夫妻，短做夫妻？

西门庆答说"要做长夫妻"（还真是色迷心窍）。王婆这才说出她的计划：如今这捣子病得重……此计如何？

好歹毒的妇人！本来此时三人所犯之罪，不过是通奸、伤人，武松回来纵然见怪，亦不致死。唯她这毒计一出，三人反上了不归路。

王婆为了什么？为的就是后面的一句话：事了时，却要重重谢我。

就为了一个"钱"字而已。她有意撺掇西门庆潘金莲二人"长做夫妻"，其用意无非就是为了长期谋取好处。

从西门庆也连说"罪过、罪过"的反应来看，在此之前他压根儿没想过要杀人，是王婆之前"长做夫妻"的诱饵使他丧失了理智。甚至可以说，是王婆扼杀了他自救自赎的最后机会，并引诱他一步步走向毁灭。

其实有些坏人本没那么坏，西门庆就是例子，本来只是要耍流氓（要不是王婆，这点儿破事儿兴许都干不成），尚属于道德层面。但精虫上脑，禁不住王婆三言两语，走上了不归路。其实严格来说，之前的通奸西门庆算是主谋，但若要说其毒杀武大，王婆才是真正的"主谋"。

正所谓：一念之差，万劫不复。

三人由王婆拿定了主意，杀人灭口。紧接着，王婆又进行了分工：首先由西门庆负责提供作案工具——砒霜；其次，由潘金莲具体实施杀人。布置杀人这一段尤为"精彩"：

先"把些小意儿贴恋他"，让武大郎放松警惕。

等武大郎吃了毒药，要用被子捂住，以防叫喊被邻居听到。

预先烧开水，煮一条抹布，用来擦拭武大郎中毒后七窍流迸的血迹。

每读至此处，我都禁不住怀疑，这绝非王婆第一次谋划杀人！不然何来这么周密的布置，这么详尽的细节处理，以及……安排残害一条无辜的生命之时，仍如此的淡定与平静。要杀多少人，才能练得这般冷酷。而且，王婆说到她的谋害对象武大郎时，直用"那捣子"来称呼（"捣子"，宋时口语中对人的一种蔑称，近乎现在所言之"窝囊废"），足见其心中对受害人毫无怜悯愧疚之心。

王婆之毒，乃人性中最恶毒的部分，甚至是泯灭人性。说她是《水浒传》最毒之妇人，绝不为过。

好在，天日昭昭。这毒妇最终坐了木驴，更吃了一剐，也算稍稍告慰武大的冤魂。

李师师——一曲当时动帝王

这位佳丽不同于《水浒传》中其他女性角色的是，李师师在历史上确有其人，恰是东京开封当地人。约出生于公元 1090 年，原是东京城内经营染房的王寅之女。李师师天生一副好嗓子，加上老鸨的耐心调教，悉心指点，不满 15 岁的小孩，就已经是"人风流、歌婉转"，在各教坊中独领风骚，高树艳帜。根据各种资料来看，和李师师有过交往的历史名人除了宋徽宗赵佶还有北宋著名词人张先、晏几道、秦观、周邦彦等人。李师师最擅长的是"小唱"，所唱多"长短句"，即今之宋词。

而罗忼烈先生的《两小山斋论文集》中有此考证。有记载张先（即苏轼诗"十八新娘八十郎"之八十郎，著名老流氓）曾专为李师师创作新词牌《师师令》并有一词云：

香钿宝珥。拂菱花如水。学妆皆道称时宜，粉色有、天然春意。蜀彩衣长胜未起。纵乱云垂地。

都城池苑夸桃李。问东风何似。不须回扇障清歌，唇一点、小于珠子。正是残英和月坠。寄此情千里。

另一词人晏几道也曾作《生查子》词写她的色容：

远山眉黛长，细柳腰肢袅。妆罢立春风，一笑千金少。

归去凤城时，说与青楼道。遍看颍川花，不似师师好。

李师师初出道时，张先早已名动天下，秦楼歌坊中又多流传他的词作，年高望重，由他专为李师师创作新词牌《师师令》，自然毫不费力，何况李师师本身也灵心蕙质、能歌善舞。据以上推测，李师师在公元1080年前后就红极一时了。此时秦观（1049~1100年）30岁左右，文采风流名动一方，李师师对他也曾一度迷恋，二人交往比较频繁。

秦观作《一丛花》词赠李师师："年来今夜见师师。双颊酒红滋。疏帘半卷微灯外，露华上、烟袅凉口。簪髻乱抛，偎人不起，弹泪唱新词。

佳期谁料久参差。愁绪暗萦丝。相应妙舞清歌夜，又还对、秋色嗟咨。惟有画楼，当时明月，两处照相思。"

才子佳人，互相爱慕，本是一段佳话，但奈何秦少游自是花花文人，李师师又长在娼门，所以最终是一段没结局的故事。尽管有"遍看颖川花，不似师师好"的感叹，尽管有"簪髻乱抛，偎人不起，弹泪唱新词"的痴情。

秦观之后，和李师师交往最密切的文人当数周邦彦了。周邦彦因其词句绮丽绝伦，京城歌伎无不以唱他的新词为荣。初见李师师时，周邦彦便觉相见恨晚，即填了一首《玉兰儿》记录他对李师师的印象：

"铅华淡伫新妆束，好风韵，天然异俗。彼此知名，虽然初见，情分先熟。

炉烟淡淡云屏曲，睡半醒，生香透玉。赖得相逢，若还虚度、生世不足。"

李师师喜欢他的文采，乐于和他接近，交往日久，二人关系甚为密切。宋人陈鹄《耆旧续闻》中记载："美成（邦彦字美成）至角伎李师师家，为赋《洛阳春》云：'眉共春山争秀，可怜长皱。莫将清泪滴花枝，恐花也、如人瘦。清润玉箫闲久，知音稀有。欲知日日倚栏愁，但问取、亭前柳。'"

从中不难看出周邦彦对李师师的赞美和同情，并规劝她找个知心之人出嫁，以解愁苦。可见，二人情谊深厚，绝非一般风月之情。

张邦基《墨漫录》说："政和间，李师师、崔念奴二伎，名著一时。"可见政和年间李师师已红极一时。而宣和年间李师师已是"门第尤峻"，像他这样的人已无缘叫局而一亲芳泽了，只得写了两首诗酸溜溜地"追往昔"。他可能不知道：李师师的门第尤峻，与徽宗的垂青是大有关系的。那么李师师究竟住东京何处呢？

这个《水浒传》里没说确切，只言"入封丘门……转过马行街来"。樵人经查，应是唤作金钱巷的所在。好名字，真把丑话说在了前头——"没钱别进来"。据载，这条街巷都是教乐坊，一等一的声色场所，仿如现在东京的歌舞伎町。

对李师师的生平记述最为详细的，当数南宋无名氏所作的《李师师外传》，文中言及李师师与宋徽宗赵佶相遇于大观三年（1109年）八月十七。直到宣和二年（1120年）宋徽宗又去找李师师。为了来往方便，赵佶在张迪的建议下修了条"潜道"直通李家。有一次宫内宴会，嫔妃云集，韦妃悄悄地问赵佶："是个什么样的李家姑娘，令陛下如此喜欢！"赵佶说："没什么，只要你们穿上一般的衣服，同师师杂在一起，她和你们会迥然不同，那一种幽姿逸韵，完全在容色之外。"可见，李师师并不只是容貌美，更重要的是有一种气质美。再后来，金宋开战，河北告急，李师师主动将自己的财富捐给河北作军饷，自己则出家慈云观了。

以上便是《李师师外传》中记述的李、赵交往的情况，其他版本也都类似。《大宋宣和遗事》里还说李师师曾被册封为李明妃、瀛国夫人。《翁天脞语》里也有记载："山东巨寇宋江，将图归顺，潜入东京访师师。"宋江之所以访李师师，是因为他知道李师师和宋徽宗比较熟，所以来托她在徽宗面前说说好话。种种资料表明李师师和宋徽宗赵佶有过交往这一基本事实，王国维老先生也是比较认同的。

钱钟书先生的《宋诗选注》选了刘子翚（朱熹的老师）三首诗，最后一首《汴京记事》如下：

辇毂繁华事可伤，师师垂老过湖湘；缕衣檀板无颜色，一曲当时动帝王。

诗里的"师师"当然是描写宋朝艳伎李师师，而"帝王"，则必为徽宗。

这里姑且按照诗人刘子翚的说法"当年一曲动帝王"，说明徽宗听过李师师小姐的个人演唱会，可是后来政局突变，金性尧先生甚至认为李师师也"被宋政府抄过家"。紧接着，北宋灭亡，徽钦二帝北狩到位于如今黑龙江省依兰县城西北的"五国城"坐井观天，李师师随着逃难人流南渡长江，过着颠沛流离的日子。而当诗人刘子翚在湖南境内与她偶然相遇时，李师师已经年过六十，垂垂老矣。刘子翚乍见当年名动京师的风云人物，如今徒经丧乱，惶惶如过江之鲫，难以自保，跋涉在两湖的嶂山雾岚中，缕衣檀板早已失落，不亦凄惨！金性尧先生说："从一曲当年到垂老湖湘，中间就包含着东京与杭宋两朝掌故。"

结　语

以我个人的感觉，《水浒传》似乎对女性角色抱有偏见。

书中凡美丽的女性，无一好人无一好事、好结局。唯有品貌寝陋如顾大嫂者，方可幸免。潘金莲，潘巧云，阎婆惜等，品行如不粗悍则必淫荡，美丽必须以妖艳来表现。纵然如扈三娘般，美丽勇武，一身英气，却不得不接受全部亲人尽遭屠戮，委身于流氓仇人的悲惨结局。只有委身于好汉，方可活命。名为好汉实为人渣，这结局未必就比二潘来得更好些。林娘子倒是美貌且贞烈，但夫婿林冲却因她的美丽而招来弥天大祸。而且，令樵人及读者们扼腕的是，林冲竟然为了躲避高家父子加害而断然休妻！后来林娘子自缢全节，面对丈夫的绝情与自私，可以想象她死前心中何其悲凉！恐怕人未去，心念已先灭矣。这种红颜祸水论其实并非施耐庵原创。我们可以试着探究施耐庵创作的历史背景，生逢元末动乱时期，各地爆发农民起义，在这个以武力为主的年代，女性地位当然显得更加卑微，再加上封建社会女性原本就处于依附地位，这一思想沉疴难免会在小说中显露出来。

第三部分　龙套群相

　　龙套原指戏曲中拿着旗子做兵卒的角色，许多艺人都有过跑龙套的经历。后比喻在人手下做无关紧要的事，或专做跑腿、服务性工作；或起次要作用，充当配角。现在多用于电影里面的角色。跑龙套也称呼为群众演员、特约演员。咱们来看看，《水浒传》里有哪些龙套演员，是不是也隐藏了什么明星。

　　宿元景　徽宗心腹官员，官拜殿前太尉（文职）。为人宽厚，驭下有恩，是童贯、蔡京等权奸的反对派，能向宋徽宗反映一些民间疾苦。他反对对梁山泊用兵，力主招安，终于促成徽宗下诏，他亲奉诏书往梁山进行招安事宜。宋江称他有知遇之恩，梁山被招安的关键人物。《水浒传》所写，多是贪官，宿元景例外，他是被梁山泊极力推崇的好官之一。此外，宿元景还是《水浒传》全书中高级别官员里唯一一个完全出于虚构的。他代表的是大宋官场的正面形象，他的招安作为其实也是皇恩浩荡的一种体现，是作者维护统治集团思想的文学反映。然而事实之中，宋代官场这种官员近乎绝迹。最终宿元景之流只能是作者的臆想，他不会真的走出书本踏上金銮殿，为民请命，就像现实中不会有漫威英雄从天而降来拯救世界危机一样。

　　梁中书　即梁世杰，这个人物的原型似应为当时东平州人梁子美。此人字才甫，出身官宦世家，其曾祖梁颢、祖梁适、父梁彦昌皆为高官。梁子美于哲宗朝由庇荫入仕，徽宗即位后为河北都转运使。梁世杰在书中并没有贪赃枉法、残害忠良的描写，反而在见到杨志、索超不相上下时为大名府有两员勇将"欢喜不已"，显出爱惜人才的品德。虽然生辰纲数额巨大，不过是巨额财产来源不清之嫌，按书中之言比西门庆干的坏事都远远不如。而且在其夫人反复追问如何给岳父蔡京祝寿一段文字中，可以清楚地读出梁世杰强妻弱婿的卑微与无奈。说到底，其实他同样是一个强权压迫下的小人物，同样没有骨气和勇气进行反抗。这是宋代社会众多下级小官僚以及胥吏的生存状态。梁世杰之所以不称梁知府而称梁中书，说明他曾在东京做过中书侍郎，至少是中书舍人，而后带职下放到大名府做一府之长。这已经是个正四品高官了，但梁世杰仍然在夫人人面前唯唯诺诺，大气都不敢出，并不得不每年掏出十万贯购买珍宝孝敬太师岳父。不得不说，也有几分酸楚在里边。这就是作者通过梁世杰想表现的官场腐朽实景。

王诜 也就是驸马小王都尉。高俅原在驸马小王都太尉府上做了一个亲随，后来小王都太尉过生日时，专请端王赵佶，这才引出了高俅因为善踢蹴鞠而受到宋徽宗宠信的后话，而这个小王都太尉，就是王诜。王诜，字晋卿，太原人，著名书画家，师法李成、郭熙、李思训父子等名家，又有独创一面自成一家。王诜传世作品有水墨山水《渔村小雪图》现北京故宫博物院收藏，青绿设色《烟江叠嶂图》现上海博物馆收藏。《苏轼汇评》记载："王晋卿得破墨三昧。"

良好的家世加上横溢的才华，使得宋神宗把自己的妹妹也就是宋英宗的女儿蜀国公主嫁给了他，使他获得驸马都尉的头衔而成为皇亲国戚。

王诜虔藏历代书法名画观摩临写，不过有些收藏品他是以借而不还的方式强夺而得来的。如《书史》和《画史》中有多处记载，王诜数有借人书画不还之例。看来才高品下说的就是此公。

小苏学士 据查就是大文豪苏东坡先生。一般苏轼应该叫大苏学士，小的通常指的是他弟弟苏辙。不过王明清野史的《挥尘后录》倒是记载了不少高俅的事情：高俅者，本东坡先生小史，笔札颇工。东坡自翰苑出帅中山，留以予曾文肃。文肃以史令已多，辞之，东坡以属王晋卿。

也就是说高俅曾是苏轼的小文员，苏轼欣赏其才华，于是就把他介绍给了曾布，但曾布不要，于是苏轼就把高俅转介给了王晋卿。

不知道这段往事算不算苏轼人生的"污点"呢？

王进 与林冲同是八十万禁军教头，然而，他虽然与梁山有着千丝万缕的联系，但不是一百零八条好汉之一，他是梁山重量级人物史进的师傅，而且在《水浒传》中第二回就出现了，并且引出了梁山中难得的真正好汉鲁智深。然而，王进这个人物在《水浒传》中是虎头蛇尾，开始对他有详细的介绍，介绍了他与高俅的恩怨并因此逃离，而且其行踪正如后来的许多梁山好汉在上梁山前是如出一辙——去延安府投靠老种经略公，在途中引出史进拜王进学艺的故事。而史进的功夫在梁山好汉中属于上乘，曾与鲁智深相斗也不处下风，可见，王进的武艺应该不在林冲之下。后来，引出少华山朱武、陈达、杨春三名好汉，史进因此与他们结缘上了少华山，然后史进寻师不着，遇到鲁智深，接着演绎出鲁智深一系列故事，直到遇到林冲，这样开始了好汉啸聚梁山的故事。所以，在《水浒传》中，王进是一位穿针引线的重量级人物，然而，在故事的后来，王进再未出现，即使史进百般寻找，也未见其踪迹，从此再也没有王进的任何消息，而且他最终也没有上梁山。

一方面可以说是王进开启了整个梁山故事，是他引出了高俅，通过王进的遭遇将这个坏蛋的德性介绍给大家，也不难理解林冲最终被逼上梁山的原因了。而王进的最终结局书中未做交代，甚至被金圣叹称为《水浒传》三大遗憾之一。

田虎 此公在百回本《水浒传》中也仅有宋徽宗屏风上提及四大寇中有"河北田虎"，并无具体情节，连一句台词都没有，真正是标准龙套。其创作原型应为北宋宣和年间河北义军首领张迪，于河北路洺州（今河北永年东）"聚众数十万，陷州县"，曾围攻浚州（今河南浚县）五日。后为刘光世（与岳飞并称抗金四元帅之一）率军镇压，阵亡牺牲。

王庆 同为"四大寇"之一，占据淮西为王，拥八座军州，有八十六县之地。后被宋江剿灭，渡江逃亡之时，为混江龙李俊所擒，押解到京师被杀。原型应是北宋时河北士兵起义领袖王则，兵败被俘遭肢解而死。

九天玄女娘娘 书中有言，宋江得到了九天玄女娘娘传授兵法，但是宋江并没有因此成为女神的圣斗士，他还要做官（当然他的小宇宙也不行），自上古神话之中九天玄女娘娘大都是人面鸟身的形象，是掌控兵法传授的女神。因此有些地方将其奉为兵圣，并有了一种新的解释。说她非神非仙，而是一位隐士高人，并创立了一个组织，专门给世之贤者提供征战方面的帮助。譬如张良、姜子牙、诸葛亮便纷纷成了受益者。不过我以为施耐庵仍是把玄女娘娘作为神灵来定义和描写的，并给予了她明确的神格化。

只不过她传授的兵法没有显现出任何值得一提的神力而已，使得这一情节略显烂尾。

方腊 又名方十三、方世腊，睦州青溪（浙江省杭州市淳安县西）人，雇工出身。北宋徽宗宣和二年（1120 年）秋，因花石纲酷害百姓，利用摩尼教的"二宗"（明、暗）、"三际"（过去、现在、未来）之说，在睦州帮源发动起义，得到了百姓支持。自号"圣公"，年号"永乐"，设置官吏将帅。1121 年二月，宋军包围杭州，宋徽宗下诏"招抚方腊"，被方腊拒绝。三月，起义军在杭州城外被王禀（后为抗金名将，英勇非常）打败。四月下旬，宋军包围帮源洞。当时仅任裨将的韩世忠侦查到路径，便率骁勇进入方腊所藏洞中，格杀数十人。四月二十七日，方腊和妻子、宰相方肥等人被忠州防御使辛兴宗所俘虏，藏匿在洞中的七万起义军被杀，方七佛等人逃走，方腊等人被押往汴京。八月二十四日，方腊被杀。轰轰烈烈的方腊起义，至此以失败告终。

裴如海 多数读者对他的印象仅是潘巧云的奸夫而已。裴如海法名海公，本是裴家绒线铺里小官人（富贵人家子弟的一种称呼），大约也就是裴家少爷的意思，一个富二代。后来出家在报恩寺中。曾拜潘巧云父做乾爷，比潘巧云长两岁。并非因贫出家，又另拜他人为干爹，兴许是被逐出家门也说不定。大概也不是个什么乖孩子。裴如海在报恩寺也不是个普通和尚，受任阇黎一职。这个阇黎，是"阿阇黎"的简称，其意为正行，谓能纠正弟子品行，意译为"轨范师"，以其能为弟子轨范也，属于佛家寺院的职事之一。瞧瞧裴如海自己的德行，轨范别人？还真是讽刺啊。给这个家伙这职务，啥用意，黑色幽默吗？

本来阇黎唱经，乃是正宗和尚借用民间通俗乐曲讲解经文，采用为佛事仪式制作的法曲，结合梵唱以及演奏佛曲的乐器，并掺进中国传统器乐和道教音乐，应用于各种法事典礼上表演并以宣传佛法。当时的梵乐可能就比同今日之流行音乐。而且看来他应该颇有些音乐细胞，有副好嗓子，当属水浒里除乐和外另一位歌星。

结 语

任何作品都不可能只有主角，尤其是《水浒传》这样故事情节丰富曲折的鸿篇巨作。除去一百零八好汉之外，还有许多特色鲜明、风采独具的人物角色，他们有的是复刻自真实历史，有的是脱胎于民间传说，还有的源自作者的创作灵感。这些配角也好、龙套也好，与众多主角好汉，共同构成了水浒人物群像，共同为我们展现了波澜壮阔的精彩故事。

杂谈篇

好似成功的影视作品都有丰富的周边配套一样,《水浒传》不仅有了梁山好汉们的绿林主线,还有许多所在时代背景下特有的人文趣事和特色风物,这些内容同样凝聚着作者的文思智慧,一起组成了引人入胜的《水浒传》故事。

见微知著

一部成功的文学作品，除了大幅的精彩桥段之外，还少不了许多令人眼前一亮的微小细节，或匠心独具或意味深长。就好比大片的彩蛋，错过了一样也很可惜。而《水浒传》同样如此，我试着从细微之处梳理一番博君一笑。

一、刨根问底

1. 戴宗的奇葩住址

《水浒传》第三十九回言："他（戴宗）又无老小，只止本身，只在城隍庙间壁观音庵里歇。"您听听，戴宗身为牢城两院节级，竟单身住在一间观音庵里，就不注意点社会影响吗？而且这观音庵竟然还修建在城隍庙隔壁，这是谁做的城建规划设计啊？不得不说，奇葩。

2. 宋代人能否随便吃到牛肉

在《水浒传》中，经常会看到这样的桥段——梁山好汉们大碗喝酒的同时，总会嚷嚷着让小二切几斤上等的牛肉来佐酒。其实，这种事情在宋代完全是不可能的。在农耕时代的宋朝，擅杀耕牛是掉脑袋的大罪。除非这牛老到无法再耕种了，让它活着，还得浪费草料。在这种情况下，还须求得官府的同意，然后方可宰杀。

就算是梁山有钱有胆量吃牛肉，也没有人胆敢杀牛卖牛肉给他们。

那时候，主要是吃狗肉、羊肉。

3. 难道喝白酒真的能解渴

在智劫生辰纲一章之中，晁盖等人利用天气酷热杨志一行口渴难耐的机会，向他们售卖掺了麻醉药的白酒。可是，这么热的天，又极度口渴，喝白酒不会越喝越渴吗？而军汉们见了白酒竟像是见了饮料一样，这对头吗？

宋朝当时的白酒多以大米酿制，不会经过蒸馏浓缩的，所以酒度低，味道甜，一般正常发酵的话，也就是 4~5 度，更像是现在的酒酿，所以喝了以后能解渴，并能展现豪情，如果像现在的白酒 52 度的话，是肯定不能解渴的！但如果是未经蒸馏的米酒的话，是有一定解渴作用的。

4.梁山水军真没有那么厉害

《水浒传》里的水战，场面经常是一边倒，经常是一群好汉，数艘小船，就把拥有高大舰船的官军耍得团团转，或者几个人潜水，手工凿穿官军船底即告大获全胜。宋代的水战，真有这么简单？施耐庵忽略了宋代车船上，一个至关重要的构造：水密隔舱。

水密隔舱，就是用木板等填料，把船体分成多个不同的舱间。一旦有船舱进水，其他船舱依然封闭严密，免于沉船之祸。宋代车船上的水密隔舱技术，更是登峰造极。隔舱板厚度 10~12 厘米，船体厚度可达 18 厘米。隔舱板和船体先使用扁铁和钩钉相连，再用由麻丝、桐油、石灰配成的填充料密封所有缝隙。

这样严丝合缝的隔舱技术，放在梁山泊水战战场上，别说接近"海鳅船"难度极大，就是张顺阮氏三雄们真能成功抵达船底，费力凿破一处，严整的水密隔舱，依然可以确保大船高速前进。凿沉？这基本是无法完成的任务。

5.好汉们的关系很复杂

梁山好汉们有好多在上山之前就已熟识，关系也是多种多样。如梁山好汉之中有数对师徒：林冲、曹正；薛永、侯健；宋江、孔明孔亮；李忠、史进；李云、朱富；秦明、黄信。不过这也表现出梁山一个怪现象，即名师不出高徒。徒弟们的本事普遍远逊于师傅，不知道究竟是徒弟们不争气还是师父有意留了一手？

除此之外山寨之中还有四对夫妻：张青、孙二娘；孙新、顾大嫂；王英、扈三娘；张清、仇琼英。主仆两对：卢俊义、燕青；李应、杜兴。真兄弟多组（十对之多）：宋江宋清、阮氏三雄、童威童猛、孔明孔亮、解珍解宝、孙立孙新、张横张顺、蔡福蔡庆、朱贵朱富、穆弘穆春。另外还有叔侄二人：邹渊邹润，经常被误以为是兄弟，实则二人是叔侄。另，登州一派人物较多，关系略显混乱。孙立是乐和的姐夫，乐和是孙立的小舅子。

孙立孙新是解珍解宝的表兄弟。也就是说，孙立孙新的爸爸跟解珍解宝的妈妈是兄妹。

顾大嫂是解珍解宝的表姐。也就是说，解珍解宝的爸爸和顾大嫂的妈妈是兄妹。

哎，怎么好像越说越乱了？

不过这么多不同关系，在山寨却统统以兄弟相称，不知道会不会有些尴尬呢？不过江湖儿女不拘小节，可能根本不关心也说不定。

6. 武大郎竟真能养得起潘金莲

要弄清这个问题，首先应该估算出一名宋朝平民的收入水平与生活成本。

来看北宋中叶的"淮西达佣"，史载"黟，力能以所工，日致百钱，以给炊烹"。这名"达佣"每日出卖劳动力所得约 100 文钱。

因此，在县城叫卖炊饼的武大郎，只要手脚勤快一点，每日赚 100 文钱是有可能的。

每日 100 文钱的收入在宋朝可以过上什么水准的生活呢？

让我们先从维持基本温饱的最低生活成本说起。宋朝政府对贫民的救济标准一般都是每口人"日给钱二十"。程民生先生认为，这个"官方的救济标准，可以视为生活费用的底线"。就是，每日 20 文钱恰好可以维持一个人的基本温饱。换言之，一名日收入 100 文左右的城市人，养活一个两口之家应该不会窘迫。

现在再说说住房问题，要知道《水浒传》中的武大郎可是住着一栋临街二层小楼。不过，看小说所描述，这栋楼房是租赁的，并非武大郎的置业。

宋代城市中，租房居住的情况非常普遍，房租有高有低。在开封府，政府"楼店务"管理的公租房，房价每日也不过 15 文上下，这个租金水平是城市下层人可以承受的。阳谷县这种小地方，即使是临街楼房，租金也不可能高于京城的寻常房屋。像武大郎这样的两口之家，如果想在宋朝县城过上衣食无忧的生活，每日成本大致如下：口粮与衣料费用40文；肉菜副食费用40文；房租不超过15文；杂费若干。合计约100文左右。武大郎每日赚100文，也足以养家糊口。如果每天赚150文，小日子就可以过得比较舒服了——根据宋代小商贩的收入情况，每天赚100~300文都是有可能的。

所以基本可以推定，武大郎潘金莲的生活状况，不仅仅是出自施耐庵的文学创作而已，在北宋末年，如果真有个武大郎，真的可以过上书中描写的生活。

7. 潘金莲并非小脚

很多读者因着"金莲"二字，以为潘金莲是因为裹足小脚三寸金莲而得名。

妇女缠足的确一般都认为主要是宋代兴起的陋习，但可参见张邦炜先生的《辽宋西夏金社会生活史》第六章"缠足在宋代仅限于供人观赏型妇女，还不像元代以后那样普遍"，"当时缠足的妇女主要是宫人、姜媵、家妓和歌女"。《计押番金鳗产祸》描写计庆奴做了官员李子由的姜，见到正妻恭人，恭人吩咐两个养娘："与我除了那贱人冠子，脱了身上衣裳，换几件粗布衣裳着了，解开脚，蓬松了头，罚去厨下打水烧火做饭。"可见干粗活的下人使女是不缠足的，可为缠足尚不普遍的例证。而潘金莲恰就是大户人家的使女。

8. 宋朝实际是施行禁酒的

自《淮南子》记载："清醴之美，始于耒耜。"可见古代时期，我们中国人就将制酒与农业产粮挂钩。由于我国是农业国，所以我们很早就将粮食酿酒发挥得淋漓尽致，还诞生了与酒有关的官职——酒正。而酿酒需要耗费大量的粮食，到了周朝，连年的战乱使得劳动人口减少，粮食产量锐减，不得不推行禁酒。这一因粮禁酒的措施，日后在历朝历代都成了"习惯法"。时至两汉，每逢大旱大雨时，朝廷都实行禁酒令，其目的是禁止粮食浪费。与汉朝相比，宋朝虽也禁酒，但更多的是为了牟利。宋朝由于酿酒技术进一步发展，制酒业发展迅速，朝廷把它作为一大财源。尤其是《水浒传》之中似乎男男女女都喝酒，但真实情况是，宋朝施行禁酒。

当然，那时的禁酒，与因粮而禁不同，宋朝时禁酒是禁止购买民间所酿之酒，因为民间酿制的酒销量高，则会导致官酿的酒销路被破坏。所以宋朝为了保护这个能养兵供政的产业，开始大肆禁止民间酿酒。同时，也加大了官营酒业的生产。当时酒类生产和销售基本已经被官方批准的"正店"所垄断。

9. 宋江浔阳楼题反诗并非杜撰

《全宋词》一千三百余位被收录词人里，真有一个叫宋江的，他在浔阳江边的酒楼上，喝得醉醺醺，题了这样一首词《西江月》："自幼曾攻经史，长成亦有权谋。恰如猛虎卧荒丘，潜伏爪牙忍受。不幸刺文双颊，那堪配在江州。他年若得报冤仇，血染浔阳江口。"

大家有印象的吧？就是让宋江摊上杀头官司那首反诗，它竟然是真的存在的，而且竟然还被收录进了《全宋词》，而且记录的作者就是宋江！

绝对属于官方认证了。

二、水浒风物记

《水浒传》对宋代社会风貌以及普通市井生活进行了大量细致入微的描写。由于年代相隔太过久远，书中提到的很多物件让现在的读者不明所以。我费了点功夫，求证这些小物件究竟为何物，力求帮助大家有更好的阅读体验，对宋代有更直观的感受。

1. 甲马

书里说戴宗会神行大法。要急着赶路，飞报军情，把两个甲马拴在两腿上，日行 500 里，把 4 个甲马拴在两腿上，日行 800 里，而且还可以放在别人腿上一样使用。第五十三回，戴宗正是如此狠狠戏弄了不听话的李逵。

这个甲马，光听名字确实不好理解。《天香楼偶得》（清代虞兆隆）中介绍："俗于纸上画神佛像，涂以红黄彩色而祭赛之，毕即焚化，谓之甲马。以此纸为神佛之所凭依，似乎马也。"《陔余丛考》（清代史学家赵翼）则说："昔时画神像于纸，皆有以乘骑之用，故曰纸马也……后世刻版画以五色纸印神佛像出售，焚之神位前，名曰纸马。"原来就是迷信道具。《清明上河图》里就见有"王家纸马"店招牌，一边放着楼阁状的冥屋，即是一家纸马铺。

2. 炊饼

武大郎所卖的炊饼，应叫蒸饼，在《水浒传》中除了在武大郎的故事中出现过之外，还在第七十三回中曾经提及过，但是那里却是用的"蒸饼"二字。当时燕青和李逵让刘太公"煮下干肉，做下蒸饼，各把料袋装了，拴在身边，离了刘太公庄上"，此处的蒸饼正是炊饼。而蒸饼之所以后来被叫为炊饼，据说是为了避宋仁宗赵祯的名讳，所以才将蒸饼唤作炊饼，但是炊饼的叫法很快传到了民间，于是也就渐渐流行起来了。在宋代，炊饼是很多地方的主食，当时大家习惯将没有馅的称为炊饼，将有馅的称作馒头。因此，其实武大郎当时叫卖的炊饼，是一种圆形的面制食品。而炊饼的这种叫法，直到元末明初在民间也十分通行，但是入明以后，炊饼的叫法便渐渐被馒头替代了。《水浒传》里的炊饼，就是今天我们所说的实心馒头，只不过和今天的馒头略有不同，其形状应该已近似卷饼《古今小说·宋四公大闹禁魂张》："（宋四公）擘开一个蒸饼，把四五块肥底熬肉多蘸些椒盐，卷做一卷。"可为此证。

3. 闹蛾

时迁火烧翠云楼一章中说，时迁是化装成卖闹蛾的小贩混入大名府的。这个闹蛾，是什么东西呢？闹蛾亦称"夜蛾""蛾儿"，中国古代妇女的一种头饰，用丝绸或乌金纸为花或草虫之形，然后用色彩画上须子、翅纹而成。

明·刘若愚《酌中志·饮食好尚纪略》："自岁暮正旦，咸头戴闹蛾，乃乌金纸裁成，画颜色装就者；亦有用草虫、蝴蝶者。"宋代正月十五元夕夜，妇女戴之，以应时节，盖取蛾儿戏火之意。辛弃疾《青玉案·元夕》词："蛾儿雪柳黄金缕，笑语盈盈暗香去。"

施耐庵如此安排，既是表时迁化装巧妙机智，也是他观察生活细致入微之故。

4. 折扇

《水浒传》中有西门庆、高衙内摇着扇子闲逛的描写，还提到了富贵人家有暖扇、凉扇。扇子是多种多样的，从是否可以折叠的角度来看，扇子可以分为屏扇和折扇两种（宋清之"铁扇子"不知属哪一种），前者在原始社会已经存在。但是制作工艺相对而言复杂的折扇，在我国却不是很早就出现的。《宋史》记载，端拱元年二月，日本国僧侣嘉因在觐见宋太宗，献上桧扇二十二枚、蝙蝠扇二枚珍贵的礼物。此桧扇与蝙蝠扇就是折扇。

由于体积小重量轻，折扇一经出现立即大受欢迎。文人雅士学者互赠题诗词字折扇，表喻友情别意。手持折扇，成为当时生活中高雅的象征。折扇一旦流行，久盛不衰。明清时，在折扇生产地江南一带，出了很多名士，他们的风流才情，与折扇有着丝丝缕缕的关系。他们所营造出的江南如水的文化氛围，通过以折扇为媒介，流传于皇宫、府第、闺室、民间、海外。而折扇也因了这些美画佳句身价百倍。

5. 广告

宋朝商业高度发达，竞争已属常态。所以宋代的商人做生意，很注重打广告。以前没有电视、互联网，为了让更多人看到广告，只能到最热闹的地点放广告，并尽量将广告词写得新奇夸张，足够吸引眼球。北宋东京的饮食店，"皆大书牌榜于通衢"，比如"三碗不过冈"，"京师凡卖熟食者，必为诡异标表语言，然后所售益广"。这里的"牌榜"，就是广告招牌；"诡异标表语言"，就是标新立异的广告词。《清明上河图》之中广告就有几十个，其中广告幌子有 10 面，广告招牌有 23 块，灯箱广告至少有 4 个，人型广告装饰——彩楼欢门有 5 座。我想问张择端是不是收了商家的广告费，所以才在画作中植入这么多的商业"硬广"。

宋代开酒店的商家，尤其重视做广告。在酒业集中的东京九桥门街市，"绣旆相招，掩翳天日"，此处的"绣旆"，即市招、酒帘子。光有酒帘子还不够，一些酒店还打出"灯箱广告"。《清明上河图》中的"孙羊正店"大门前，有三块立体招牌，分别写着"孙羊""正店""香醪"字样，这三块立体招牌，便是灯箱广告。由于这种广告牌应用了照明技术——内置蜡烛，夜间也明亮照人。灯箱广告在现代商业社会不过是寻常事物，但许多人未必知道宋朝已出现了灯箱广告的形式。今日在日本、韩国一些地方，还保留着这种古老的广告，古香古色，别有风味。

不止这些"静物广告"，宋代还有酒类展销会，各个酒店带上新酿的样酒，还雇佣"社队鼓乐""杂剧百戏诸艺"，一路吹吹打打，表演节目，巡游各处热闹街市。

送酒队伍为首有三五个人，用大长竹挑起一面三丈余高的白布，上面写着"某库选到有名高手酒匠，酿造一色上等浓辣无比高酒，呈中第一"的广告词。后面是"所呈样酒数担"，以及邀请来的诸行社队、各色艺人。其中最引人注目者，是给酒库美酒代言的官私妓女。

这里需要先说明一下：宋代这类妓女并不是今人所理解的性工作者，而是指"女乐"，是文艺工作者。这些代言美酒的妓女，都是"秀丽有名者"，各自身着盛装，化着美妆，"带珠翠朵玉冠儿，销金衫儿裙儿"，骑着银鞍宝马，"各执花斗鼓儿，或捧龙阮琴瑟"。即使是那些"贫贱泼妓"，碰上了代言美酒的机会，"亦须借备衣装首饰，或托人雇赁"。

大群漂亮女子招摇过街，自然少不了有"浮浪闲客，随逐于后"，更有一些"风流少年，沿途劝酒，或送点心"。难怪"所经之地，高楼邃阁，绣幕如云，累足骈肩"。毫无疑问，广告的目的达到了。

趁着热闹，各个酒库还会在门口搭起彩棚，现场卖酒，"游人随时品尝，追欢买笑，倍于常时"，生意特别好。

奢侈的爱好

读《水浒传》的朋友都知道花石纲。宋徽宗赵佶政治上极端腐败，生活上挥霍无度，酷爱花石，蔡京等奸臣共同创意炮制了花石纲，先设杭州造作局，对南方湖泽地区的珍奇石料植物进行搜刮，带给百姓和大宋朝万千苦难的花石纲就于宋徽宗当政之初开始了。

1101年，徽宗即位才一年花石纲就启动，当时数量还不多，采太湖石四千六百块，体积也都较小。仅至次年，徽宗可能自觉皇位牢固，便放肆大搞起来，更在汴京建造"艮岳"园林，是当时国家的一号工程。作为有文艺气质的皇帝，该工程突破了宫苑"一池三山"的传统，以山水创作为主题。这就需要大量的奇花异石。为此专门设立苏杭应奉局，负责此项差事。民间有可用的花木奇石，即直入其家，分批运往汴京。

朱勔奉迎上意，江浙珍奇花石进献，并逐年增加。政和年间，由于花石船队经过之处沿途百姓要剿供钱谷和劳役，甚至因为为了让船队得以通过拆毁桥梁房屋，百姓苦不堪言。《宋史》有载，流毒州县者达20年。而花石纲这个名称，实际上是这个运送花石船队的编组单位，宋代陆运水运各项物资，大都编组为纲。花石几没，后来规模越来越大，朱勔主持苏杭应奉局，专门向地方索求奇花异石运往东京。通过这些运送花石的船只，每十船编为一纲，从江南到开封，沿淮河汴河而上，船船相接络绎不绝，即称为花石纲。花石纲的侵扰波及两淮和长江以南的广大地区，而以江浙为最甚。凡民家有一木一石、一花一草可供玩赏的，应奉局立刻派人以黄纸封征称为贡奉皇帝之物，强迫居民看守，稍有不慎则获大不恭之罪。搬运时破墙拆屋而去。凡是看中之石块，不管大小，或在高山绝壑，或在深水激流，都不计民力，千方百计搬运出来，百姓敢有不从，轻的罚款，重的抓进监牢。任何事情但凡奸人佞臣操办，对百姓而言便是巨大灾难。朱勔以收买花石为名，"指内帑为囊中物，每一发取，辄数百万"，勾结地方官员，"类以亿巨万计"。这些政府拨款，全部落入自己腰包，然后打着采办的幌子，无成本地掠夺，"豪夺渔取，毛发不赏"。

为了采集花石，朱勔派人在江南数十郡到处搜寻，即便是深山大泽，穷岸断谷，江湖危险，人迹所不可到之地，只要有一花一石，也要求州县限期完成。假如有的人家被征的花石石体巨大，搬运起来很不方便。士兵就把所在的房子拆掉，墙壁凿毁。那些差官士兵趁机敲诈勒索，被征花石的人家往往倾家荡产，卖儿卖女到处避难。

百姓家中稍可入眼的花石，破门而入，搬上就走，而且简单粗暴，往往破墙拆屋。绍兴一大户人家不太配合，朱勔直接派士兵当拆迁队，房子拆掉，石头取走。

1123 年，朱勔在太湖得到一块巨石，高有四丈，载以大舟，拉纤的就有千人。"凿河断桥，毁堰拆闸"，桥梁不能过就拆桥，城门不能进就毁门，一路所向披靡，运到京城，赐号"神运昭功石"，封"磐固侯"（李广表示伤不起，献身国防一辈子都没封侯，老子还不如一块石头）。

漕运是北宋的命脉，是将江南的粮食北上，供应朝廷所需。花石纲的大量运输，使得运粮船也被征调，京都"粮运由此不继，禁卫至于乏食"。

东南地区人民遭受花石纲的灾难最重，时间最长。1120 年，爆发了声势浩大的方腊起义，虽经镇压，然北宋经济遭受重创。

1125 年，金朝进攻。腐败无能的北宋接连失利，为动员百姓抵抗金兵，宋徽宗才下旨：废止祸国殃民的花石纲政策。然为时已晚，北宋灭亡进入倒计时。

作为五代十国的终结者，北宋开了一个好头，国力也达到封建王朝的巅峰，绝对是一手的好牌。如果宋徽宗能如唐太宗那般，始终以前朝灭亡为鉴，常怀"水可载舟亦可覆舟"的觉悟，爱惜民力，何至于国破身亡，魂丧金国。

东南形胜，三吴都会，钱塘自古繁华。烟柳画桥，风帘翠幕，参差十万人家。柳永寥寥数笔，勾勒出这个时代最美的风华。

百年文明，举国繁华，就这样"玩"没了。

风流总被雨打风吹去，想来便令人心痛不已。

因一己私欲，置天下黎民百姓于不顾。这就是以前常说的封建统治者的残暴腐朽吧。

骗你没商量

读过《水浒传》的朋友们，肯定对书中小旋风柴进家中祖传的那块"丹书铁券"有深刻印象。柴进是周世宗柴荣的子孙，过着富贵闲人的日子，祖传丹书铁券让他腰杆更硬。小旋风因此才能够仗义疏财，什么样的通缉犯都敢收留在家，林冲、宋江、武松都在柴进家里住过。而柴进之所以受困高唐州，也是因为丹书铁券被太守高廉彻底看扁所致。《水浒传》里专门有一首诗来评论丹书铁券失灵："脂唇粉面毒如蛇，铁券金书空里花。可怪祖宗能让位，子孙犹不保身家。"

而这个柴家获丹书铁券的故事亦不曾见于正史，该蓝本竟是陆游提供的。

一代明君后周世宗柴荣英年早逝。临终前将七岁的幼帝柴宗训托孤于赵匡胤，让他好好辅佐。可惜赵匡胤不是诸葛亮，不能眼睁睁看着现成江山不坐，于是在陈桥驿自编自导了一出黄袍加身的大戏。

这江山得来名不正言不顺，赵匡胤心里有数，而且柴荣又是个口碑不错的好皇帝，待自己也不薄。为堵天下人的口，他封幼帝柴宗训为郑王，尊柴宗训的继母符太后为周太后。而柴宗训的三个弟弟曹王熙让、纪王熙谨、蕲王熙诲，史载"不知其所终"。不过有个说法是大将潘美收养了这三人中的一个，后改名为潘惟吉。这事被今人的考古发现也证实了。在此之外，赵匡胤还对柴家后代特殊照顾，赐予"丹书铁券"，收买人心。于是在民间戏曲《状元媒》里有"状元为媒君作主"，为柴家姑娘媚春（柴郡主）找了个杨家好儿郎（六郎杨延昭）做女婿的故事。

民间之所以有这种说法，源于陆游《避暑漫抄》中的记载：宋太祖赵匡胤曾在太庙立下石碑，上有太祖遗训三条誓词，第一条就是："柴氏子孙有罪，不得加刑，纵犯谋逆，止于狱中赐尽，不得市曹刑戮，亦不得连坐支属。"

这就是后世小说演绎柴家后人故事的蓝本。柴郡主、柴进过着滋润的好日子，都是从这"太祖遗训"中来的。

其实赵匡胤进入皇宫后，见熙谨、熙诲仍在宫中，就问身边大臣怎么办？赵普说："杀了呗！"而卢琰冒死以"尧舜授受不废朱（丹朱）、均（商均），今受周禅，安得不存其后？"谏阻。名将潘美以手扶大殿柱子，赵匡胤又问他的意见。潘美说："臣岂敢以为不可，但于理未安耳。"赵匡胤还是有点良心的，于是让潘美和卢琰各抱养了一个孩子。这两个柴家嫡子就随了养父之姓。

惟吉认潘美为叔，长大后颇有出息，为官勤勉，为北宋的发展做出了一定贡献。

不过，三年后郑王就从洛阳迁往房州定居。房州就是现在的湖北房县，位于鄂西北大山之中，现在交通都不甚便利。历史上房州是著名流放地之一，因为它四面环山，中间又有河谷盆地断陷，在风水上被称为"困龙局"。唐中宗李显落魄时就被流放在房州。所以，前朝废帝被迁于此，赵匡胤的用意是很明显的。

柴宗训在这里生活了十年，二十岁不到就莫名其妙地去世了。他死后倒是很尊荣。赵匡胤为他穿孝发哀，还停止办公十日，派人成立专门治丧委员会，赐予柴宗训"恭皇帝"的谥号。

对于符太后来说，唯一的精神寄托死了。于是太后请求出家，号为玉清禅师。

柴宗训的儿子柴永崎世袭了郑国公的爵位。不过到宋仁宗时，柴宗训的嫡系就断了香火。于是从柴家旁支中找到一个辈分最大的来担任祀奉后周宗庙的职位。后来，这支香火也断了几次。小说中的柴进已是到了北宋末年徽宗时期，早不是什么周世宗嫡系子孙了，根本没那么厉害，最多算个柴氏宗亲吧。等到了南宋，高宗赵构又找到柴家的后人柴叔夏，封他为右承奉郎，崇义公的世袭职位。此时的柴家就更没落了，丹书铁券也一直没用上。

所谓"丹书铁券"，是指古代帝王颁授给功臣、重臣的一种特权凭证，又称"丹书铁契"，亦即民间叙事中所说的"免死牌""免死金牌"。颁授"丹书铁券"的制度最早始于汉高祖刘邦。当时刘邦建立大汉王朝以后，与功臣们订立了丹书、铁契、金匮、石室，请注意，这是一连串的保护设施。流程是这样的：首先是确定给予功臣的富贵奖励，当然是爵位封地府邸之类，然后用丹书的形式写在铁板上，藏在金匣子里，最后封在石头屋子里，完成这一整套又是铁又是金又是石头的流程，意思就是我汉高祖给你们功臣的富贵，那是非常牢靠的。最初的丹书铁券就是一个奖赏文书。到了南北朝时期，开始增加了"免死"的功能。到了唐宋时期，丹书铁券的功能基本完善了，也就是我们在《水浒传》中看到的那个样子。

我国现存最早的最珍贵的丹书铁券，就是唐朝末年唐昭宗赐给当时的两镇节度使钱镠的丹书铁券（保存在中国国家博物馆内）。钱镠当时帮助唐昭宗镇压了威胜军节度使董昌的叛乱，唐昭宗非常激动，就给钱镠发了这个丹书铁券，内容是唐昭宗给他的诏书，全文 333 字，全部是金字镶嵌于铁书之上。内容可以说是非常鼓舞人心的：唐昭宗许给老钱本人九次免死的机会，老钱的子孙们三次免死的机会，而且还表了个决心，说哪怕长江黄河干涸了，泰山华山倒塌了，我大唐皇室也会记得你的功勋，保住你老钱一门的富贵。

钱镠当年才 46 岁，哪里见过皇帝这么表决心的，自然激动坏了。不过在后世的我们这些水浒读者来看，丹书铁券之所以存在，就是为了日后反悔食言用的，上面写的东西基本不可信，而且是往往写得越诚恳越邪乎，越不可信。唐昭宗的这个丹书铁券写得这么诚意满满，估计就是因为他根本没想兑现。

后来的历史也证明了这一点，就在钱镠获得这个唐朝丹书铁券之后第十年，唐朝就灭亡了。钱缪自己的免除九次死罪的恩典估计也没机会用完。

顺带说一句，钱氏的这份丹书铁券本身就是一部传奇故事，后来宋元交战的时候，钱氏族人逃难途中不慎将它掉入沿途的湖水中，钱氏丹书铁券就此失踪。直到落水50年后，当地渔民撒网打鱼才把它意外捞出来，幸亏年代太久远，已经没有什么人知道这黑乎乎的玩意其实每个字都是黄金的，因此当时钱氏族人、钱缪的第十四世孙钱世珪能够用十斛谷子把它换回了钱家。

之所以我们要重点说一下钱氏这块丹书铁券，就是因为这块丹书铁券在历经宋、元、明、清几代，都被当时的皇帝拿去瞻仰学习过，说白了，就是宋、元、明、清这几代王朝自己的丹书铁券制作，都参考了这块钱氏的丹书铁券。不过，清代是拿这玩意当文物欣赏的，但是至乾隆皇帝之前已经废除了丹书铁券制度。

《水浒传》中安排了柴进起初依靠丹书铁券收留逃犯无视王法，再到后来被权贵陷害连丹书铁券都被人藐视的情节，意在描写当时北宋末年的政治制度的崩溃，这种崩溃已经让上至前朝显贵下到贩夫走卒都无路可走上梁山的地步。丹书铁券终究还是无用。

说它无用，就是当皇帝下狠心要除掉你的时候，这玩意一点用都没有。明代在这方面就表现得特别明显：明太祖朱元璋御赐丹书铁券的功臣有李善长、徐达、李文忠等34人，然后大杀功臣之后，丹书铁券也随着抄家被收回了。相比以前的朝代，明代的丹书铁券特权减少了，很少有免死九次的，一般也就是减免一次到三次，而且一次居多，另外子孙犯罪也不能豁免，谋反也不能豁免。

看起来是皇帝对功臣们更刻薄寡恩了，但是反过来说，这也说明皇帝至少在颁发丹书铁券的时候可能是真的想兑现一下许诺的，所以才这么现实，福利这么少。尽管如此，明代的丹书铁券存世的也极少，除了我们说的朱元璋大杀功臣消灭了一批之外，主要还是因为免死次数太少，大部分都在当事人活着的时候就用掉了，或者被皇帝干掉时收回了，还有一些则是在明清交替时被清政府征收销毁了。

有用没用，全在于发券人认不认账。

丹书铁券，说到底就好像一张无法兑现的巨额奖券，得到时欢天喜地，到头来却很可能只是一场水中月、镜中花。

四海皆兄弟

一百零八条好汉从四面八方来到梁山，他们都是哪里人？北宋开国时期宋太祖分天下为十三道，后宋太宗 997 年分天下为十五路，其后百余年，屡有变动。至《水浒传》时代（1111 年至 1124 年），宋徽宗 1105 年天下为二十四路，分为京东东路、京东西路、京西南路、京西北路、河北东路、河北西路、河东路、永兴军路、秦凤路、淮南东路、淮南西路、江南东路、江南西路、荆湖南路、荆湖北路、两浙路、福建路、成都府路、梓州路、利州路、夔州路、广南东路、广南西路、京畿路。

每路下面又分设州、府（二者平级），州府下辖县。我们不妨以当时的行政区划来划定好汉的籍贯，和原著显得更加贴近一些。

故而，《水浒传》所说山东呼保义、河北玉麒麟，不是以具体行政区划而论，而是以地理区域而论——另，因《水浒传》作者生活在元明时代，对北宋地理的理解多有舛误，以至于很多好汉书中所言的籍贯在北宋时代是没有的，属于南宋或者金朝之后才设置的。对此，我用粗浅的地理、历史知识进行一定的纠正取舍。

让我们来看看好汉们都来自何方，又有谁和谁是老乡。

1. 山东郓城县：宋江、晁盖、吴用、三阮、白胜（黄泥岗安浆村）、朱仝、雷横、宋清。

2. 河北大名府：卢俊义、燕青、索超（书中说河北人氏，自当属大名府管辖）、蔡福蔡庆、石勇。

3. 河北蓟州：公孙胜。

4.河东解良（今山西省运城市）：关胜、郝思文、杨春。

5.秦明，这位爷特殊，不得不啰唆几句。书里介绍他是"山后开州"（一说今重庆市开州区，一说今辽宁省凤城市，一说今河南省濮阳市）人。

说到这里，我们似乎忽略了一个问题，那就是开州的"归属"。按《水浒传》第三十四回原文本中首次出场时的介绍，秦明"原是山后开州人氏"。那么，这个"山后"是开州的"归属"吗？

我做了点功课，查到山后为古地区名。五代刘仁恭据卢龙，在今河北省太行山北端，军都山迤北地区，置山后八军以防御契丹。至石敬瑭割燕云十六州时，才有山后四州的名目。北宋末年所称山后，包括宋人企图收复的山后，代北失地的全部。当时曾预将山后一府（云中）八州（武，应，朔，蔚，奉圣，归化，儒，妫）之地置云中府路，相当今山西、河北两省内外长城之间地区。

虽然，这里所说的"燕云十六州"，并不包括"开州"，却为"山后"这一地理区域作了定位——此"山"当指的是燕山，"山后"地区属于著名的燕云十六州地区。

历史资料显示，隋、唐、宋几代，燕云十六州地区都是汉、北相争之地，汉族人占一半，本来归汉族政权统治，后来屡次被北方少数民族占领。该地区被燕山、军都山、大马群山、太行山脉北段分为云、燕两段，西面乃"云"，燕山的西面和西南面，有七州，叫山前地区；东面乃"燕"，在燕山的东面，有九州，叫山后地区。

尽管燕云十六州中的山后九州没有开州，同在"山后"的今辽宁省凤城市在公元1011年曾被设为开州，只是，时不属于北宋而属于辽朝辖区。后来，此开州先后隶属于金（公元1115年始）、元朝（公元1213年），而开州之名没废。

看来，秦明的祖籍"山后开州"就是今辽宁省凤城市了。

就小说本身的叙事逻辑而言，秦明是辽宁人我觉得也是合理的。一是水浒故事一直的确有着一种"渴求收复故土"的隐藏意识在内，出身于辽占区的如此勇猛的武将是很符合这种心理的。二是秦明所用狼牙棒，也是东北游牧民族的厉害武器，南宋针对金国有"你有狼牙棒，我有天灵盖"之俗语（就连金庸大师也在《射雕英雄传》之中引用了这句话）。秦明沾染游牧风气，性子也暴烈，也符合其出身和人设。

6. 山西并州（今属山西省太原市）：呼延灼、杨志。

7. 山东青州（今山东省益都县）：花荣、孔明孔亮、李忠、周通、郁保四。

8. 河北沧州：柴进。

9. 郓州（今山东省东平县）：扑天雕李应、扈三娘。

10. 关西：鲁智深。

汉、唐时泛指函谷关或潼关以西地区为"关西"。也就是现在说的关中，相当于今陕西省中部平原（渭水流域）地区，因春秋战国时地属秦国，又名秦中。在秦汉时期，关东是指函谷关以东的地区。到了隋唐，关东是指潼关以东，今陕西河南交界处。

141

11. 山东清河县：武松。

12. 河东上党郡：双枪将董平。

上党，《释名》曰："党，所也，在山上其所最高，故曰上党也。"上党地区主要指今天的山西东南部，古潞、泽、辽、沁四州，即今天的晋中市榆社左权、长治市、晋城市一带。

13. 彰德府（今河南省安阳市）：张清、杨林。

14. 东京汴梁（今河南省开封市）：徐宁、韩滔、彭玘、曹正。

15. 东潞州（今山西省长治市）：刘唐。

16. 山东沂水县百丈村：李逵、朱贵、朱富、李云。

17. 陕西华阴市：史进。

18. 江西江州（今江西省九江市附近）浔阳江揭阳岭：穆弘、穆春、李俊、张横、张顺、童威、童猛、李立。

19. 河南府（今河南省洛阳市）：杨雄、薛永。

20. 山东登州：解珍解宝、顾大嫂。

21. 安徽定远：朱武。

四海皆兄弟

22. 凌州（今山东省德州市陵城区）：单廷珪、魏定国。

23. 山东济州（今属山东省菏泽市）：萧让；燕陵（今山东省菏泽市曹县境内）：凌振。

24. 京兆府（治所在长安）：裴宣、金大坚。

25. 黄州（湖北省黄冈市）：欧鹏。

26. 湖北襄阳：邓飞。

27. 山东莱州：燕顺、邹渊、邹润。

28. 潭州（今湖南省长沙市）：蒋敬、吕方。

29. 四川嘉陵：郭盛。

30. 建康府（今南京市）：安道全、马麟、王定六。

31. 幽州（今北京市大兴区）：皇甫端。

32. 两淮，宋熙宁后分淮南路为东、西二路，简称淮东、淮西，后合称其地为"两淮"。大约指今江苏省长江以北淮河南北的大部地区：王英。

33. 寇州（历史上从无寇州，但元代有冠州，即今山东冠县，与书中描述相合，疑为作者刻误）：鲍旭。

34. 河南濮州（今河南省濮阳市范县濮城镇）：樊瑞。

35. 江苏徐州：项充、李衮。

36. 真定州，北宋时无真定州，只有成德军真定府，属河北西路，领真定、槁城、栾城、元氏、井陉、获鹿、平山、行唐、灵寿九县，府治在今石家庄市正定县：孟康。

37. 洪都（今江西省南昌市）：侯健。

38. 邺城（河北省临漳县）：陈达。

39. 苏州：郑天寿。

40. 光州（河南省潢川县）：陶宗旺。

41. 茅州（今山东省昌邑县）：乐和。

42. 河南孟州：施恩、张青、孙二娘。

43. 陕西延安府：汤隆。

44. 中山府（今河北省定州市）：杜兴、焦挺。

45. 琼州（今海南省）：孙立、孙新。

46. 高唐州（今山东省聊城市高唐县）：时迁。

47. 河北涿州：段景住（是张飞、王庆同乡）。

48. 籍贯不详：戴宗、石秀（江南人氏）、龚旺、丁得孙、杜迁、宋万。也就是说，这几位好汉来路不明。恕樵人才拙，已经尽力而为。

这样看来，真是天南地北，五湖四海。梁山聚义，倒真应了那句话：四海之内皆兄弟。

各位读者，里面哪些好汉是您的老乡呢？

行行出好汉

一百零八条好汉从事什么职业，不都是强盗么？那是成为"好汉"之后。在违法犯罪之前，都有着各自不同的职业行当。

请看我统计的一百零八人为寇前的出身。

贩货者：童威童猛，贩私盐；张顺，鱼贩；燕顺、石秀，马贩；吕方，药贩；郭盛，水银买卖。

走卒者：李俊、张横，艄公；王英，车家（即赶车人）。

商人者：杜兴；刘唐，私商（大约就是个体户，小买卖）。

经营酒店：李立、张青孙二娘、孙新顾大嫂；曹正、朱富、王定六。

财主：穆弘、穆春，史进，李应，孔明、孔亮，卢俊义，扈三娘，宋清。

贵族：柴进；宣赞，郡王府驸马。

家仆：燕青。

手工艺人：侯健，裁缝；孟康，造船工匠；金大坚，雕刻匠人；郑天寿，银匠；汤隆，铁匠；邓飞，石匠。

卖艺者：李忠、薛永、焦挺。

胥吏者：裴宣，六案孔目；杨雄、蔡福蔡庆，刽子手；宋江，押司；戴宗，押牢节级；李逵、乐和，牢子（编外狱警）；施恩，管营（虽实为老管营之子，但行使实际权力）；马麟，小番子（差役的耳目、帮手，类似协警、线人）。

低级从军者：林冲，教头；武松、雷横、朱仝、李云，都头；关胜，巡检；徐宁，禁军金枪班教师；龚旺、丁得孙，名义为张清副将（实为随从）；索超，大名府留守司正牌军（充其量为排长、队长）；欧鹏，军户；凌振，甲仗库副使炮手。

军官：秦明、黄信、董平、张清，都监；呼延灼，都统制；杨志、孙立，提辖；单廷珪、魏定国、彭玘、韩滔，团练使；花荣，副知寨。

出家人：公孙胜，道士；鲁智深，和尚；樊瑞，全真先生。

读书人：吴用、萧让、蒋敬。

医生：安道全。

兽医：皇甫端。

盗贼：时迁；段景住，马贼。

农民：陶宗旺，田户；阮氏三雄，渔民；解珍、解宝，猎户。

不明职业者：郝思文；杜迁、宋万、朱贵；杨林，"多在绿林丛中安身"；石勇，放赌为生；白胜，闲汉。

山贼土匪：鲍旭、项充、李衮、周通、邹渊、邹润、郁保四。

罪犯：朱武、陈达、杨春，通缉犯，都是"累被官司逼迫"。

涵盖范围很广，真可以说是七十二行，行行出好汉。

原本从事各行各业的一百零八人，最后都选择了山贼这份职业。

起名的艺术

一、姓名

任何小说都得有人物，任何人物都得有名字。尤其是《水浒传》这样人物特别众多的作品。《水浒传》有梁山一百零八条好汉，以及其他众多角色。为了避免让其中许多戏份较少的人物不被读者遗忘，以致彻底沦为群演 ABCD，不仅必须做到各个有名有姓，还得做到每个角色的姓名都有特色，这个难度一点也不低。起名字的技术含量确实是不低，绝不单单是过目不忘这么简单。比如《笑傲江湖》之中的东方不败，这个名字起得就非常棒，气势逼人，闻之悚然。当读者展卷一观"东方不败"四字，桀骜不驯，威震江湖的一代枭雄立时跃然纸上，这就是金庸的大师功力。反之，如起名为李大锤、王刚蛋，乃至狗剩子，虽然生动有趣，倒也让人难忘，但却糟蹋了好好的一个成功角色。所以名字也是角色人物塑造的重要组成部分。

施耐庵在这方面就做得非常好。比方说"金眼彪"施恩，这位与施耐庵同姓的好汉，在《水浒传》之中并没有什么出色的表现，他能为广大读者所熟知，全是仰赖武松。武松发配至孟州牢城，循例本应领受一百杀威棒（这个名字起得也极好，就是杀你威风之棒也），但却被小管营相公施恩给予请免，其后施恩又在住宿饮食等方面给武松提供了顶级待遇，使武松的劳动改造变成了度假疗养。武松不是李逵那种莽夫，对于无功受禄做不到心安理得，逼问施恩道出原委：之所以这样，是要借你打虎英雄的拳头，为我抢地盘、报私仇。古人说施恩图报，顾名思义，之所以施予恩惠，图的就是回报。施恩对武松所做恰是如此，种种优待就是施恩于前而图武松夺回快活林之报于后。

施恩这个名字作为一个极贴切的隐喻，巧妙地成了剧情的一部分。

而以名誉人，古今有之。例如《神雕侠侣》之独孤求败，《笑傲江湖》之不戒和尚，都属于明显而直白的。

我们仍从武松说开来，与武松发生感情戏份的女子，大家都知道，大嫂潘金莲。却往往忽略了另一女子，张都监府上的使女玉兰。张都监设计陷害武松，其中非常重要的一环就是假意要将玉兰许配给武松，武松拒金莲于先，却陷玉兰于后。"金"之对"玉"，"莲"之对"兰"，金莲玉兰，可谓珠联璧合，相映成趣。玉兰身为官府家中使女，从名字就可以得知，比之潘金莲要更加端庄素雅。不知在武松的心里是否激起了不一样的涟漪？

金莲之后又生玉兰，终使得武松英雄不过美人关，剧情前后照应，顿生奇情奇趣。

有人也许会认为这是作者在人物创作时的偶然巧合而已。但大家可以看看《水浒传》中的其他女性角色，基本上连名都没有。就连梁山三女将这样的主要配角，作者也仅以大嫂二娘三娘呼之。林冲之祸初起于妻子美貌，其妻十分贤惠善良，但也只落个林娘子的囫囵称呼。作为补偿被迫嫁给秦明的花荣小妹及全家被杀，自己被董平霸占的程太守之女，只不过就是个花小妹及程小姐而已。

如此等等，足以证明施耐庵为金莲玉兰撰名的特别用心。而且金莲尚非潘金莲的真名仅是小名。"潘金莲是清河县里一个大户人家的使女，娘家姓潘，小名唤作金莲。"为什么非得强调一句是小名呢？这当然不是闲笔，更非废笔。施耐庵之所以写这样一笔意在刻意提醒读者，以潘金莲的卑贱出身并不配拥有姓名。

与潘金莲紧密相关的西门庆，其姓西门，意即为偏门。在古时，城郭的西门都为偏门，这也符合书中对他"与人放刁把滥，说事过钱，排陷官吏"的描述——就是个捞偏门的。这里扯远一点，古代还有个复姓"东门"，是真的。再说回潘金莲，潘金莲可谓毁掉武松大好前程之人，而毁掉鲁达前程的亦是女子：金翠莲，这个略显艳俗的名字很容易和其歌女的社会底层出身匹配起来，并自然地使读者联想起潘金莲。这分明是施耐庵向读者发出的一种暗示：英雄皆坏于女人之手也。

话说至此，读者也许会有所察悟。

《水浒传》中之女子，凡正面角色者，极少给予名字。如顾大嫂、扈三娘、林娘子、花小妹，要么仅是为了标注人物，要么出于性别歧视，即便你也上山做了头领，也是万万不能与男性平起平坐的，首先就从名字的矮化来表明差异。而凡反面或低贱职业的女性角色，却反倒不厌其烦地尽量给予各具特色的"芳名"。如潘金莲、玉兰、阎婆惜、李师师、潘巧云、白秀英等，就连只出现一次的史进的姘头，也撰名李睡莲。

而柴进赴方腊处卧底时，使用的化名很有意思——"柯引"。而柯即柴也，引即进也……妙哉妙哉！而同样去卧底的"没羽箭"张清，卧底化名马全羽。没羽箭化名叫全羽，也是奇思妙想。这就如同侠女何玉凤，因"玉"字拆开为十三而自称十三妹。梁山的元老中有杜迁、宋万二人，这是中国传统文学之中常见的一种起名方式。如包拯手下的张龙赵虎，狄仁杰手下的乔泰陶荣，杨六郎部下的孟良焦赞，名字成双配对，含义也是相互呼应。

按中国传统文学的习惯，杜迁宋万一般会设计为杜千、宋万。而将杜千做杜迁，也许恰是施耐庵故意不想落此俗套，反其道而行之。史进为一百零八好汉最先出场之人，名曰为"进"。一百零八好汉排名最末位的金毛犬段景住，名为"住"，一进一住，前后对仗完全工整，尤其是段景住，此名字甚至可以演绎为这一段光景打住之意。因为梁山泊大排名第七十一回，乃是《水浒传》全书之文眼。金圣叹甚至以此作为《水浒传》之完结篇，将后三十回视为后人续貂之作鄙于点评。施耐庵还有一个有趣的习惯——在起名时对数字有偏爱。梁山好汉之中以数字为名字者不在少数，除了阮氏二五七三雄，大嫂二娘三娘之外，还有保四定六。加之书中还设计了牛二李二，王四何九等以数为名的角色。还有江州知府蔡九，也就是蔡京的儿子，按照名字看，应该是第九子。而据宋史记载，蔡京共有八个儿子：

长子蔡攸；次子蔡絛；三子蔡翛；四子蔡绦；五子蔡鞗；七子蔡脩；第六第八子名字虽佚失，但以蔡太师的学识和文采，想来绝不至于叫作蔡六、蔡八，使得二人在众兄弟端凝致雅的名讳中显得过于违和。其实，唐宋时的确盛行排行，甚至与姓、名、字同等重要，一部分下层民众或只有姓和排行，没有名，更不论字，即所谓张三李四者如是也。但是，这种将诸子以数名之，依序而呼，直如狱中囚徒囚号一般的情景只会出现在阮氏三雄家中。

而施耐庵之所以起蔡九这样名字，依樵人猜测，也许是写作太累了，而蔡家公子们的名字又都太生冷怪癖，施耐庵实在懒得再抠字眼来匹配。

梁山五虎上将之首，是"大刀"关胜。其实书中还有一个绰号大刀者，即大名府都监大刀闻达，两个同唤作大刀。关胜乃义勇武安王关羽之后，又有一身高超武艺，只做个普通巡检，仅一县乡小吏而已，职位实在低得可怜。书中直言其"屈沉下僚"。而讽刺的是他祖宗的这个义勇武安王，正是当今徽宗皇帝给加封的。而闻达位居北京大名府都监，相当于直辖市军事长官，又得到蔡京快婿梁中书的赏识。关胜落魄不已，闻达则闻达于诸侯。闻达之名，可谓一语双关。

二、绰号

说到底，姓名最主要的功能还是代号，仍要遵从现实规律与习惯。比如王英再好色，名字也不可能是王流氓，基本的逻辑还是要有的。在这一点上，对名字相对应的另一种代号——绰号则显得自由得多，没有这么多约束。说起绰号来，应当是起源于戏曲艺人的花名。

起初是艺人为了隐藏身份而创造的，其后又适用于各个领域，范围广泛，且由于口耳相授传播十分快捷，深受广大吃瓜群众与文学创作者的喜爱，施耐庵显然就是其中之一。《水浒传》之中的人物有绰号的比例相当之高。武侠小说喜欢为角色冠以绰号，而在这点上，《水浒传》不输于任何一部武侠著作。武侠作品之中有绰号的基本都是江湖中人，并且绰号多是以人物的武艺和特长为内容。比如盗帅楚留香，突出的就是楚留香盗的本领。《西游记》里的豹子精，绰号"南山大王"，实际暗藏"南山隐豹"之喻。而《水浒传》之中的绰号使用范围则更广远，不止江湖中人而已，并且绰号的类型也多种多样，令人叫绝。比如黄文炳，绰号"黄蜂刺"，把黄文炳的奸毒立时活画出来。而黄文炳的兄长黄文辉，绰号"黄面佛"。兄弟二人一恶一善，单从绰号便可尽知之，而再无须赘言。调戏林娘子的高衙内，因为好声色，人送绰号"花花太岁"，形象又生动。不单是衙内，太尉亦是如此。高俅年少时因踢这一脚好气球，被京城人隐去本名，唤作"高毬"。

林冲被高俅陷害，眼看将问刺杀长官之罪。关键时刻，得到了孔目孙定的帮助，保住了性命。这位孔目孙定，因为为人最耿直，十分好善，只要周全人，故而得人送绰号"孙佛儿"。林教头若非遇着这尊佛此番必定罹难。而日后断金亭上，晁盖等人就得自己动手杀王伦，夺山寨，背负黑吃黑的不义之名。梁山一百零八位男女好汉，除武松、鲁智深二人不是一露面就交代出外号，余者皆是一出场就已拥有专属绰号。

好汉们绰号各具特色，大概可分为这几类。

1. 神喻类

此有祥瑞和恶煞两种。祥瑞的比如"及时雨"宋江，"玉麒麟"卢俊义，"入云龙"公孙胜。这一类数量较少，可能是考虑到梁山好汉们大都凶神恶煞，实在没有什么祥瑞之气。恶煞的则比如"母夜叉""立地太岁""活阎罗""丧门神""井木犴"皆属此类。夜叉、太岁、阎罗、门神都是虚构的凶灵恶神，民间传说的常客，老人恐吓儿童的高密度使用词汇。这些很难讲清楚最初出处的鬼神闻之令人生畏，安放在恶形恶相的梁山好汉头上，可以说是相得益彰，互壮声色。我们再捡个突出的说一下："旱地忽律"朱贵。这个拗口的绰号十分冷僻，要明白他的意思，忽律是关键。忽律的意思是蜥蜴或者鳄鱼，喜捕食乌龟，经常钻入吃剩的乌龟空壳之中，冒充乌龟，伏击猎物。此处施耐庵特别在忽律之前冠以旱地二字，说明这里说的忽律应是生活在水中的。如果本是陆生动物，则无须注明旱地二字，所以这里的旱地忽律应该是指鳄鱼。朱贵是以开酒店为名，专一探听往来客商经过，只要有财帛者，便去山寨里报知，只要是孤单客人到此无财帛的放他过去，有财帛的来到这里，轻则蒙汗药麻翻，重则登时结果。首先，朱贵以经营酒店为掩护，对过往客商

（猎物）进行筛选，有价值但对付不了的成队客商就报告山寨，对于单身客商则直接下手谋害。在获取财物之外，更将受害者的尸体肢解充分利用，低调不张扬，以酒店为伪装，对无防备的猎物施加以致命一击。这与忽律钻入空龟壳，伏击猎物的特征完全一致。之外还有"两头蛇"解珍、"双尾蝎"解宝这对兄弟。蛇蝎都是毒虫，用它们做外号本已显得凶恶。而蛇之毒在头蝎之毒在尾，再冠以两头双尾这样的变异特征，则异毒更添双倍。像这一类的绰号，一听就给人一种惹不起的感觉。

2. 敬贤类

也就是把前代贤能之士传奇英雄作为绰号，既是致敬先贤，也是自我标榜，如"小李广"花荣，"病尉迟"孙立。花荣神箭独步天下，孙立枪鞭亦称双绝。两人的本领足以追效李广尉迟恭两位前朝名将。

类似的还有"小尉迟"孙新，"病关索"杨雄，"八臂哪吒"项充，"飞天大圣"李衮。《西游记》成书晚于《水浒传》，所以李衮这个飞天大圣应该指的不是齐天大圣孙悟空，而是东晋《灵宝经》里的葛匡孙。抑或这里的"大圣"并非特指，只是一个后缀而已。不过这一类蹭名人热度的绰号需慎用。要掂量清楚自己的实力，不然像"小温侯"吕方，"赛仁贵"薛亮这样手段稀松平庸之流，反而偏要自比吕布薛仁贵这样的战神级人物，那简直就是贻笑大方。就好比某位前国脚自称护球像亨利，想利用名人效应包装自己没有问题，可一旦玩不好就是个坑。慎入、慎入啊。

3. 特征类

这一类有一部分是突出外貌特征，非常直观，诸如"赤发鬼""青面兽""矮脚虎""金眼彪""紫髯伯""白面郎君""蒋门神"。

另一部分是着重表现性格特点，亦是开门见山，好比"霹雳火""急先锋""拼命三郎""铁面孔目"。"笑面虎""没遮拦""黑旋风"都是为突出角色的性格特征。而宋江的"及时雨"其实在某种程度上也可以归入此类之中。

4. 专长类

如以擅长的兵刃、独门武功、特殊技能来命名的等。"大刀"关胜，

"双鞭"呼延灼，"双枪将"董平，"金枪手"徐宁这些都是以兵器为绰号。"没羽箭"张清，"铁叫子"乐和，"铁臂膊"蔡福，"圣水将军"单廷圭，"神火将军"魏定国等，则是有独门武功或战斗技能者。再者，就是具备一些特殊技艺才能的，这一类中最具代表性的，理应是江州牢城两院阶级"神行太保"戴宗。我们在各种文学作品之中见识过"神刀""神枪""神偷"等。此神彼神，而能谓之神行者唯戴院长一人。而与戴宗相似的，还有"臂力过人，能跳过二三丈宽山涧"的"插翅虎"雷横，会写诸家字体的"圣手书生"萧让，善造火炮的"轰天雷"凌振，具备超强算术能力的梁山奥数大王"神算子"蒋敬，替宋江祛斑美容的"神医"安道全，雕刻艺术家"玉臂匠"金大坚。

这些好汉的特长，不同于梁山其他弟兄的刀枪拳脚。他们的绰号既表明不同，又突出了自身所长，更体现了千年以前的"工匠精神"。这些绰号堪称美号。

大家可以看出，绰号多少都带有些夸张甚至是吹嘘的成分。有些甚至就是在吹牛。有些牛皮吹得尤其离谱，则令人捧腹。比如前文专门介绍过的"智多星"吴用，他的智慧技能，在晁盖等石碣村邻居面前找找优越感，搞些小阴谋勉强还行，真说到两军见阵运筹帷幄，智多星这个名号就是个笑话。而像吴用这样的还不止一个。譬如"镇三山"黄信，黄信乃青州府兵马都监。因青州辖境内有清风山二龙山桃花山三座恶山，皆有强人占据。而黄信自诩要捉尽三山人马，故唤作"镇三山"。你听听，只见过别人给起绰号的，还没见过自己给自己起的，尤其还起得这么厉害。镇三山？黄都监也不看看这三座恶山上都是些什么人？醉酒打死大虫的武松，空手倒拔垂柳的鲁智深以及和鲁智深打成平手的杨家将传人杨志。还有 80 万禁军教头王进的高徒史进，另一位 80 万禁军教头林冲的徒弟曹正（未必不是高徒），更兼还有张青孙二娘等实力派。敢问黄都监，你镇得了谁？别说你黄信镇不了，就是你师父霹雳火秦明也没敢吹这个牛皮。何况黄信能在青州当上兵马都监，多少还是沾了师傅兼上司秦明的光，属于典型的裙带关系，究竟有多少真本事很难说。黄信作为武将手段平平，更没有什么韬略，敢以镇三山为号，属于典型的自吹自擂。

不过这还不是最自大的。梁山上有一人在利用外号吹牛方面比黄信厉害百倍，那就是"打虎将"李忠。李忠出场很早，因在渭州卖艺偶遇史进鲁达而露面，当街卖耍枪棒叫售膏丸，这亮相可谓寒酸不已。但是书中并未解释打虎将这一响亮名头何以冠之于李忠？从史进的武艺（未受王进传授之前）以及李忠日后的表现来看，李忠得到打虎将之名，凭的绝不是武艺。不过上了梁山之后，李忠竟然还敢保留打虎将的绰号，令人颇感难以理解。首先，梁山上真的有两位打虎英雄，武松、李逵。这两位共杀五虎，天下名扬。你李忠算老几？也敢忝居同列。其次，梁山之上以虎为绰号的好汉，计有青眼虎李云，插翅虎雷横，金眼彪（彪意为大虎）施恩等共 11 人，论武艺本领，李忠打得了哪一只虎？就连看起来最不济的矮脚虎王英（原本也是押镖出身，以他矮小猥琐的外形还有人雇佣，说明还是有些真本事的），李忠也没有把握一定赢得了。在这么多以虎为绰号的高手之中，还敢以打虎将自居。李忠不仅胆量够大，脸皮厚得更是可以。

除了以上的绰号以外，还有一些比较生僻特殊，或者容易理解偏差的较难分类，也试举几例。李逵的"黑旋风"，指的是宋代的一种威力巨大的火炮，当时有一民间俗语曰：神仙难躲一溜烟。混江龙李俊的"混江龙"，其实是一种刷捣沙泥的水利工具。但另有一解：明代《天工开物·火器》中有载，混江龙，气鼓皮囊，裹炮，沉于水底，岸上带索引及囊中。悬吊火石火连锁，其中自发，敌船经过，预之则败。这分明是水雷的一种雏形。民间混江龙还另有一解，乃一词牌名。不过这与一身水腥味的李俊肯定不会产生什么联系。擅长音律与各种乐器的乐和，人称"铁叫子"。叫子，宋代沈括的《梦溪笔谈·全智》中说，人以竹木之类为叫子置人喉中。垂直能做人言，谓之"颡叫子"。丁玲《某夜》和萧红的《牛车上》都有提过叫子，就是一种哨子。从乐和精通音律的特长来看，他的叫子应当就是哨子类的乐器。

梁山的财务负责人蒋敬，算盘打得很溜，但他的绰号"神算子"，怎么听都像是位占卜算卦的算命先生。而《茶馆》里的唐铁嘴，就很能体现职业特色，比蒋会计的神算子贴题多了。

"神算子"给闻者以谬解。您看"伏地魔"翻译得多好，听着就让人脊背发凉。

其实梁山之上被误解最多的绰号是时迁的"鼓上蚤"。大多数读者都以为鼓上蚤的意思是指时迁的轻功就好像鼓面上落的跳蚤一样，轻寂无声。这样理解也不无道理，但事实却并非如此。"蚤"字古时通爪、皂，指车轮辐榫入牙中小的一头。《周礼·考工记》中记载，郑注："蚤当为爪，谓辐入牙中者也。"孙诒让正译："车辐大头名股，蚤为小头，对股言之与人手爪相类，故以蚤为名。"时迁的绰号"鼓上蚤"，是指鼓边上起固定鼓皮作用的铜钉，取其身小而善于钻入的意思，就是一个小零件，是为了显示其职业特长（缩骨功）。

多说一句。不仅是人名，《水浒传》中的有些地名也很有意思，武松鲁智深史进占据的二龙山，山上有一座庙宇，名为宝珠寺，正好取二龙戏珠之意，巧妙。强娶民女的"小霸王"周通，其所据之山名曰桃花山，影射其乃好色之徒，巧妙。小温侯吕方，与赛仁贵郭盛鏖战多日，为的是争夺对影山。系言二豪杰捉对厮杀，又表二人影像吕布薛仁贵二先贤，巧妙。

不管绰号如何古怪，每人都是只有一个。但书中有一人例外——宋江，他共有两个绰号，分别是"呼保义"与"及时雨"，而在正式场合，如梁山好汉排座次的时候，书上写的就是"天魁星呼保义宋江"，在"忠义堂"前面的杏黄旗上，则绣着"山东呼保义、河北玉麒麟"。可见，"及时雨"只是宋江的第二绰号，而他正式的诨名则为"呼保义"。什么意思呢？

在宋朝官制中，存在一个名为"保义郎"的下级官阶，位在八品以外，芝麻粒大。南宋人龚开曾作《宋江三十六人赞》，其中，宋江的赞写道"不称假王，而呼保义"，从对应关系上来说，"称""呼"二字相对应，那么"呼"就应该是称为的意思。所以，"呼保义宋江"就该解释为"称为保义郎的宋江"。

与宋江大约同时的一位学者曾慥在《高斋漫录》一书中说："近年

贵人仆隶，以仆射、司徒为卑小，则称保义，又或称大夫也。"可见到了南北宋之交的时候，官爵已滥。保义郎一职，尽人可得，已经到了与"贵人仆隶"相提并论的程度。所以宋代庄季裕《鸡肋编》记载，宋徽宗与蔡攸（蔡京长子，曾任宰相）等微服出游，被市中人称为"保义"。另外，陆游《老学庵笔记》卷八记有"寇保义卦肆"。洪迈《夷坚志》载有"田保义""张保义""马保义"。《西湖老人繁胜录》记瓦市影戏有"尚保义"。《梦粱录》卷二十记小说讲经史有"王保义"。周密《武林旧事》卷四载有教坊乐部杂剧"保义郎王喜"，卷六诸色艺人有"徐保义""汪保义"。可见"保义"这个称呼在当时使用之滥。故宋江自呼"保义"，实际是说宋江十分自谦，把自己说成是仆役之流。龚开《宋江三十六人赞》中的宋江赞词说："不假称王，而呼保义。岂若狂卓，专犯忌讳？""狂卓"是指山东农民起义领袖卓老大，绰号"卓真龙"，这当然犯了忌讳。这是褒赞宋江不像有些农民起义领袖那样僭越称王。况且"保义"还有保有忠义之意。这与"狂卓"形成鲜明对比。从中可以看出从民间到作者在这一称呼上的臧否观念。也说明了宋江对于占山为寇羞羞答答的扭捏态度。

江湖见面礼

梁山男女一百零八人，皆以兄弟相称，何以？盖为结拜兄弟尔。结拜，在各类文学作品中并不少见，刘关张可谓是最著名的结拜组合，就连郭靖杨康都是结拜义兄弟。不过一部《水浒传》读下来，结拜也很多，可是却给人一种略显奇葩的感觉。

我们先从书中第一次结拜聊起。

第七回中写到鲁智深在大相国寺菜园与众泼皮喝酒，借着酒兴耍起拳来，而撇了老婆闲逛的林冲看到后忍不住喝彩。二人因此结识，聊了几句，鲁智深提起早年来过东京，曾与林冲之父林提辖结识，林冲于是

"大喜"，和鲁智深结为异姓兄弟。每读至此处，我总是莫名林冲喜从何来，以至于立刻要与素昧平生的鲁智深结为异姓兄弟？也许林冲是听说对方与父亲是旧交，怕再聊下去自己辈分就要下降，所以"急忙"大喜，主动要与对方结拜。不过二人没有进行任何仪式，就因锦儿来报信林娘子被调戏而被打断，于是《水浒传》里头一次结拜开始时就略显莫名其妙，结束时又草草收场，可谓极不出彩！

我们接着往下看，还是鲁智深大师。他大闹野猪林之后，路过十字坡进了孙二娘的酒店，被麻翻洗剥干净摆上了肉案子，要不是张青赶来，因见他"不像一个好人"阻止动手（这理由还真是清奇），鲁大师就变成包子馅了（抑或因肥壮做黄牛肉卖）。而鲁智深被弄醒之后，与张青结为异姓兄弟。这又是为什么？其后，在柴进的庄上宋江和武松偶然相识，吵了几句后也结拜为异姓兄弟。晁盖和阮家兄弟亦是仅经吴用简单中介，初次见面当即烧纸结拜。

由此可知，好汉们的结拜是非常随便的，常凭一时兴起，就像现代人见面互相递上香烟、吃饭互相敬酒一样随意，可谓一言不合就结拜，意气相投结个拜，吵一架结拜，打一架还结拜，相害不成也结个拜，反正好赖都是一拜。读来好像就是江湖中人的通行见面礼似的。

可是大家为什么这么热衷于结拜呢？这是由于生存的客观环境造成的。好汉们生活的世界，可谓是黑白不明，善恶不昭，每一天每一处都是危机四伏、险象环生。

所以《水浒传》的人都很喜欢交朋友。多一个朋友就多一分力量。不过朋友是不是靠得住，不到关键时刻很难知道。比如像陆谦这样的朋友，还不如没有呢。所以大家又想到通过结拜来加固关系，由朋友进阶为兄弟，并通过结拜的形势宣誓"责任义务"，比如同生共死、患难与共等。虽然誓言一样可以背负，但是比起连义气话都不用说一句就交上的朋友来，总是多了一点保障。林冲能活着抵达沧州，全赖有个莫名其妙结拜来的兄弟鲁智深。总体来说，多一个兄弟就多了一分保险系数，就多了一分抗风险能力。结拜，属于一种江湖规矩，受到江湖中人的共同遵守与维护，就如同我们共同遵守维护交通规则就是保护我们自己一个道理。

而结拜的同伴越是有实力就越好，就好比行走江湖，遇到麻烦就报上名号。一般在姓名之前都冠之"我乃梁山好汉×××"，这起作用的不是×××，而是"梁山好汉"几个字。表明我×××也许不够看的，但忠义堂有我一百多结拜弟兄啊，个个都是狠角色，就看你惹得起惹不起。

武艺高强如林冲，富贵如柴进、卢俊义，世故精明如宋江者，尚不能自保无虞，还需得有弟兄救助才能一次次涉险过关，化险为夷。

所以，《水浒传》大部分的结拜虽然看似草率，近乎一时兴起，但这其实是一种江湖中人出于安全考量的自然选择。

当然，小说也对此做出了某种合理解释：意气相投。以我想，意思大约就是对脾气，互相欣赏。这种欣赏，大抵源于武艺高强，胆量大，也就是具备较强武力，敢于犯险。这样就具备了关键时刻互相帮助的能力与条件。所以"患难与共"这句话也是得有资格才能说的。有个很好的例子，就是杨雄和石秀结拜后，杨雄岳父潘太公说："我女婿得你做个兄弟相帮，也不枉了！公门中出入，谁敢欺负他！"很显然，潘公一语道破，女婿结拜石秀很好，好就好在有石秀"做个兄弟相帮"，"谁敢欺负他！"而石秀恰恰就符合武力强悍、胆量也大的条件。日后也正是石秀识破了潘巧云与裴如海的奸情。而施恩费尽心思结拜武松，如出一辙。

而一百零八条好汉梁山大结义，当属于"团拜"了。这一拜，一百多人不仅成为义兄弟，更结为利益共同体，将面对共同的敌人、共同的威胁。

总而言之，好汉们的结拜，不单纯是一种个体社交行为，更是建立起一种相互承诺的契约关系。正所谓"有福同享有难同当"。是一种极端社会环境下催生出来的生存法则。

各有各的圈

结社一词，起初语出自唐·许浑《送太昱禅师》、元·揭傒斯《甘景行墓铭》、明·汪廷讷《狮吼记·提宗》以及清·昭梿《啸亭续录·褚筠心》，意为围绕共同宗旨目标结成的团体。比如当代，科学界结社有"九三学社"，文化思想界结社有"同晖学社"。

1831年，法国人托克维尔到美国访问，待了大半年，他发现，"在美国，不仅有人人都可以组织的工商团体，而且还有其他成千上万的社团。既有宗教团体，又有道德团体；既有十分认真的团体，又有非常无聊的团体；既有非常一般的团体，又有非常特殊的团体；既有规模庞大的团体，又有规模甚小的团体"。如果托克维尔有机会在十二三世纪访问中国，他一定也会发现宋人的结社，丰富得足以让人瞠目结舌。

就宋代笔记《东京梦华录》《繁胜录》《梦粱录》《武林旧事》《都城纪胜》记录的"社"，就有上百种，五花八门，几乎可以说什么社都有：

演杂剧的可结成"绯绿社"；

蹴鞠的有"齐云社"；

唱曲的有"遏云社"；

喜欢相扑的有"角抵社"；

喜欢射弩的可结成"锦标社"；

喜欢文身花绣的有"锦体社"；

使棒的有"英略社"；

说书的有"雄辩社"；

表演皮影戏的有"绘革社"；

剃头的师傅也可以组成"净发社"；

变戏法的有"云机社"；

　　热爱慈善的有"放生会";

　　写诗的可以组织"诗社";

　　一群讼师组成"业觜社"。

　　《宋史·薛颜传》中记载,甚至有流氓组织"没命社",经常以单挑形式斗殴,骨干后来均遭充军流放。

　　好赌的可以加入"穷富社";一群贵妇因为经常"带珠翠珍宝首饰"参加佛事聚会,干脆成立了一个"斗宝会",大概这就叫有钱有闲吧。这几个都属于负能量的,理应关闭。

　　连妓女们也跟风成立一个"翠锦社"。

　　各种结社应有尽有,只要你能拉到几位同好,就可以成立一个"社"。那时候的社,成立的目的几乎就一个,即自娱自乐,也就是找乐子。汇聚到一起就是因为共同爱好,根本上升不到共同追求、共同理想的高度,更不是为了成就什么共同事业。所以大家把他们理解为兴趣小组或娱乐团体就好。他们的门槛很低,就某样游戏爱玩会玩就可以加入,就是各自圈子的玩伴结各自的社。好比现在街坊大爷大妈们的广场舞组织。而今日比比皆是的健步走队伍,行动时也往往都擎出大旗,上书"××健步走队",什么"力健""康足"不一而足,形式与当年的各类结社极为相似。

　　《武林旧事》等笔记没有提及的结社,数目肯定更多,比如文的有"书社"、书院,武的有弓箭社、山水寨,等等。有一件事颇能说明宋人对于结社的偏好:北宋时,有一个叫王景亮的读书人,"与邻里仕族浮薄子数人,结为一社",专给士大夫起不雅外号,故该社团被称为"猪嘴关",这大概就是托克维尔所说的"非常无聊的团体"。这个"猪嘴关"后来拿当朝权臣吕惠卿开玩笑,吕大人恼恨,便寻了一个借口,将王景亮等人抓了,"猪嘴关"也就解散了。

　　总的来说,宋人是享有高度的结社自由的。除了黑社会性质的团体,官方基本上并不禁止民间结社,偶有立法干预,也效果不大。小心眼的吕惠卿要报复王景亮诸人,也只能"发以他事",而不能直接取缔"猪嘴关"。

宋代民间出现大量武术结社组织，其中有以保家御敌、求得安定为目的农村结社组织。宋被契丹长年侵扰，北方边境百姓就自发组织有弓箭社，抵御侵犯。因为在中国农耕文明影响下，每个地方区域性强，同乡同姓多，向心力强，所以基层武艺结社容易以乡村为基础。

《水浒传》史家庄庄户在九纹龙史进的带领下"递相救护，共保村坊"，来拒少华山贼人，就具有武术结社的性质。最著名的农村武术结社当属祝家庄。"（祝家庄）庄前庄后有五七百人家，都是佃户，各家分下两把朴刀与他。"祝家庄主人分发兵器与佃户，既务农又习武。祝家庄又与其他乡社相互联合："中间祝家庄，东边扈家庄，西边李家庄，总有一二万军马人等。但有吉凶，递相救应。"宋公明三打祝家庄靠卧底才取得胜利，而且是在李家庄、扈家庄没有救护的情况下，可见农村武术结社组织力量强大。这些农村武术结社组织的出现，有力地推动了民间武术的普及和发展。

总而言之，结社对于宋代群众来说是比较自由的，极大地丰富了社会生活，提高了生活品质，并为以后之社会发展提供了范例。

文化小广告

宋江被发配江州，不好好服刑改造，反而愈发猖狂，跑到浔阳楼喝醉之后发酒疯题写反诗，内容带有明显的报复社会倾向。不过问题来了，宋江仅一囚徒，能够在当地"知名网红酒店"随意涂鸦吗？即便是题写匾额之类，在今天也只有社会名流才能为之。

在宋朝，印刷出版业并不太发达。尤其北宋，还以笨重的雕版印刷为主流，毕昇发明的活字印刷运用到实际中去，已是南宋末的事情了。只有官府和资金特别雄厚的少数书商，能够兴师动众地搞出版。对于普通的词作者，除非特别有钱或者有名，想出个专集什么的，可并不容易。那么，一首词，从诞生到传播，到变成传世名作，那时候没有微信，一般只能通过这几种方法：

一是歌伎帮忙。秦楼楚馆，花下樽前，一首词就是一首歌，被这些专业人士传唱着，她们就是最有鉴赏力的评委，而且也是最爱屋及乌的评委。南宋时有位词人刘过，一生布衣，靠做门客过日子。平生爱好，除了议论国事，喊收复中原的口号外，就是来往风月场所。传说有一次，他的一个朋友到相好的妓女那里去喝酒，把他也捎上了。喝着喝着，词人天性发作，刘过就赋小词一首，以赠佳人。

词为《长相思》："云一涡，玉一梭。澹澹衫儿薄薄罗，轻颦双黛螺。秋风多，雨相和。帘外芭蕉三两窠，夜长人奈何！"

女士一诵一唱，真是好词啊，再看看刘过，顿觉无比可爱，情不自禁，刘过也欣欣然接招。眉来眼去间，就苦了被突然冷落在一边的"本夫"，悲愤之下，翻脸不认友，拔刀就向刘过砍去，现场过于混乱，没砍到刘过，却误伤女士。最后大家一起去衙门。

此事见之于周密的《浩然斋雅谈》。这种争风吃醋的热闹场面，就是放在今天，也是够茶余饭后嚼上好一阵舌头的。此等事最适宜吃瓜围观，倘知而不告，岂不愧对读者。

刘过在宁波时，他曾填《贺新郎》赠给一位人老珠黄的老年歌妓。二人竟颇有惺惺相惜之意。

贺新郎

老去相如倦。向文君，说似而今，怎生消遣？衣袂京尘曾染处，空有香红尚软。料彼此魂销肠断。一枕新凉眠客舍，听梧桐疏雨秋风颤。灯晕冷，记初见。

楼低不放珠帘卷。晚妆残，翠蛾狼藉，泪痕凝脸。人道愁来须殢酒，无奈愁深酒浅。但托意焦琴纨扇。莫鼓琵琶江上曲，怕荻花枫叶俱凄怨。云万叠，寸心远。

此词经老妓一唱，竟广为流传，"天下与禁中皆歌之"，刘过很是得意。看，词人们找心理平衡，其实也是很擅长的，他们随随便便就可以忘掉落魄的现实自我陶醉起来。可能这就叫穷酸吧。

二是手工传抄。同窗、好友、同乡……呼朋唤友的文学爱好者们，你写一首，我吟一阕，互相唱和，你吹我捧，不分优劣一律为之侧耳击节。许多绝妙好词就偶然出现在这杯箸交错偎红倚翠之中。

三是自力更生，写到公众场所的墙上去。操作方法类似于今天乱贴小广告。这就叫作"题壁"。一般集中在三种地方：寺院庙观，酒楼茶馆，邮亭驿站。因为这些地方人来人往最多，人员最杂，也是人最闲或最有感触的时候。你写我也写，写满了只好有劳主人把墙壁粉刷一遍。这也是竞争很激烈的，虽然不像天涯社区翻贴沉底那么快，但在一大片墨汁中脱颖而出，是需要确定无疑才华的。其实到了明朝，印刷业已经比较发达了，而且科举八股文取士，诗词歌赋成了末技。也有长年中不了举的，改行去做名士，在著名景区聚集一帮风雅诗伯，每天开诗会，品评各自大作，自信的当场就在墙壁碑碣上挥毫推广。

题壁的风能盛行，只能说是底层文人求名的一种无奈。有点类似于今天，耐心读书潜心创作的人越来越少，自媒体倒是越来越多。

宋朝盛行朱熹之学，国家又富足。而在举国上下生活态度都开放自由的年代，文豪几乎皆当官。诗酒趁年华之外，民间布衣秀才的锦绣才华何处安放呢？提笔上墙呗。

所以，宋江的这种行为，估计店家早已见怪不怪并视之为一种营销噱头了。

节日与休假

《水浒传》中多次写到当时的各种节日。那么，宋朝的节日和今天有什么不同吗？

比如改变了杨志命运的那次晚宴，则是在端午节。书中言：又早春尽夏来，时逢端午，蕤宾节至，梁中书与蔡夫人在后堂家宴，庆贺端阳。这个"蕤宾"就是现在的端午节。

由于古代历法不定，夏朝、商朝和周朝的历法各不相同。比如同样是开年第一月，对应今天的历法来算，夏朝是十一月，商朝是十二月，周朝才和我们今天一样。最后就有了不成文的规定，即乐律中的蕤宾与五月对应。所以，蕤宾就成了农历五月的代称。《国语·周语下》："四曰蕤宾。"韦昭注："五月，蕤宾。"实际上，端午节的称呼有很多，它还可以叫粽子节、龙舟节、端礼节、五黄节、解粽节，甚至叫屈原节、女儿节等，不完全统计也有二十多个。

三国·魏·曹丕《与朝歌令吴质书》："方今蕤宾纪时，景风扇物，天气和暖，众果具繁。"蕤宾，乐律名，配阴历五月。

宋代还有哪些节日呢？其中有元日（春节）、上元节（元宵节）、寒食节（清明节前一二日，是日初为节时，禁烟火，只吃冷食）、天庆节（大年初三）、冬至五个大节。

还有天圣节、夏至、中元节（别名七月半、祭祖节、盂兰盆节、地官节，属于道教节日）、下元节（十月十五中国称下元节，为祭祀祖先日）、降圣节（又称玄元节、真元节、老君诞等，是太上老君的降诞之日）、腊日（腊八节）；立春、人日（又称人节、人庆节、人七日等，每年农历正月初七）、中和节（就是二月二）、春分、春社、清明、上巳节（三月三）、天祺节，立夏、端午、天贶节、初伏、中伏、立秋、七夕、末伏、秋社（秋季祭祀土地神的日子）、秋分、授衣（一般为九月）、重阳、立冬等节日。

除此之外，宋代还有自己原创的节日，也就是宋代的诞节制度。

应该说"诞节制度"始于唐朝唐玄宗时期，之后到了宋朝形成一种制度和传统，可以说是发扬光大了。

"先天节"，纪念宋朝的祖先赵玄朗的生日，在每年农历七月初一。

"长春节"，宋太祖赵匡胤诞辰日，每年的农历二月十六日。

"乾明节"，宋太宗赵光义的生日，为十月初七。

之后以此类推，每位新皇帝继位以后，诞节都以新皇帝的生日为准，并且重新取名。两宋共计十八帝，除了南宋末年风雨飘摇之际的两个幼帝，其他十六位皇帝都有着自己的诞节。

诞节制度形成了皇帝自我神化以外的另一种提高其特殊地位的方式，所以宋朝皇帝对此乐此不疲。

不过咱们《水浒传》的这位万岁爷可不是那么俗套之人。

宋徽宗是有名的道教皇帝，信奉道教可是出了名的。为了表示对于道祖的尊崇，在重和元年，宋徽宗下旨将"太上混元皇帝"的出生日二月十五定为诞节，取名为"贞元节"。

有节日是不是就得放假，宋朝执行的休假制度是什么样的呢？

秦朝之前，各国军队都在时刻备战中，"放假"为何物，文武吏员是基本体验不到的。到秦朝统一之后，虽然没有明确的休假制度。但是官吏可以请假回家，这称为"告归"，也就是没有休假，只有请假。

到了汉代就有了休假制度。

宋朝的节令假多到逆天！像元旦、冬至、清明等节日都有放个七天的"黄金周"！除了七天"黄金周"之外，中秋节、夏至、腊日还放三天小长假！至于放假一天的节日，更是多达 21 个。

除了节假日之外，宋代朝廷官员的婚丧嫁娶也完全不用纠结请假的事儿。父母在三千里以外者，每三年有 30 天的探亲假；五百里以外者，每五年 15 天。儿子及冠礼有三天假；子女婚事有九天假；其他近亲婚事有五天、三天或一天假。在那个交通不便的年代，这些假期还都不包括旅途所需的时日。

宋代休假之制继承前代典制，革故鼎新，顺势而为，建立起制度化的节假体系，惠及社会诸群体。节假之制极大促进了消费经济的活跃，发展为繁荣昌盛的假日经济，催生绚丽多彩的节序文学，形成璀璨夺目的节假文化。

看到这里，大家可能流口水了吧？

生活在宋朝

透过《水浒传》我们可以试着去了解和感受一千多年以前宋朝的生活情况。经过还原，大家可以发现，宋朝的生活跟现代高度一致，城市市井生活非常亲切熟悉。

今人对大宋朝争议颇多，但就社会开化程度、经济发展水平以及民众生活质量来说，宋朝其实是中国历史上相当优越的一个朝代。主要原因是由于统治者施政宽松，经济文化乃至科学技术又都非常发达。

而宋朝跨度近三百年，还超过唐朝，国祚算是很长的。能够享国这么多年，肯定有其道理。如果非要追寻其缘由，估计一本皇皇巨著才能说得清楚。我们不妨从宋朝人，尤其大城市居民的日常生活着手，管中窥豹一番，或许能够直观地感受这个皇朝绵延数百年的奥秘。尝试着领略一下 900 多年前宋朝的市井风情。

宋朝自从开国，就树立了"以仁治国"的思想，政治比较开明，施政比较宽松，统治比较柔和。这个基调的奠定还是应该归功于开国皇帝赵匡胤。赵匡胤虽然是通过"陈桥兵变"夺取的江山，但这个过程比较平和，没有怎么流血。后来的统一过程中也比较顺利，这样大宋就是建立在一个比较平和稳定的基础上，为宋朝开创一个经济文化繁荣的帝国创造了条件。随着帝国疆域的稳定，对外基本没有大的战事，对内温和柔软。宋朝的百姓过上了相对富足安宁的生活。

衣食住行 要了解宋朝大城市居民的日常生活，我们就从城市居民的衣食住行、娱乐活动等方面进行一下了解。看看这个被称作中国历史中封建社会文明顶峰的时代，人们的生活到底是怎么一个样子？

首先看看衣着。宋代的服装、服色、服式多承袭隋唐两代，与传统的融合做得更好、更自然，给人的感觉是恢复中国的风格。宋朝时候的男装大体上沿袭唐代样式，一般百姓多穿交领或圆领的长袍，做事的时候就把衣服的襟摆往上塞在腰带上。衣服是黑白两种颜色较多见。

因为宋太祖建国时自定为火德王，故而色尚赤，当时官员基本着红袍，而退休的官员穿一种叫作直掇的对襟长衫，袖子大大的，袖口、领口、衫角都镶有黑边。头上再戴一顶方桶形的帽子，叫作东坡巾。而这个直掇亦作"直裰"，古家居常服，俗称道袍，亦指僧袍。如《西游记》里就说孙悟空和猪八戒跟随唐僧后都改穿直裰。而直裰传入民间后因不利于劳作，平民直接将袖子裁掉，有点像马甲或者坎肩。

宋代的女装最多的是上身窄袖短衣，好似民国的旗袍一样普及。下身穿长裙，通常在上衣外面再穿一件对襟的长袖小褙子，很像现在的背心，褙子的领口和前襟，都绣上漂亮的花边。宋朝人对服饰是比较重视的，爱美之心人皆有之，不足为怪。虽然宋人服饰不像唐人那样开放，但仍然有自己的审美追求。对于朝廷规定的服饰规制，经常超越逾越，官府对此也睁只眼闭只眼。由于经济发达，对服装的新奇美观都趋之若鹜，但凡上层或者潮流人士穿上了一种新式衣服，大家都争相效仿，如同时装潮流一样。而且宋人有簪花习俗，无论男女，光穿上靓丽的衣服还不足以吸引眼球，必在头上簪花，才显得够时尚。《水浒传》之中柴进、高衙内、燕青、王观察都有簪花的描写，蔡庆甚至花不离首，以至于绰号就叫作"一枝花"。

再来看看吃的吧，民以食为天嘛。宋朝的烹饪技术已经非常先进，像穿越小说中靠家常菜发家致富的桥段在宋朝是轻易出现不了的。一般人印象中古人一天只吃早晚两餐，其实宋人已经和现在一样吃三餐。而且，大城市里人早餐都是到外面去吃。出门前，一定要刷牙，而且是用牙刷。宋代已经出现了植毛牙刷，在大都市中，牙刷已经作为日用品进入市民的日常生活。有一位元朝人写诗形容他使用的牙刷："短簪削成玳瑁轻，冰丝缀锁银鬃密。"

南宋杭州还有牙刷"专卖店"。《梦粱录》收录了一堆杭州的名牌商店名单，其中有"狮子巷口徐家纸札铺、凌家刷牙铺、观复丹室；保佑坊前孔家头巾铺、张卖食面店、张官人诸史子文籍铺、讷庵丹砂熟药铺、俞家七宝铺、张家元子铺；中瓦子前徐茂之家扇子铺、陈直翁药铺、梁道实药铺、张家豆儿水、钱家干果铺；金子巷口陈花脚面食店、傅官人刷牙铺"。这里的"凌家刷牙铺""傅官人刷牙铺"，都是专营牙刷小商品的名店。宋朝人刷牙不但用上了牙刷，而且还有牙膏。宋代官修医书《圣济总录》在《揩齿》一节列出了二十七种揩齿药方，这些方子相当于今天的牙膏。我再从宋代另一部官修医书《太平圣惠方》中抄一条牙膏方子："柳枝、槐枝、桑枝煎水熬膏，入姜汁、细辛等，每用擦牙。"

这些牙膏，既可以醮在手指上擦牙，也可以抹在牙刷上使用——就跟我们现在的用法一个样。有史料为证，南宋医书《严氏济生方》记载："每日清晨以牙刷刷牙，皂汁揩牙，旬日数更，无一切齿疾。"可见宋人平日是很注意牙齿的清洁与保健的。

刷了牙也别慌出门，洗脸没？没有可以叫卖洗脸水的送过来。一切停当之后，到常去的早餐店吃东西。宋朝东京汴梁的五更天，按现在的钟点就是凌晨3点至5点，您或许还在梦中，而窗外早市的叫卖声已经此起彼伏传来。宋人的早餐不比现代简陋，甚至可选择的花样更多，各种馅儿的包子、油炸桧（油条）、稀饭、各种花样百出的面条……吃的之外，各种饮料，冷的热的随便挑，您也不必因怕错过早餐时间而着急起床。东京的早餐虽然从五更就已开始，但会从五更一直延续到晌午，很多人的一日三餐的时间安排是这样的：接近晌午，早餐；傍晚时分，午餐；入夜，晚餐。中餐和晚餐就比较讲究了，如果自己家吃腻了就上馆子吃去，想吃啥点啥，宋朝除了没有辣椒西红柿这些外来物种，啥都不缺。就算你拿出相声演员报菜名的本事，也未必难得倒店家。想刁难店家？我要吃河豚——很快一盘新鲜味美的河豚就端上来了。觉得热了？冰制饮料来一份。晚上，肚子饿了，别急，夜市各种小吃多的是，要不要走起？

不过前文有述，宋朝基本吃不到牛肉。由于与少数民族互市，北宋的肉食以羊肉为多。南方人自然吃鱼多，杭州城鱼店不下一二百家。

我们现代熟悉的火腿，便是发明于宋朝，最早出现火腿二字的是北宋，苏东坡在他写的《格物粗谈·饮食》中明确记载火腿做法，"火腿用猪胰二个同煮，油尽去。藏火腿于谷内，数十年不油，一说为谷糠"。

发明了东坡肉之外还有火腿？苏大学士您就是宋代的美食博主吧。

宋代好多人家里不起火不做饭，三餐全部在市面上买着吃。宋代餐馆外卖也有的叫。说到这必须要提到就是临街的那些大大小小的酒楼、饭馆。

《清明上河图》里出现几处摊子有饮子售卖。所谓饮子是汤药的一种，饮子有很多种类，专治某种疾病，如清热、防暑、去湿等，类似今天的药茶。有酒户、酒楼，这些地方都有醒目的招牌、旗帜。彩楼也同样是宋代酒户的主要标志之一。

其中在酒楼中也衍生出各种行业的人群，如："凡店内卖下酒厨子，谓之'茶饭量酒博士'。至店中小儿子，皆通谓之'大伯'。更有街坊妇人，腰系青花布手巾，绾危髻，为酒客换汤斟酒，俗谓之'焌糟'。更有百姓入酒肆，见子弟少年辈饮酒，近前小心供过使令，买物命妓，取送钱物之类，谓之'闲汉'。又有向前换汤斟酒歌唱，或献果子香药之类，客散得钱，谓之'厮波'。又有下等妓女，不呼自来，筵前歌唱，临时以些小钱物赠之而去，谓之'礼客'，亦谓之'打酒坐'。"

而住的方面，宋代房屋建筑大概分为五种，即村屋、城楼寺院、官僚宅邸、城市民宅、酒肆店铺。城市内的等级制度比较严格，公宇与民宅、官邸与民居有不同的房屋等级。在清明上河图中除城楼、寺院外，使用斗拱形式的只有赵太丞家、赵家左邻及对门一户，推想这三户为官宦之家。而城市平民住宅多为草房、砖瓦房，位于巷弄中。

宋朝经济发展很快，尤其大城市，人口密集，外来务工人员不断涌入，房屋价格上涨。甚至官员都买不起房，只有租房住。宋朝廷就想出了很多措施，促使房屋所有人降低房租，并且限制房屋租金上涨。同时也保护房屋所有人的权利。不允许随意侵占他人房产。

至于出行，大多数人当然是步行，但也有私家（牛马等畜力）车，甚至有"公交车"服务，出行非常方便。这里我想特别强调的一点是，宋代依照唐制，积极推行统一交通法规——《仪制令》。北宋太平兴国年间，大理正丞孔承恭上书皇帝，请在两京诸州要道处刻榜公布《仪制令》。太平兴国八年（983年），宋太宗下令京都开封及全国各州，必须在城内各交通要道口悬挂木牌，写上《仪制令》，以此作为交通规则，要求百姓执行。南宋后《仪制令》由各州扩大到各县，又由悬挂木牌逐渐发展到刻立石碑永久示人。明确规定："凡行路巷街，贱避贵，少避老，轻避重，去避来。"意思就是地位卑微的给尊贵的让路；年纪小的为年纪大的让路；负担轻的为负担重的让路；下坡的为上坡的让路。还规定了顺道路右侧前进。

除了衣食住行当然还少不了娱乐。宋朝的娱乐非常丰富，妇女们就有一个和现在一样的爱好：逛街。汴京每月初一、十五、逢八有五天开市，届时热闹非凡。孟元老在《东京梦华录》里描写道："伎巧百工列肆，罔有不集；四方珍异之物，悉萃其间。"鲁智深安身的大相国寺就聚集了相当旺的人气，成为北宋京城的商业文化娱乐中心，类似如今的上海城隍庙。

大相国寺规模庞大，对于市场功能区域划分清晰。大山门一带是宠物珍奇市场；天王殿、佛殿、资圣殿前是临时搭起的帐篷，是百货日用品交易区。这里荟萃了创意市集、手工作坊、特色美食、相术杂耍等，各类人士都能从中寻到乐子。比如，文人画家们最爱的赵文秀的笔、潘谷的墨就在寺院佛殿两廊出售。尼姑们拿着自己制作的精美绣品兜售，吸引女人敞开钱袋子。大相国寺旁边有条小巷叫"绣巷"，此间有许多尼姑开的刺绣工作坊，可以说尼姑是"汴绣"的制作者与推广者。

另外，体育竞技类也有好多种，比如蹴鞠，高俅踢的那个玩意儿，现代足球的祖宗。还有捶丸，也就是古时候的高尔夫球。还有相扑，不仅有男子相扑，还有女子相扑，曾经风靡一时，后来被官员抨击有伤风化，女子相扑才被禁止。如果对这些都不感兴趣，还可以到瓦舍勾栏去找乐子，那里各种杂耍演艺表演应有尽有。其中就有风靡现代的魔术。

魔术在宋朝称为"藏挟戏"，类似于今天说的"变戏法"，如从帽子里变出绣球、鸽子之类的表演。

中国其实很早的时候就有了魔术。据记载，周代成王时，就有人能吞云喷火，变龙虎狮象之形。汉代武帝元封三年，表演百戏，有人表演吞刀、吐火等魔术。方士少翁在牛肚中藏锦囊，栾大利用磁石让棋子自相撞击，都是原始的魔术雏形。三国时候的左慈戏弄曹操，在宴会上要来铜盆、渔竿垂钓，从铜盆中钓出两条大鲈鱼。曹操明白过来，想杀他，接下来见证奇迹的时刻到了。左慈忽然一下子就隐身不见了。这个故事兴许是故意想丑化曹操，应该不是真的。

参军戏 一种中国古代戏曲形式。由优伶演变而成，内容以滑稽调笑为主。类似今天的小品、滑稽剧。相传是五胡十六国后赵石勒时，一个参军官员贪污，就令优人穿上官服，扮作参军，让别的优伶从旁戏弄，由此得名。一般是两个角色，被戏弄者名参军，戏弄者叫苍鹘。

俳优，古代以乐舞谐戏为业的艺人。据说为今之相声的起源。见《韩非子·难三》："俳优侏儒，固人主之所与燕也。"侯宝林大师的《我和相声》里说："相声的历史，要从古时候的俳优讲起，那是很早的。"

真是种类繁多，丰富多彩。

宋代的金融业也已有了实体。

《郑节使立功神臂弓》说，张俊卿"门首一壁开个金银铺，一壁开所质库"。宋时质库即是当铺，其实是近代借贷业的前身。

除了富庶，宋朝人十分会享受生活，养养宠物，种种花草，纵情山水，上茶坊品茶，到瓦舍勾栏看表演……而这些对于今天的城市小资来说，所谓有品质的生活也不外乎如此。

琳琅满目的美食，从不入眠的城市，花样繁多的娱乐，方便快捷的出行，人性化各式服务，丰富精致的物质文化和艺术追求……也许细节上会有所不同，但无疑宋朝百姓的生活状态，最接近现代人的感觉。所以一直有人在说，宋代是一个非常具有现代气质的时代，这种现代气质不是指政治架构或科学技术，而是指生活的质量。

看到这里，是不是觉得宋朝的城市市井生活非常亲切，有种熟悉的感觉？

千年之前的宋朝，已经有了现代生活的诸多影子，如果穿越回古代，我希望是宋朝。

思考篇

　　读了多次《水浒传》，不敢说读懂了，但是不得不说还是有了一些自己的思考和研究发现。现把这些研究所得整理出来，希望能对大家阅读《水浒传》和了解其故事背景起到一些帮助作用。

八十万禁军究竟能不能打

《水浒传》中多次提及，东京汴梁有禁军八十万人。这就给读者带来了疑惑：如此雄厚兵力，教头又有王进、林冲之辈，理应是一支铁军，为什么不使用来剿灭梁山、方腊们呢？肯定不会是高俅故意手下留情吧。尤其金兵攻破开封时，为何徽宗不用来保命而痛快地做了俘虏？

北宋末年，金朝东路军主帅斡离不（完颜宗望，金太祖完颜阿骨打第二子）率军第一次攻宋时，有个宋朝负责议和的官员来到他军中，叫沈琯。

当时，只有五万骑兵主力的金军一路势如破竹逼近开封，抵抗的宋军只有禁军首领临时拼凑的寥寥两万人（加上临时招募的农民充数），一触即溃。斡离不有点没底，在一次会议中问沈琯："听说南朝有八十万兵，今在何处，何不出迎敌？"沈琯无奈，只能拿出辩证分析法解释：散在诸路，要用旋勾唤。汴京左右约有 40~50 万。

很明显，沈琯的说法带自我粉饰意味。

早在宋仁宗年间时，大宋的禁军数量就突破了一百二十万，后来虽经几轮裁撤整顿，哲宗年间禁军仍有"五十五万余人，月支三十余万缗"。从此直到北宋亡国，这"五十五万余人"的数额，就是北宋禁军的基本编制。倘若这五十五万国家重金打造的精兵，全力投入抗金战场，那也将近十比一的兵力优势。

然而1126年1月，当完颜宗望率领的6万东路军抵达汴京，守军的总数也不过是七万人。其中包括原来的京城卫士，来源复杂的志愿兵，东西两路赶来的地方民兵弓箭手。至于实际人数还要打折，去除其中的水分，最后能拿起武器作战的就十不足二三了。金兵渡黄河时，只搜罗到十几只小船，每次只能渡过去五六人，一连五天才渡完骑兵。斡离不当时就乐了，再次对沈琯嘲讽说："南朝可谓无人，你们若以一二千人守河，我辈岂得渡哉？"

虽然宋朝有紧急招募人员从军，但在两百年未闻战火的汴京，根本不是合格的兵源产地。来应募的人数量再多，也不过都是些存心混钱的市井游民，招募再多也不可能增加真正的战斗力。

冰冻三尺非一日之寒。汴京的最终沦陷，和钦徽两帝的一堆极限操作脱不了关系。但人口上亿的帝国，却只有三万训练不良的士兵来保卫都城，这绝不可能是因为一两个昏君就能解释的事情。这完全是多年来军事政治系列错误的累积结果。

后世都知道宋朝有严重的"三冗问题"，即冗官、冗兵、冗费的交相辉映。实际上"冗费"是因为"冗官"和"冗兵"太多所引发。在这两者中，"冗兵"又是关键。宋朝每年的财政支出，有八成以上用来养兵。

到了天圣十年（1038年），西夏的李元昊自立，宋朝只能在西北连番血战。北方的契丹也不顾盟约，以重兵压境之势牵制北宋。大宋只得在整个边境的河北、河东、陕西三路开始大举募兵。地方的都监们如果能招满千人，那就官升一级。如此一来，阿猫阿狗（估计多似牛二之流）都往大宋军营里招呼。以《上仁宗论益兵困民》一文里形容："皆是坊市无赖及陇亩力田之人。"于是到宋仁宗庆历年间（1041年），仅汴京、河北、河东、陕西这四个重镇的兵力之和就超过了百万。1050年，全国禁军和厢军总和更是达到141万之巨。仅仅用于作战的禁军，兵籍人数就超过80万，大大超过后世的明清两朝军队数量。这也是"80万禁军"一说的来源。

当然，无论是141万还是80万，都只是兵籍上的数字。在军官可一言决士兵生死的社会状况下，免不了让官吏们吃空饷喝兵血。宋朝计算兵力时，就喜欢以"指挥"为单位。理论上的单个步兵指挥应该有500人，骑兵指挥也有400人。但实际上的数字存在巨大水分，一些部队的指挥手下仅有几十人，多的也只有百余人。只有前线的陕西和后方的京营情况略好，但实际兵力能达到兵额的六成已经谢天谢地。

因此，虽然南宋人说变法是北宋灭亡的起因，但仁宗时期已经为宋朝的灭亡埋下隐患。国家人口不断增加，经济总量也逐渐增加，军队规模不断扩大，但军事实力却是"一茬不如一茬"。不仅边防常年吃紧，内部的治安也开始漏洞百出。大量的盗贼团伙开始横行，被欧阳修称为：强盗一年多似一年，一伙强似一伙。

斡离不口中的"南朝八十万兵"，应该就是大家熟知的"八十万禁军"。后来也还有四五十万之众，养这么多部队有必要吗？

北宋之所以会多冗兵，另一个原因就是战斗力太差。面对巨大的国防压力，不得不在许多地方驻扎重兵。如在澶渊之盟定下以后的天禧年间（1017~1021年），枢密院报告全国总兵力为91万，其中禁军43万，负责后勤打杂的厢军48万。这个虚肿的数字本身又因奇葩的后勤比例沦为笑谈。

其实禁军，本是北宋的中央军、近卫军、御林军，最精锐的军队。《宋史·兵志》载："天子之卫兵，以守京师，备征戍，曰禁军。"

当时，宋太祖赵匡胤挑选禁军很严格，一开始亲自挑了批长壮的军士充作"兵样"，分送各地用作招募的样板兵。后来嫌"兵样"太麻烦，改用一根木杖，叫"等长杖"，按身长尺寸招兵，长壮的当禁军，短弱的当厢兵。从体型到战斗素质，都有严格的要求，几乎是层层筛选。训练也极其严格，甚至校阅不合格的士兵，就会立刻被开除出军队。理应是一支劲旅，那么，为何金兵打来时，八十万禁军却无影无踪？

因为，他们都改行做泥瓦匠了。没错，做泥瓦匠，做小工，以及你能想到的各种混饭吃的临时工种。

说到这里，不得不提统领禁军20年的高俅。20年，真是足以毁掉一代人，他当殿帅的20年，也是禁军战斗力严重滑坡的20年。

《靖康要录》里记载了一段官员向皇帝弹劾高俅的话，大意是：高俅身为军政一把手，却拿军营的地皮盖私家别墅，把禁军当作小工，给高俅盖别墅当泥瓦匠。如果士兵没手艺，就得花自己钱再雇工匠；士兵没手艺也没钱，对不起，自己找营生苟全衣食去，操练什么的自然全部废除。这样下去军队自然纪律废弛，将不知兵，几无可用。即使少数部队坚持训练内容也极其儿戏。"鼓角虽备，不为号令；行伍虽列，不问稀密；布阵虽立，不讲圆方。"就是走过场集体秀，明朝学者王夫之更讽刺说，宋军训练，如牲畜散牧就食。后来虽然经过王安石变法，从宋神宗年间起一顿强力改革，却也只是西北等少数部队有改善，大部分禁军还是老毛病。

钦宗皇帝在金军第一次攻宋撤退后，痛定思痛下达了一个关于"禁军教习"的诏书，怒斥道："起先在禁军者皆是骁勇之士，如今则不问勇怯收充，既不精当教习，又不按时到军门，唯以值班随从服侍手艺为业，每营之中杂色兵卒占十之三四，不再教以武艺……"钦宗的生气没有任何作用，此后的故事小学生都知道：金兵第二次攻宋，"八十万泥瓦匠禁军"毫无战斗力，金兵旅游一样轻松进入开封，徽钦二帝被掳，一首慷慨悲愤的"靖康耻犹未雪"唱到如今。

八十万禁军的威猛传说，只是一个苦涩可怜的笑柄而已。

古今痛事，如出一辙。

不仅是禁军，在《水浒传》里出现频率极高的武官都监，战斗力也是出奇地差。

《水浒传》里出现的都监有很多，梁山好汉中就有几位都监，包括五虎将之一的双枪将董平，他就是东平府的兵马都监，还有镇三山黄信，他是青州兵马都监。

出镜最多的都监是北京大名府的两位兵马都监——大刀闻达和天王李成。他二人在梁山好汉救援玉麒麟卢俊义前后多次出场与梁山好汉交战，基本没有胜绩。是梁山泊战斗力的衬托和人肉布景，每次都是他俩出来跟梁山泊正面刚，然后被杀得鸡飞狗跳狼狈逃窜。他俩的存在就是不断用败仗来衬托梁山好汉的勇武。至于最后跟着童贯出场的八位朝廷各地州郡兵马都监，什么睢州兵马都监段鹏举、郑州兵马都监陈翥、陈州兵马都监吴秉彝、唐州兵马都监韩天麟、许州兵马都监李明、邓州兵马都监王义、洳州兵马都监马万里和嵩州兵马都监周信，仅两次战斗就全体团灭。

可是，梁山好汉们的其他战绩也不怎么亮眼啊？分别在祝家庄和曾头市吃足了苦头，栽了跟头。

难道官兵还比不上民兵吗？不是还平定了王小波、李顺、钟相、杨幺的吗？

可是官兵为什么就摆不平梁山这伙贼寇呢？

靠兵变起家的赵氏皇室，根深蒂固的意识是：内患比外忧更可怕，威胁更直接。于是把紧兵权，重文抑武，守内虚外，着力建立起了高度发达的文官政治体系，武将地位一低再低，文人儒士生存环境空前宽松，文采风流鼎盛的同时，武将们的素质则每况愈下。终至于，不仅抵御外侮艰难，就连平定草寇也力不从心了！

所以，三败高俅大军的梁山，却在曾头市、祝家庄的民兵面前吃尽了苦头。踏平曾头市，尚有曾家夺马挑衅在先的理由，可祝家庄呢？仅仅是保护自己的财产，捉拿偷鸡和打伤庄客的强盗，就惹来了灭庄之祸，当然，从一开始，宋江便一语道破机关："打破那庄，倒有三五年钱粮。"我的天，我从未见过如此厚颜无耻之人。

虽然打得赢正规军，可信心满满地到了村寨前，宋江、晁盖们才认识到高手在民间，兵败丢人事小，丢了性命却大。

事实上，自北宋澶渊议和以来，百姓为防辽兵和流贼滋扰，自相团结，成立了弓箭社，不论家业高下大小，各出一人。推选武艺众所服气者为社头、社副，带弓佩剑，分番巡逻，铺屋相望。依苏轼《乞增修弓箭社条约状》之言："（弓箭社）私立赏罚，严于官府，兵与寇为邻，以战射自卫，犹号精锐。"《宋史·兵志四》："河北州县近山谷处，民间各有弓箭社及猎射人，习惯便利，与夷人无异。"可见弓箭社的组织严密运行有效，实战力亦足可畏。

既然村民的"弓箭社"都能一定程度上抗敌自保，那么有栾廷玉、史文恭传授的祝家庄、曾头市民兵理应更具战斗力，这一点是毋庸置疑的。宋江屡败和晁盖之死，足可证明。

按《水浒传》的剧情，大辽被穿了官服的梁山好汉们灭了国。这天下军兵挡不住的北方夷虏，倒被招安的山贼撅了老窝？这吊诡的剧情，倒和晚清有几分相似，打得八旗军抱头鼠窜的英国洋枪队却被冷兵器武装的当地农民包围在三元里牛栏岗，险些全军覆没。而就在梁山故事出现之后不久，金兵南侵，一路如入无人之境，而行至采石矶时，监军虞允文大量启用民兵，竟大破金军主力，使南宋又一次转危为安。这样看来，民兵只要鼓舞到位，运用得当，亦可立成精兵，金国铁骑尚不足惧，何惧山贼流寇？对于平日安分守己的普通百姓而言，山贼水匪和金辽侵略者并无区别，都是杀人放火的恶魔，一样拿起刀枪与之死磕拼命，这也正是梁山难克民团村寨的原因。不信？可以去问问曾经被游击战搞得叫苦不迭的日本鬼子。

说到这里，有些读者可能会说梁山好汉们武艺高强，所以打得辽兵丢盔卸甲。

那就得啰唆几句谈谈武术了。

武术，自古为我国之国术。

《水浒传》里塑造了许多武林高手，其中第一位出场的好汉"九纹龙"史进，就有一段不同寻常的习武经历。

史进因酷爱习武，他父亲就为他遍寻名师传授。史进的开手师傅李忠便是其中之一。

李忠是个走江湖卖大力丸的。这种产品营销人员务必要会些花拳绣腿，不为打架，只为表演。你把功夫在人群中一亮，打得漂亮就会带来众多吃瓜群众围观，产品销售的可能性就大。所以这种"武艺"重在表演，不在于真打，也体现出民间武艺的一大功能：娱乐。

这样的师傅教出来的效果可想而知。当史进在自娱自乐练武时，被途经史家庄的王进看到，给予的评语是："这棒也使得好了。只是有破绽，赢不得真好汉。"说白了就是中看不中用，"令郎学的，都是花棒，只好看，上阵无用"。

当史进和王进过招后，不得不承认："我枉自经了许多师家，原来不值半分。"拜师后，史进十八般武艺多得王进尽心指教，点拨得件件都有奥妙。史进在武学方面好比进入了科班深造，得到突飞猛进的提高，成了一名真正的高手。

史进学武的经历正是他从民间武术爱好者向科班职业武术的转化。李忠的是表演套路，只具有视觉效果；王进的是两军战场生死搏杀，差距就这么大。

所以后来李忠初遇鲁达，与王进同为职业军官的鲁达，会对"民间武术表演者"李忠各种冷漠鄙视。

像早年史进这样"学艺不精"的，还有"独火星"孔亮，从他的师父是宋江就可得知顶多也就是个爱好者水平。撞上了硬茬子武松，立刻被一顿狠削。

武松之外，还有燕青、卢俊义等许多民间高手。不过说到上阵场，卢俊义的超高胜率十分亮眼。有"神枪"之称曾刺伤职业军官秦明的史文恭，没撑得过几个回合就遭员外生擒。这说明有的民间武神亦不逊色。

不过说来说去，《水浒传》里的武术描写文学色彩太浓，功能主要在于完成人物塑造或剧情需要，大家不必过于较真。

中国传统武术，体现在个人在武术上的应用和造诣，以"制止侵袭"为技术导向、进入认识人与自然、社会客观规律的传统教化方式和个人修为。

功夫，是中华民族智慧的结晶，是中华传统文化的体现，是世界上独一无二的"武化"。它讲究刚柔并济，内外兼修，既有刚健雄美的外形，更有典雅深邃的内涵，蕴含着先哲们对生命和宇宙的参悟，是中国劳动人民长期积累起来的宝贵文化遗产。

强调锄强扶弱的精神内涵，也就是武德，才是中国武术得以源远流长的真正原因。不过很显然，梁山好汉这一流派是没有什么武学精神的。没有武德这一硬核加持，梁山好汉们即使真的修炼到绝顶高手的境界，最多亦不过是黑山老妖。

从《水浒传》看北宋的官阶制度

凡阅读有关宋代书籍的朋友大都会有一个感觉，就是宋代的官阶官职名称十分拗口难懂，一句话：复杂而不得要领。《水浒传》里的这些太尉、殿帅、提辖、都头等，都是些什么官，究竟有多大，又具体负责干什么？搞清这些名词解释，可以更好地领略水浒故事的社会背景。

其实，想一句话两句话说清宋朝的官阶制度基本不可能。

宋朝官制，以元丰改制为界限，改制前后各为一阶段，南宋又为一大阶段。

我们就以水浒故事发生的大约背景时期的情况来讨论。最初宋代官制名义上与唐代没有什么不同，但实际上却有很大区别。主要在于从赵匡胤建立宋王朝开始，就对中央官制进行调整，实行中枢官制。增设中书、枢密院（最高军事机关）、三司几大机构分掌政、军、财三务，宰相之权遂为枢密使、三司使所分取。宰相、枢密使、三司使三者的事权不相上下，互不统摄。后来又设参知政事作为牵制，相权益弱，而皇权却由此加强。宋代行三省六部制，表面上清晰明确，但在实际中又千变万化。而且名称又设计得极为晦涩。咱们先试从大往小说起。

宰相　宋代并无宰相职衔，但实有宰相职，其名为同中书门下平章事，简称"同平章事"，意为会同中书省、门下省两个部门一齐处理事务。除专设参知政事为副宰相外，又设中书、枢密、三司分掌政、军、财三大事务，使得宰相之权被枢密使、三司使所大大分取。宰相、枢密使、三司使三者的事权不相上下，不相统摄，所以宋代宰相大都势弱。

这套制度其特点正是这样用设官分职、分割各级长官事权的办法来削弱其权力，官称和实职的基本分离，致使朝廷内外大批官员无所事事。三省六部职与事更多有更迭，有些官只是空名，所谓"官"，其概念只是拿俸禄而已。

原因在于在宋太祖、太宗统一五代十国的过程中，不得以留用了大批各国旧官员，以及宗室、外戚、勋旧，因不信任而仅使他们保持官位，领取俸禄，但不掌握实权。至真宗时，便把这些措施加以制度化。这就形成了一种宋朝独有的怪诞制度：折叠职事，即官称和实职分离，使朝廷内外大批官员无所事事。三省六部、二十四司名义上都有正式官员，但除非皇帝特命，不管本部的职事。按照这个制度，一般官员都有"官"和"差遣"两个头衔，有的官还加有"职"的头衔。"官"只是说明他可以领取俸禄，而差遣才有实际的权力。每个机关彼此互相牵制，"任非其官"的情形很普遍。例如左、右仆射、六部尚书等在成为官阶的名称后就失去了原有的意义，不再担任与官名相应的职务。这些官名只用作定品秩、俸禄、章服和序迁的根据，因此又称阶官或寄禄官。差遣是指官员担任的实际职务，又称"职事官"。差遣名称中常带有判、知、权、直、试、管勾、提举、提点、签书、监等字，如知县、参知政事、知制诰、直秘阁、提点刑狱司。官阶按年资升迁，依阶领取俸禄，而差遣则根据朝廷的需要和官员的才能，进行调动和升降。所以真正决定其实权的不是官阶，而是差遣。至于"职"，一般指三馆（昭文馆、史馆、集贤院）和秘阁中的官职，如大学士、学士、待制等，是授予较高级文臣的清高头衔，并非实有所掌，又称"贴职"。

《宋史·职官志一》说：

故三省、六曹、二十四司，虽有正官，却别敕不治本司事，均以他官主判，事之所寄，十亡二三。

又说：仆射、尚书、丞、郎、员外，居其官，不知其职者，十常八九。

我们来举一个例子，在许多戏曲中包拯被称为"包龙图"，这是为什么？因为包大人是龙图阁大学士。宋代习惯在官职以外再加以"×学士"来区别等级。比如宋代宰相一般均授为昭文馆大学士，故称"昭文相"。而副宰相参知政事均为集贤殿大学士，因此名"集贤相"。名臣寇准终一生欲"昭文相"而不得，仅至"集贤相"而止步。

太师 太师一衔初始于殷商，后周武王朝，成为大官的加衔，无实际职位，成为荣衔。蔡京贵为太师，一直是以当朝第一权臣而存在。而蔡京权倾朝野，实因其以右仆射兼门下侍郎行使副宰相职权达十七年之久（期间没有正职宰相）。

太尉 此职衔始于前秦，治军领兵之权重之职。隋唐间太尉位列于太保之下，至北宋代，徽宗重定武官制度，也就是《水浒传》故事发生时期，太尉成为武官官阶之首，也便造就了一手遮天的高太尉高俅。

提辖 这是个在《水浒传》中出现频率极高的职位。其意为"管领"，宋朝的官阶为正一品至从九品，而提辖官的官阶为从六品或正七品。应算是宋代的低级武官，相当于现在的营长或连长。一个州（路）提辖官的编制大约在30人上下，为"提辖兵甲盗贼公事"的简称，主管本区军队训练，督捕盗贼等职务。放在今天也就相当于"少尉排长"，至多或是"二级警司"。

宋代州郡一般都设"提辖"一职，专门统辖军队，缉捕训阅等务。《宋史·职官志七》中有载：崇宁中，复置提举兵马、提辖兵甲，皆守臣兼之。掌按练军旅，督捕盗贼，以清境内。

廉访使　鲁智深被呼为提辖，依他自言，"做得关西五路廉访使"。这又是何官？其实正是自宋设此官职，称为"廉访使者"，诸路各一员，无事每年一入奏，有边警则及时上报。见《宋史·职官七》。除警报外，还对各州府官员负有监察举报职权，主管政纪监察一类事务。可是鲁达并不长于文墨，估计不会写什么像样的奏折，又如何做得廉访使，况且鲁达怎么看都不像那种打小报告的人，貌似提辖官更适合心直口快的鲁达，至于他说曾做过什么关西五路廉访使，如果不是施老夫子笔误的话，应该就是鲁提辖自己往脸上贴金了。

都头　梁山好汉之中，曾为"都头"者数人：武松、雷横、朱仝等。此为何官？都头原为正规军队编制职务，隋唐就已有，《资治通鉴》胡三省注："唐之中世，以诸军总帅为都头。至其后也，一部之军谓之一都，其部帅呼为都头。"宋代各县无正规军，即以乡间土兵捕快、衙役为弹压地方之武装，故也算一都之兵，其头领便名都头，人数从数十到数百不等，全视州县规模而定。所以都头，也就是县武警部队首长。

押司　宋将官职分为"官"和"吏"两大类。押司即属于"吏"，通常是招募而来，没有上司的特殊恩典不可能为官，更不可能升职。主要是处理文案公务、税赋或狱讼之类。一般县、州、路各级府衙中均有押司。

都头、押司、讼师皆属"胥吏"，无官方编制但又在体制内工作，担当一定职能。

节级 本为军事部门中低级官名，宋元两代指地狱吏，施恩杨雄者即如是。

《水浒传》里有些官名带有强烈的时代和地方特色，比如戴宗亦为节级，却被人惯呼为"戴院长"。唐以下，本将翰林院学士承旨称为院长。后至宋，地方弹压百姓，缉捕盗匪设都辖房，都辖使者任供中院长。北宋年金陵一路的"节级"都呼为"家长"，湖南一路的"节级"则呼作"院长"，乃是对于管理刑狱的吏卒头领的尊称。

宋江们身为胥吏，即使工作再出色，也没有提拔为"官"的可能，长期下来难免不生怨懑之心。宋代虽然严格奉行了科举制度，向普通百姓打开了"做官"的大门，但亦矫枉过正，非科举而得官者极少，不管你才能再高，贡献再大，仍遭到科举为仕者们的轻视乃至排挤。北宋名将狄青，因边功而得授枢密副使，终因长期被科举为官的文官集团轻视排挤，忧愤而亡。

虞候 类似于军中参谋。如陆虞候，陆谦。宋代的军事编制单位"都"一级，下设虞候一职，地位较低，约属于节级一类。

承局 宋代的低级军职，属殿前，有点像国产老影片中国军的副官一职。《宋史·职官志六》："每都有军使、副兵马使、十将、将虞候、承局、押官，各以其职隶于殿前司。"《水浒传》第七回："两个承局催得林冲穿了衣服，拿了那口刀，随这两个承局来。"

衙内 原本基本意思是宫禁之内。出自《旧唐书·德宗纪上》："己亥，敕左右卫上将军、大将军，并于衙内宿。"唐代为担任宫禁警卫的官员名称，至五代和宋初此职务多由大臣子弟担任，后来泛指官僚子弟。

都监 宋代各州府设有"都监"，掌管本地区军队的边防、屯戍、训练和军器、差役等事务。

中书 中书令的省称。汉设中书令，掌传宣诏令，以宦者为之，后多任用名望之士。《汉书·萧望之传》："望之以为中书政本，宜以贤明之选。"晋·庾亮《让中书令表》："国恩不已，复以臣领中书。"到了宋代，中书成为中央要职，设侍郎、舍人数名，譬如大名府的梁世杰。

经略相公 老种和小种经略相公绝对是水浒名人，但这个经略相公究竟是何官？"经略"是北宋军职"经略安抚制置使"的简称，相公则是口语尊称的习惯后缀。北宋的"经略"是设在全国各路掌管兵民之政的长官。特别是北宋末期，此时的路分得很多，各路都选派官品高、忠于皇室而有干略的人充任经略安抚使。这个官很难用后来的官职比照，因为它颇为独特：既主管一路数州的兵民之政，又无权过问本路的财赋、刑狱、漕运、仓储、学事等，这种互相掣肘的官吏制度，虽然避免了武人拥兵割据，却又造成了推诿扯皮，以至尾大不掉。经略安抚使一般只是设在边疆，只有管兵而没有发兵的权力，又要受其他官吏的监察和制约，虽一般都兼任所驻州府的最高长官。有点类似于唐朝的节度使，但权力却小了很多（没有财权司法权）。

虽然宋代官阶制度极其复杂模糊，但我不得不说，读一遍《水浒传》，确实可以对这一复杂命题稍有了解，略知一二。

从《水浒传》看宋朝的司法体制

汉字"法"的传统写法为"灋"。东汉许慎的《说文解字》中解释说，"法，刑也，平之如水，从水；廌，所以触不直者去之，从去。法，今文省。"之所以偏旁为"氵（水）"，是希望法律像水那样公平，又像水的流去一样不可阻挡；而之所以有"廌"，是因为"廌"是古代传说中的一种独角兽，生性正直，古代用它进行"神明裁判"，见到无理之人，会用角去把他顶走，因此也就有了"去"。相传黄帝曾用这一能明辨是非曲直的神兽来决断疑狱。

在中国古典时代，这种"法"的精神是由法家树立起来的。《管子·明法解》中说："贫者非不欲夺富者财也，然而不敢者，法不使也；强者非不能暴弱也，然而不敢者，畏法诛也。"

商鞅变法之后，秦国"一断于法""为治唯法"，实行"以吏为师，以法为教"。秦始皇时代或许是古代中国唯一一个真正的"法治"时代，"故秦之盛也，繁法严刑而天下振"。但这种"法治"并没有维持多久，因为秦王朝诸事虽"皆有法式"，但皇帝本人并不受法律约束；甚至说，法律本身就是为了维护王权，"前主所是著为律，后主所是疏为令"。所以，古代法律一般也称为"王法"。皇帝不仅是法律的创立者和最终裁决者，甚至是法律的象征，"天下之事无大小，皆决于上"。

在中国传统法律体系中，至上的君权始终是法律的来源，即《管子·任法》所说："夫生法者，君也；守法者，臣也；法于法者，民也。"我们仍以水浒故事时期着眼，法律文化的这一集权特点则更加凸显，例如苏洵在其《申法》中强调的，就是皇帝对法律这种统治工具的绝对垄断："夫法者，天子之法也！"出于这样的法理，中国法律最大的特点即是梁启超先生所总结的："国家为君主所私有，则君主之意志，即为国家之意志，其立法权专属于君主。"

在王法之下，"王子犯法与庶民同罪"，因为皇帝完全可以对违反"五伦"（"五常"）的人——"王子"（诸侯的儿子）进行处罚。在皇帝面前，"王子"与"庶民"都是微不足道的下者（"小人"）。黄宗羲在《明夷待访录》中指出，皇帝"以天下之利尽归于己，以天下之害尽归于人"，所以王法乃是"一家之法而非天下之法"。中国古语说"刑不上大夫"，意即刑罚因地位而异。就立法本意而言，古代法律"为其压制社会之意多，而监督官府之意少。举立法、司法、行法三大权，尽握于一二人之手。据上流者为所欲为，莫敢谁何"。

汉武帝时代，罢黜百家独尊儒；特别是魏晋之后，随着"以礼入法"的"儒家化"，法律遂罢黜百家独尊儒，逐渐变为维护纲常秩序的工具，法律的惩治对象，由恃强凌弱者变成以下犯上者。正是在这种背景下，弱者越来越被置于法律保护之外；他们只好求助于法律之外的"天"，或所谓"天理""天道"。古语说："天无私覆，地无私载"，天是无私的、公正的人类主宰者；最悲惨的就是"无法无天"。陈胜吴广当年揭竿而起，"王侯将相宁有种乎？"欧阳修撰《新五代史》时直言："天子宁有种乎？兵强马壮者为之。"常言说"枪杆子里面出政权"，暴力可以创造权力，但暴力却不能创造"权力的合法性"。而没有"合法性"的权力，比如高俅对王进林冲的权力优势，说到底仍不过是赤裸裸的暴力。当这种暴力优势大到一定程度，优势一方实可对弱势一方为所欲为。

《水浒传》是一面展示宋代司法制度、牢狱文化的镜子。《水浒传》之中共出现过七十余起官司，不管是放纵坏人还是宽宥好人，反正没有一起是依法审理的，比如武松握有证据告西门庆而不成，而武松、宋江杀人证据确凿亦被有意错判轻放。还有一个直观的好例子，就是李逵。书中打他一亮相便介绍他流落江州的原因是："因为打死了人，逃走出来。"也就是在逃杀人犯。就这样一个通缉犯，多年不能落网，最后竟还堂而皇之地混进了政法系统，在监狱做上了狱警。而令人惊愕的是，用的竟还是真名——连个假名假身份都省了。再加之他辨识度极高的外貌，只要大宋朝的捕快稍微尽职一点，像这样以罪犯看管罪犯的奇事就不可能发生。好在铁牛哥没有哪天喝醉酒把牢里的囚徒都给放了。这个就是大宋朝的司法状态。

但是宋朝自建立之初就建立起了完备的法律制度并在全国实行。宋太祖建隆四年（公元 963 年），时任工部尚书判大理寺窦仪主持立法，是年 7 月制定完成了《宋建隆重详定刑统》，简称《宋刑统》，由宋太祖诏令颁行全国，是中国历史上第一部刻板印行的法典。

刺配　这个绝对是《水浒传》的热搜词汇，更是大宋朝司法创新的闪亮招牌。"刺字"非宋朝首创，而是源自商、周时期的五刑墨、劓、剕、宫、大辟之墨刑，秦汉时期称为黥刑。其方法是在受刑者的面额上刺字，并染上黑色，所以刺字也被称为刺面、黥面、墨面。

最早的有关记载始于五代时期，曾任后晋卢龙节度使的大军阀刘仁恭强迫其管辖区域内的男子不论是贫富贵贱，一律要在脸上刺"定霸州"三个字，文人则是在手臂上刺"一心事主"这四个字。

后来解决流刑惩治力度的不足成为重要的司法课题。到了宋代，雄才大略的赵匡胤发明了独具特色的刺配法，将五代的刺字和中唐以来杖责流配的刑罚结合起来，称为"刺配"，刑罚的力度也加重了。刺字和杖刑、流配结合起来，三种处罚于一身，是一种仅次于死刑的重刑，亦作为相对死刑的一种宽大。

这一做法得到了充分发展。原来宋代的刑罚，分"极刑""徒刑"和"流刑"三大类。

极刑分绞、杀、剐三个等级。绞刑一般适用于妇女，让她们得一个"全尸"，算是当年对妇女的优待。

徒刑则适用于"罪不致死"的恶人，刑期一般都在三年以上，最多十五年至二十年。当年没有"无期徒刑"和"终身监禁"，徒行超过十五年、二十年的，大概就活不成了。事实上，由于古代没有"劳动改造"制度，为了监狱里尽量少关只吃饭不干活儿的犯人，连五年以上的刑期都很少，更不用说十五年、二十年了。

流刑只适用于轻刑犯，本来是"流放"的意思，就是把犯人押送到边疆荒凉的地方去定居，不许他回来。这有三种目的：一是往边疆输送人口，开拓边疆；二是让他们在边疆过艰苦的日子，算是"赎罪"；三是边疆地方荒凉，可以避免他们继续犯罪。

书中提到最多的一种流刑刑罚就是"刺配远恶军州"。书中先后有十几人受过此等刑罚。就连位高权重的高俅太尉年轻时也曾被开封府尹"断了四十脊杖，迭配出界发放"。不过宋代杖刑最高为二十，作者这是给高俅加了私刑。

明朝人丘浚在《大学衍义补》中说："宋人承五代为刺配之法，既杖其脊，又配其人，而且刺其面，是一人之身，一事之犯，而兼受三刑也。"根据所犯罪行情节轻重，在脊杖数量多少、流配地方远近、配役时间长短方面又有不同，分为刺配本州、邻州、五百里、一千里、两千里、三千里及沙门岛等不同的等级。刺字分为大刺和小刺。凡是犯重罪的，就把字刺得很大，称为"大刺"，而且根据不同的罪行，所刺的形状也不尽相同。宋朝曾经规定：凡是犯强盗罪在其耳后刺以环形，凡是处徒刑、流刑的则刺方形，处杖刑的则刺圆形，三犯杖刑移于面，直径不超过五分。后来又规定，凡是强盗抵死得活命之人，在额头上要刺

从《水浒传》看宋朝的司法体制

"强盗"二字，余下的字分刺在两颊。所刺的内容除选配某州（府）牢城外，也有把其犯罪事由等刺于脸上的。南宋后期仍执行类似做法，强盗免死，额刺免斩，面刺双旗，至死不祛，作为终身洗刷不去的耻辱标志而永远保留。因此陆谦要求押解林冲的公差董超、薛霸在路上下毒手害死林冲，然后"必揭取林冲脸上金印回来做表证"。

"刺"，就是在犯人脸或额头上刺字或图案，然后染上墨，起源于奴隶制时期的墨刑。这种惩罚带有人格侮辱，走到哪里，脸上的"金印"就暴露了犯人身份。而且犯人的脸上一旦刺上字就无法掩盖其身份，隐匿逃跑也是十分困难的。因为脸上的刺字，有利于知情人进行识别举报和官府的缉拿。宋江在浔阳楼吃了酒后，"猛然蓦上心来，思想道：'……目今三旬之上，名又不成，功又不就，倒被文了双颊，配来这里。'"可见宋江对脸上的两行金印是多么耿耿于怀，所以在他当上梁山泊老大后，让神医安道全特意去掉了脸上的金印，这也是为自己重回主流社会做准备。

宋代还在流配刑法中加了个"杖"刑，所以就成了三合一的刑罚。脊杖的数量根据犯罪情节从十三至二十不等。《水浒传》里林冲就是被判处"脊杖二十，刺配远恶军州"。刺字发配的刑罚在制定之初原是对死刑的宽大，但后来在实际执行中范围日益扩大。宋真宗在位时，刺字发配之罪共四十六条，到了南宋孝宗时，更增加到了五百七十多条，一些地方司法官吏也滥施刺字和发配之刑。北宋末年，金兵南下，草莽间群雄奋起抗金，他们中不少人是罪犯。南宋建立之后，抗金的草莽英雄接受了朝廷的封号，先后入朝为官。但是，在朝觐皇帝时遇到难处，他们大多数的人脸上刺有金印，按法律规定，罪犯是不得入朝的。为此，宋高宗于1144年发布诏命："今后臣僚有面刺大字或灸烧之人，许入见。"解除了当初制定的禁令。

元朝建立之后，不仅全面继承了前朝的刺字和发配之刑，而且将原来的刺双颊的刺字之刑发展成刺面、刺左右臂、刺项等多种方式，并将刺字和发配广泛适用于盗贼等多种罪犯。

那么到了流配地，犯人做些什么？被判流刑的犯人到了流配地并不限制人身自由，与坐牢的犯人有区别。他们要在地方军队（厢军）服劳役，成为政府免费夫役。《宋史·兵志》中说："或募土人就所在团立，或取营伍子弟听从本军，或募饥民以补本城，或以有罪配隶给役。"也就是说身强体健的犯人也是招募的对象。比如，林冲来到沧州牢城营后分配他看管大军草料场。杨志"迭配北京大名府留守司充军"后运气不错，得到大名府一把手梁中书的赏识，成了首长亲信。朱仝也不错，到了沧州后一下就被知府看上，留下做男保姆。也就是说，一些运气不错的犯人在流放地还可能过得不是那么凄惨，甚至还挺爽。比如宋江，靠银子开道，半个月就混成了牢城营里的香饽饽，"满营里没一个不欢喜他"。他不仅得个抄事房的轻松差事，还能最大化地不限足，在流配地江州交友聚会，旅游观光。

这又曝出大宋司法制度的一大毒疮：小吏寻租。牢城营对大多数犯人来说都是地狱。在那个阳光照不到的至暗之地，成就了基层监狱管理者的腐败，成了这些人寻租的乐园。那些牢城营里的差拨、管营、节级等吸血小吏，就是靠收受人犯钱财发家致富。人犯若是打点得好，日子还不至于太惨；否则，光是进门时那一百杀威棒下就足够要了多数人性命。要是遇到心更狠、手更辣的监狱管理员，比如孟州牢城营的施管营，这人还自行研发了"盆吊""土布袋"等酷刑专利技术，绝对是牢城营里说一不二的土皇帝，当地一大恶霸。

施家还善于盘活手中资源，"捉着营里有八九十个拼命囚徒"，在孟州繁华商圈快活林"开着一个酒肉店"，每月净赚二三百两银子。武松来到孟州牢城营，相当不识时务，不但不给监狱小吏行贿，还嘴硬"文来文对，武来武对"，幸亏被施管营的儿子看出了利用价值，要不然一定丧命。

戴宗在担任江州两院押牢节级时，也是个基层贪腐苍蝇，人犯身上的吸血鬼。宋江故意不给他行好处时，他便露出凶神恶煞的嘴脸，"那节级便骂道：'你这黑矮杀才，倚仗谁的势要，不送常例钱来与我？'"这是赤裸裸的索贿。而且他视人犯为自己手里的"行货"："你说不该死，我要结果你也不难，只似打杀一个苍蝇"，完全无视人犯的生命权。

封建社会在社会治理中，地方吏员起着十分重要的作用。但政府对这些人往往不设"编制"，不提供相应的俸禄安排。吏员的职业通道也是个难以突破的瓶颈。所以这些人在地方上大肆利用手中权力，今朝有酒今朝醉，无职业操守，为所欲为，形成了这种丑陋的牢狱文化。

我们再来了解一下《水浒传》里的网红流放地沙门岛，这个出现频率极高的刺配流放目的地，闻者无不色变。

这里恐怖到什么程度呢？裴宣被人陷害的时候都未见得想过上山落草，但是当他被判决刺配沙门岛的时候，他就去当了强盗；而董超、薛霸干脆对卢俊义说，刺配沙门岛其实只有早死晚死的区别而已。

刺配沙门岛，本来是宋代流放刑罚中的一种，宋代流放刑罚从轻到重共分为十二种，其中最重的一种，就是刺配沙门岛。

按照文献记录来看，当时的沙门岛隶属登州，也就是今天山东省蓬莱海外的长岛，如今已成了旅游名胜地。这个小岛距离大陆30公里左右。刺配流放并非死刑，怎么就搞成了一个人间地狱，搞得好汉们听说沙门岛就要谈虎色变呢？

公元1058年，北宋京东路转运使王举元曾经向宋仁宗报告说，最近十年来，流放到沙门岛的罪犯，死亡率高达90%以上。正是应了那句老话：九死一生。宋代虽然经常不把囚犯当人看，但是其容忍的最高死亡率也只有33%，而沙门岛搞到九成以上。难怪董超、薛霸收了李固的钱，仍然抱怨李固多此一举，其实他们俩说的是对的，卢俊义去了基本也是一个死。

沙门岛上设置有兵营——沙门寨，所有被送来岛上服刑的犯人，脸上都要被刺上"刺配沙门岛"的字样。沙门岛很小，大约只能容纳300人，他们的生存物资全来自岛上80几户人家，物资供应无疑非常紧张，根本不够更多人生存。而被押送来沙门岛服刑的犯人却络绎不绝，经常超出监狱容量一倍以上，结果就是根本养不活这么多囚犯。怎么办呢？监狱方面的对策就是，每年定期把多出来的犯人装在麻袋里扔进海里淹死。

网上总有人津津有味地谈论北宋时期东京汴梁城市民的安逸生活与

丰富夜市，而每年被扔进海里淹死的沙门岛囚犯，同样也是北宋历史的真实一面。《宋史》记载，马默担任登州知府，这才发现沙门岛的监狱管理者李庆两年内一共把 700 名囚犯扔进海里淹死。

由于这种完全不把囚犯当人看的做法过于血腥，最终还是被宋朝政府叫停了。

但是，即便如此，沙门岛的生存状况依旧惨烈无比。沙门岛地处海外，物资极度短缺，医疗卫生条件更是无从谈起，驻守这里的监狱狱卒兵丁也是一份苦差事。他们把所有的怨气都撒在了囚犯身上，而且虐囚还能榨取囚犯身上最后的财产和口粮供应，因此看守虐囚的动力一直很足。

沙门岛这个活地狱，也曾经有过一次历史上记载的成功越狱，这就是公元 1036 年有一批囚犯躲过兵丁监视，偷了船只木筏成功逃亡。从这以后，沙门岛又增加了 300 人的水兵，专门乘坐快船追击逃犯。而这唯一的一次沙门岛逃脱事件，根据民间野史记载，竟然成了"八仙过海"神话传说的原型。这真是文学的浪漫源于现实的血腥。《水浒传》讲述的是北宋末年众好汉"逼上梁山"的故事。然而在这部小说中，还隐藏着一个历史上确实存在过的真正的地狱。甚至于有几位好汉的"逼上梁山"的事件就是为了避免去这个地狱才引发的。

沙门岛，就是宋代真实存在过的地狱。

说了这么多，其实宋代刑法实际整体较前朝宽仁。

宋朝建国之后，在刑罚方面至少实施了两项措施：一是废除前朝的刻峻之法，以儒者为法吏，务存仁恕之制。在法制规定和官吏的任用方面，比前朝宽减了许多。二是为控制建国之初的动荡局面和确保大宋江山的稳固，宋的统治者对重大犯罪也极力推行"重典"。

这种宽厚而不松滥的思想，在宋朝历任皇帝的治国过程中都很明确地体现出来。在制定《宋刑统》时，赵匡胤提出了"禁民为非，乃设法令，临下以简，必务哀矜"的刑罚方针，采取了一系列恩威并济的政策，刑罚也有宽中有严的一面。

从宋朝史料的记载看，有宋一代的历任君主在刑罚方面大都非常谨慎。以下两方面体现了这一思想。

一是宋朝恢复了覆奏制度。宋初不仅死刑案件需要覆奏，而且对一些杖罪、笞罪、徒罪、流罪都要进行覆奏，尤其对死刑案件，更加重视覆奏。宋太祖谓宰相曰："五代诸侯跋扈，有枉法杀人者，朝廷置而不问。人命至重，姑息藩镇，当若是耶？自今诸州决大辟，录案闻奏，付刑部覆视之。"遂著为令，将死刑覆奏的规定写入了国家的法典之中。

"自是，内外折狱蔽罪，皆有官以相覆察。"基本上建立了一套自上而下的"覆奏"体系。

二是设置专门的机构，钩检狱事。《宋史·刑法志》记载："淳化初，始置诸路提点刑狱司，凡管内州府，十日一报囚账。有疑狱未决，即驰传往视之。州县稽留不决、按谳不实，长吏则劾奏。"其长官提点刑狱公事，简称提刑官，大家都看过热播电视连续剧《大宋提刑官》吧？讲的就是这个官。提点刑狱公事是由朝廷选派，三年一换。提刑司是"路"级的司法机构，主要掌管刑狱之事，并总管所辖州、府、军的刑狱公事、核准死刑等，也有权对本路的其他官员和下属的州、县官员实施监察。此机构制度为宋朝体制所独有。

提点刑狱司设置的重要目的，就是加强对狱囚和狱吏的管理，彰显审慎刑罚的思想。不仅如此，宋朝还设置了更高级别的治狱机构———审刑院。审刑院的设置是对刑罚慎之又慎的又一体现。

宋朝建国初期天子期望勤政亲民，朝臣每五天的奏对中，将刑狱冤滥列为其中的一项，体现了对刑罚的重视。

综上所述，宋朝皇权认识到，加强监狱的镇压职能和宽厚抚恤职能是并重的，"好生之德"与"使用重典"在监狱治理中缺一不可。这种刑罚思想的进步意义在于，使我国古代的监狱制度朝着文明又近了一步。

然而，如本文开头所言，魏晋之后及至赵宋，法已经逐渐成为维护统治加固皇权的工具，法、刑的对象越来越多地指向庶民，法更多保护和强调的是纲常秩序。而且，随着统治集团权力越来越集中，司法的公正性愈发依赖于执掌权利者的私德。

再好的法规，没有合格的执法队伍也是白搭，而大宋朝恰恰就是如此。整个队伍都烂透了，上至皇帝徽宗，下至小吏宋江，中间的知府知县，无不在破坏法制，这就是大宋朝的司法生态。梁山只出了一个，算大宋朝幸运了。

此诚当为后世所深儆。

"好汉"之好在哪里

好汉一词，是《水浒传》中对宋江等梁山众头领的统一称呼。还有一些其他角色，不论正面反面，只要是江湖中人，比如栾廷玉、祝家三杰、曾家五虎等，即便是生铁佛、飞天蜈蚣王道人这样为非作歹的恶徒也皆被冠之以这一集体"荣誉称号"。

其实读罢即知，其言之好汉的标准实则相当之低。根本无须有什么侠义的心肠或行为。只要具备一定武力、胆量，或者敢于破坏法律，也就是够厉害、够狠，敢犯罪，就足称为一条好汉。而且这些杀人不眨眼的罪犯还都毫不脸红地接受并享受这一称号！而且互相之间竟还以此称号隔空互表敬意。梁山一百零八头领，除了安道全、宋清等极个别素人之外，上山前就都已成为标准的"好汉"了，并最终因着这一共同的价值认同走到了一起，结为弟兄共举大事。正如日本作家芥川龙之介所说的，这是一群无赖汉们的结社，他们之间流传着一种可以把善恶踩在脚下加以蹂躏的好汉意识。

梁山每个好汉，大致都有过试图按捺自己，终于按捺不住，破罐破摔的过程。一口戾气没处发泄，到某个点，怒喷而出，于是报复社会。

《水浒传》支配故事前半段人物行为的，是忍耐＋气性。

《水浒传》一百二十回回目中，"大闹"八次，"火烧"五次，"醉打"三次；绝大部分是激情犯罪，财色酒气所致，持强斗狠，匹夫悍勇。

其他，怒杀、单打、双夺、火并、棒打、拳打、血溅、夜闹……基本集中在前半部分。

整本书的大小故事，一个主题：好汉们"忍耐以求符合社会规则，终于按捺不住无法被社会接受，不忿暴躁发泄，开始反社会"。就这个过程。

侠以武犯禁嘛。

毕竟作者一开始也说了，这批人是魔君，不是憨豆先生。已经被押在伏魔殿里几百年了，假如这世道清明，他们是永远不能够"出世"的。只有世道不好，他们才可能出来作乱。这事说起来也真是蹊跷，他们不是被"四大奸臣"当中的哪一个放出来的，也不是什么无心之举。恰恰相反，他们是被相对还不错的洪太尉放出来的，洪太尉却又是奉皇帝命而来的！所以说，这梁山好汉是皇帝老儿自己放出来的魔。这真是应了金圣叹的话："乱自上作。"

这批魔头，顺心时还好，一旦惹恼，魔性必然显露。

您看鲁智深，一开始也想融入五台山的，未遂，最后性子按捺不住，闹大了，吃狗肉打和尚，差点拆了庙宇以泄酒力。

林冲一开始处处求周全小心翼翼。到火烧草料场大怒杀了陆谦，雪夜上梁山前，曾撒泼抢了柴进庄人的酒来喝。

杨志一开始小心翼翼卖刀，被牛二折腾都忍着气，最后一时性起，先一刀戳牛二的脖子，再赶上去对牛二胸脯两刀。第一刀还是生气，之后就是泄愤了。后来杨志在梁中书手下还算老实，想谋个前程，丢了生辰纲后，第一件事就是去酒店白吃白喝吃霸王餐。

哪怕是能忍如宋江，也是之前好声好气拼命求阎婆惜。等阎婆惜喊出"黑三郎杀人也！"宋江一肚气没出处，按住阎婆惜，一刀割喉，二刀断首。

武松当行者前，虽然硬气，但不太撒泼。但这个杀戒一开后，无可救赎了，从此黑化。

武松自己也说了句：

"一不做，二不休！杀了一百个也只一死！"

血溅鸳鸯楼后，当行者，上蜈蚣岭杀王道人，到孔明孔亮地界抢酒抢肉还打人：他已经不再是当初那个讲口供、认证据的自己了。

鸳鸯楼前，武松受了天大的委屈。他曾最后一次想与主流社会讲和，也投注了信任，被坑了——就像林冲发现自己被陆谦坑了似的，被最后一根稻草压垮了。

所以这口气，一定要发出来，武松决定一条道走到黑。理解了鸳鸯楼前武松的做派，就理解了林冲剖心杀陆谦后抢酒食，理解了杨志刺倒牛二后又补了两刀，理解了宋江一刀砍了阎婆惜后追加的第二刀。

老舍先生说过：苦人的耍刺儿含着一些公理的缺失。

类似逻辑，武松终于开始残忍，开始反社会，是他努力融入社会不果的结果。

并不是说武松杀那么多人是对的，但按照他先前的经历，这么做是符合他人设的。

如果在鸳鸯楼下，武松还能左思右想，"此人无辜，不该杀，于是一念之仁、心头一软，放了她吧"，那他就是张无忌，而不是武松了。或者说，武松就不是"好汉"了。

武松杀潘金莲、西门庆情有可原，可是张都监的那些家人呢？这种杀一个是杀，杀十个也是杀的做派，总让人觉得有损英雄形象。而整个梁山"好汉"当中，这样的人比比皆是，就像李逵在江州劫法场救宋江，杀了多少无辜？

没错，这些好汉就是因为各自的不法行为而不被社会所容，于是聚于梁山，联合起来一起反社会。没错，这些人上梁山基本都是主观自愿或真心接受的。

这"逼上梁山"说了上千年，其实也就林冲可以算一个，可是除了林冲，还有谁是被逼的？王伦就不用说了，考试不中就再也没有路可以走了吗？晁盖劫取生辰纲，县衙里赶得紧，上梁山能活命。问题在于，晁盖有必要劫取生辰纲吗？他自己家里的那些钱都花不完，一生都是"仗义疏财"，不但留人吃留人住，还要给人盘缠，他再要些钱干什么？和宋江比着谁的"雨"下得大吗？或者说，梁中书的钱都是搜刮来的民脂民膏，是"不义之财"，可是他把这些钱夺过来还给平民百姓了吗？

因此，晁盖也许就是想尝一尝被人拥戴的滋味，不为这种当土皇帝的感觉，晁盖用得着上梁山吗？

宋江就有必要上梁山吗？从直接诱因上来说，宋江不是因为私放晁盖，是杀人。宋江身为朝廷官员，不是想方设法捉拿罪犯，却因私废公，这样的官员，即便是不杀人，还愿意长期继续在"公务员"队伍里待吗？早晚要跳出体制内的舒适圈，到江湖上去实现自身价值。宋江上梁山和林冲有一个区别，林冲是自己一个人，宋江是拉着一大帮子人。假如真是走投无路，自己无奈也就罢了，为什么还要想方设法搜罗那么多别的人一道当强盗？因此说，这宋江上梁山是自身骨子里具有的东西，没有人逼他。还有那些和梁山交战过的朝廷军官，他们还是官身时骂着盗贼，可一旦做了俘虏，转眼间就是梁山和宋江是多么地亲热，真是变脸变得比小孩子还快！对这些人来说英雄气概是谈不上了，可是军人的起码气节又到什么地方去了？可就这，当叛徒竟也成了一种好汉行径，三观尽毁啊。

其实关于"好汉"这一称谓，还得远从西汉谈起。

西汉时期，北方的匈奴不断侵扰我国的边境。到了汉武帝时期，国力不断强盛，在北击匈奴的战斗中，汉家儿郎都非常勇敢，敌人都很惧怕，称之为"汉儿"或"好汉"。作为与"女子"相对的另一个词，"男子"早已出现。随着"好汉"的出现，人们渐渐地把"男子"和"好汉"联系起来，组成"男子汉"一词，作为对男性的一种称呼，具有褒义色彩。

《询刍录·汉子》："汉自武帝征伐匈奴，二十余年，马畜孕重堕殒，罢极，闻汉兵莫不畏者，称之为汉儿，人又曰好汉，自后为男子称矣。"

《大唐新语·举贤》："长安中，则天问狄仁杰曰：'朕要一好汉使，有乎？'"

而不知什么时候起，这一称呼渐渐和罪犯画上了等号。

从群众对《水浒传》的喜爱可以约莫感受出一些原委。就是好汉这类人，代表了循规蹈矩小老百姓内心深处的幻想：摆脱重重束缚，纵横江海，变忍气吞声为杀人放火，大块吃肉，大秤分金。

所以说，好汉之"好"，于作者是超越现实的创作手法，于读者是基于现实的幻想满足。

梁山排名的玄机

梁山好汉有一百零八人之多，个个都是头领，便产生了一个问题，互相之间有没有职属与上下级区分，如何管理运转？像大多数的黑社会团伙一样，梁山也同样采取了最粗线条的方式予以解决——排座次，排名靠前者尊。那么问题还是有——排名如何确定？

这就涉及了公平、公正、合理性、操作性等诸多因素。人事工作，向来是一项平衡的艺术，往往是对领导人的重大考验。而宋江，显然成竹在胸。好的，让我们来看看宋押司的领导艺术有多高明。

首先，宋江搞出了一个天降石碑，一百零八人及座次俱在其背，形成了"天意如此"，就地公示并且不得提出个人意见的局面，先堵住了所有人的嘴——这是老天爷定的，有本事你找老天爷吵去，你给他个差评试试？高，黑三胖子实在是高。

咱们来看看具体安排。

一百零八人被一刀裁为两段，天罡星三十六人为上段，地煞星七十二人为下段。

天罡、地煞本为道教神名。按民间信仰神明的分类，将神将分为天上三十六天罡的天兵凶神，地上有七十二地煞的地兵恶煞，两者都被称为"神将"。

三十六天罡、七十二地煞渊源于中国古代对北斗的崇拜，而所谓的天将，就是天宫的神将，负责保护天宫和众仙的安全，在术法和武功上都有相当的造诣。在中国古代神话中，天将的地位并不高，大概只相当于人间守护皇宫的卫士。星相家所称主凶杀之星泛指凶神恶鬼，或比喻恶势力。其实七十二这个数目，古以为天地阴阳五行之成数，亦用以表示数量多。原来是个模糊概念，就像百万雄师的"百万"一样，意在强调众多。不过，《封神榜》里封神时讲的七十二煞，的确就是陈继真、陈梦庚等共计七十二人。

于是我猜想，正是由着这道教有三十六天罡、七十二地煞的神明分类传说，才给予了施耐庵把梁山好汉人数从早年龚开的三十六扩充为一百零八个的创作灵感。依托民间传说和原始星相学说及神话故事进行附会，正是早年文学创作的习惯做法。

角色一多剧情随之也丰富曲折起来，不过，人一多却也给如何搞好排名增加了更大难度。我们来看究竟怎么排。

居首位者，毫无疑问，黑三胖宋公明。第二呢？卢俊义，他让出了（虽是被迫）首把交椅，理应高位相待。而出卖旧主晁盖投靠宋江的黑心军师吴用就坐了第三位（实则权力在第二的卢俊义之上）。吴用总揽军务，相当于三军司令，如果卢俊义敢于与他争权，晁盖殷鉴不远，可为儆矣。而公孙胜，一向以较低的存在感和曝光率而隐约存在，排名第四，力压武力、贡献都更大的林冲已是很不错的待遇了。何况道长有两次撂挑子的不良记录，怎么好意思再提什么个人要求？平时也就是住持个祭祀、庆典、法事之类的活动而已。而关胜以微功，仅凭祖上显耀（全在自言，是否真实未可知也）就占据第五高位，不能不说是宋江的一种政治手段——我梁山也并非均为草芥，亦有名门后人甘为驱驰。那么，呼延灼、杨志不也都是开国元勋之后吗？没错，但是，有谁能与千古武圣号称今古华夏第一武将、万民共仰的武圣关二爷相提并论呢？而尤其为宋江所看重的，恰是关羽的另一标签：忠义无双。连他的后代都投奔梁山，不正好成了梁山手上一面闪亮的傲人招牌。就如同现在口碑仆街的品牌请到了巨星做品牌形象代言一样。

再往下，才是林冲。本来，绿林好汉区别于正常社会，就是大家都是兄弟，没有等级，但梁山虽然口称兄弟，却历来有着严格的等级，就对林冲说"反失上下"。林冲杀了王伦后还排第四，而这一次，则正式退出了梁山的领导班子，成为众多武将中的普通一员，仅此而已。

紧跟林教头之后的是五虎上将中的"霹雳火"秦明。论武艺，秦明只能排在梁山第二档次，在他身后列第八的"双鞭"呼延灼就显高一筹。不过秦明胜在上山较早，资历更老，又有个徒弟黄信和大舅子花荣，隐然是股小势力，排名第七也是有原因的。老实说，呼延灼排第八，尤其是落在秦明之后略显吃亏，不过也还算差强人意。而小李广花荣排第九，则更显意外。论武功他手中亮银枪也算出神入化，况且又有神箭绝技，远程攻击加持，上山后屡建大功，纵然不能超越关林，但紧随其后是绝对可以的。我猜这可能与他上山前的职务较低有关系，原来只是个副知寨，与秦明、呼延灼等完全不一个档次，能力压原来职阶更高的索超徐宁已算不错。花荣之后，是"小旋风"柴进。

柴进说起来算是梁山缔造者之一，梁山的初代首领王伦正是受了他的资助方才占据水泊，后来的重要人物，林冲、武松都受过他的恩惠，就连老大宋江都不例外。柴进，属于梁山创立初期的天使投资人。在进入山寨之中负责掌管钱粮，也属于实权派，另一财主李应做他的助手，不过柴进的排名仍然显得稍低，比起他对梁山历史的贡献，以及他前朝皇族后裔的显耀出身，柴进应该位列前五。只因他武力较逊就落后至十名开外，充分说明了梁山暴力至上的犯罪团伙性质。无奈，身处贼窝，想做匪首必须有其他人畏惧的手段。可惜，柴进没有。他既没有李逵的残勇，更没有宋江的阴谋，否则，他花了比宋江更多的钱，担了更大的风险，帮了更多的人，却怎么可能混得比宋江差这么多。这点是《水浒传》里的一个槽点。从哪个角度看，柴进都应该是宋江的一个升级版。多金富有，挥霍无度用于广结人脉，还专挑黑道人物结交，表面上站在官府一边，背地下净干官府不许干的事儿。但是，柴进反倒是混成了一个低配版的宋江，失败啊！所以，排名第十，就忍着吧。而他的副手"扑天雕"李应，紧随他之后排名第十一，则显得合理得很。一句话，没啥可说的。李大款之后，是"美髯公"朱仝。朱仝这个人，武艺未见精深，一直也无显功于梁山，不过仗着当年是宋江的同事，并私自在抓捕过程中释放过宋江，所以得到了第十二位的理想排名。毕竟还有九分之八的弟兄排在后面呢。

其他挤入天罡星的还有二十四人，其中不乏实至名归之人，当然也有不少不配其位的。比如解珍解宝兄弟，既无高强的武艺，也没有过什么显赫的贡献与功劳，竟然能一路挤到燕青之前，冲进了天罡星序列，位列总排名的三十四和三十五位。而朱仝之后的第十三位鲁智深，第十四武松则是属于吃了点亏的典型。以鲁提辖和武都头倒拔垂杨柳、景阳冈打虎的赫赫威名，再加上二龙山的强劲实力，无论如何也不该排名在李应和朱仝之后，就是秦明、花荣，也当甘居鲁武之下。

也许，问题就出在二人的威名太大，势力强大之上，而且二人又都是反对招安的带头人物，尤其是鲁智深，不要忘了他和林冲还是结拜兄弟。这如何能让宋大哥放心让你们一路坐大？而后面的杨雄、石秀能一同位列天罡，则不知是烧对了哪路香，拜对了哪尊菩萨。尤其是扬雄，是个连无赖军汉都打不过的刽子手，有何德何能？难道就是因为和宋江犯了一样的事儿——杀老婆？其实二人还有一点相同——被戴了绿帽子。

不过，其实进了天罡也不见得有多好，三十六人竟只有李应、燕青两人得以善终。毒死、射死、砍死、砸死、摔死、病死者占去大多数，可悲可叹！

七十二地煞，大都名副其实，唯有一人，实在亏矣，惜矣，他便是排名倒数第二的地贼星"鼓上蚤"时迁。以时迁的本领手段，本来应该有更多的表现机会，然而无奈他上的是梁山，一个崇尚暴力的强盗团伙。这里面还有条鄙视链，即强盗鄙视盗贼，用武力抢劫的鄙视靠技巧、智力谋夺的；靠武力里面，武力强大的鄙视武力不济的。所以，像时迁这种暴力值低微靠智商奇淫巧技谋生的盗贼就自然而然的叨陪末座了，然而，以他多次立下的大功，竟比叛徒白胜还靠后一位，实在是辱杀人也！我深为时迁表不平！相比之下，平平无奇的"镇三山"黄信竟排名七十二地煞之榜眼，不能不说他的师父秦明起到了决定性作用。而黄信打头，身后是一干与他一样的朝廷降将（大都是俘虏），宣赞、韩滔、单廷珪、魏定国、凌振。论实力，黄信绝无可能领袖众将官，不过另外尚有薛永、孙新、项充、龚旺等充数人员，这些人大都还没有任何职务，更无任何职权，平时毫无存在感，战时亦不过是炮灰而已。

所以综合来看，梁山排座次，是宋江假天降石碑进行的一次权力分赃，一次政治人事布局，进一步巩固了自己的绝对领导地位，实现了分化削弱异己派，笼络中间派，强化自己人的目的，可谓一举多得。自此之后，宋江在梁山的统治更加不可动摇，也使得蔡京、高俅等人看出，只有将宋江彻底剪除，方能将梁山连根拔起。宋江本人及其亲信吴用、戴宗、花荣、李逵、朱仝、雷横、吕方、郭盛等，分别捞到了不错的排名与职位，就连宋清都不赖。而武松、鲁智深、林冲等敢于持异见者，以及三阮、刘唐这些晁盖的旧部，则不同程度地遭到了打压。不仅是排名，宋江趁机也对实际权力进行了重大调整。因为排座次只是大排行，全军被宋江分成了"六军"。林冲为左军头领，呼延灼为右军头领。其他还有前军、后军和水军。关键是在这五军之上，还有一个"忠义堂"，相当于司令部，也算一军。排名是：宋江、吴用、公孙胜、花荣、秦明、吕方、郭盛。

这样一安排我们再看，宋江巧妙地把花荣、秦明都安排到了忠义堂，避开了和林冲比较名次。这就好比说，几个人都在中央领导机关任职，而林冲则为地方部队，属于被领导地位。而且忠义堂他安排的这几个人，都是自己的亲信。

所以我们看最后梁山的五虎将，关胜、呼延灼、董平都是宋江擒下并且用招安思维洗过脑的。秦明不用说，是宋江保媒的花荣的妹夫。那么五虎上将之中，只有一个人不是自己的嫡系，这就是林冲。

忠义堂一分为二，成为忠义东西房。东边房内，宋江、吴用、吕方、郭盛；西边房内，卢俊义、公孙胜、孔明、孔亮。

吕方郭盛，孔明孔亮，宋江把这样四个武艺一般的亲信人物放在梁山最高权力机构，监视意味非常明显。而且这四人还有另外一个兼职。

吕方、郭盛是守护中军马军骁将；孔明、孔亮是守护中军步军骁将。

马军五虎将主要负责是四旱寨，其中关胜、呼延灼、秦明独自各守一寨，唯有林冲与董平共同镇守正西旱寨。

别看吕方、郭盛、孔明、孔亮的职务似乎不高，但马军的关胜、林冲等五虎将，步军的鲁智深、武松等将领尽管排名更高，但事实上悉数尽在宋江亲信的监视之下。

那么宋江另一亲信花荣呢？为了避开与五虎上将一起排名，宋江专门给花荣安排了八彪将第一位。有人说，吕方、郭盛武艺平平怎么能担当宋江护卫呢？其实，前面说了这两人只是眼线，宋江的贴身保镖是李逵，第一王牌正是花荣。

书中一直有言，谁谁谁立了什么功，宋江都让裴宣记录下来，搞得好像以后要论功行赏似的。但后来招安时，征辽国时，平田虎、方腊时，封官赏赐仍旧是按座次和排名来决定，执行任务所立的功劳在这时没发挥丝毫作用。

在梁山泊全伙受招安之时，天罡受赐金牌三十六面，红锦三十六匹；地煞受赐银牌七十二面，绿锦七十二匹。这里是两个阶级的区别。

打完方腊回朝见徽宗，封官时，先锋使另封，正将十员各授武节将军，诸州统制；偏将十五员，各授武奕郎，诸路都统领。

这个时候已经分成了三个阶级了，宋江、卢俊义一个阶级，其余天罡是一个阶级，地煞又是一个阶级。

封赏时，先锋使宋江、卢俊义，各赐金银一千两，锦缎十表里，御花袍一套，名马一匹。

正将一十员，各赐金银五百两，彩缎八表里。偏将一十五员，各赐金银三百两，彩缎五表里。还是分了三个阶级。

死去的弟兄们，正将封为忠武郎，偏将封为义节郎。

如果说地煞还有不满的话，那么喽啰兵就更惨了。且看两例。

一是在晁盖初上梁山之时，曾经劫了次道，所得赃物分配如下："每样取一半收贮在库，听候支用。"这是留作日常开支的50%。剩下的一半分做两份。厅上十一位头领均分一份，头领们平均每人得到25%/11=2.27%；山上山下众人均分一份，听听，上千人和十一个头领分得一样多。

除了收入之外，喽啰兵们也没有任何地位可言。话语权方面更是如此。当山寨宣布什么重大决定时，他们除了一个接一个举起山林一样的手臂之外，还能怎么样呢？

二是在打完方腊之后，喽啰兵们的安置如下：

"如愿为军者，赐钱一百，定绢十匹，于龙猛、虎威二营收操。月支俸粮养赡。如不愿者，赐钱二百，定绢十匹，各令回乡为民当差。"这就相当于现在的买断工龄了。

上面的钱没给单位，应该是"贯"。那么，我们去看一下宋江这厮"衣锦还乡"时，得了多少赏赐："上皇闻奏大喜，再赐钱十万贯，作还乡之资。"也就是说宋江仅仅是回一次乡，就是 10 万 /100=1000 个喽啰的生命。宋江只是回乡，而喽啰兵们则是还需要干一辈子的砍人工作。这份工作，一向是高风险低收入的。

中国历史上第一次大规模的农民起义领袖陈胜说："壮士不死则已，死即举大名耳，王侯将相宁有种乎？"

可是，一千四百年后的宋江，仍然在继续着这种阶级不平等。首先用"都头领"来区别自己与天罡们的阶级差别，然后再用"天罡"和"地煞"区别头领们的阶级差别，再用"头领"和"喽啰"来区别剥削阶级与被剥削阶级的区别。我们看看排座次时宋江说的：

"今非昔比，我有片言。今日既是天罡地曜相会，必须对天盟誓，各无异心，死生相托，吉凶相救，患难相扶，一同保国安民。"众皆大喜。各人拈香已罢，一齐跪在堂上。宋江为首，誓曰："宋江鄙猥小吏，无学无能。荷天地之盖载，感日月之照临，聚弟兄于梁山，结英雄于水泊。共一百八人，上符天数，下合人心。自今已后，若是各人存心不仁，削绝大义，万望天地行诛，神人共戮。万世不得人身，亿载永沉末劫。但愿共存忠义于心，同著功勋于国。替天行道，保境安民。神天察鉴，报应照彰。"

结合众好汉最后的结局，宋江的这番话，甚至可以说就是宋江一伙对大家的一次愚弄。

梁山大排名，是梁山各派系与势力的一次权利分红，或者叫分赃。也是宋江野心与奸诈权谋及厚黑手段一次淋漓尽致的赤裸裸的体现。

自此次排名之后。宋江的统治愈发牢固，亲宋江与拥护招安的势力空前强大。宋江得以毫无顾忌地鼓吹招安。

好汉们的最终下场

一百零八好汉聚义，本以为是跟随宋江反抗权贵，没想到最后却是跟着宋江效忠权贵。

而且他们大部分没能熬到打败方腊胜利班师，体验大哥宋江所描绘的"功成名就、官禄加身、封妻荫子"的美好愿景的实现。他们大都倒在了前往这一目标的路上。我们来看一下，他们的最终结局如何：

宋江。众所周知，被毒酒鸩杀，魂归蓼儿洼。机关算尽太聪明，自作自受，死有余辜。正所谓做人别太奸，头上有青天。

吴用。一生奸谋诡计，自缢于宋江墓前，可谓死有应得。按以前的评价，叫作：结束了他罪恶的一生。

卢俊义。被水银折坠了腰身，溺水而亡，可叹本为一豪杰，为宋江奸计所误，死得可惜可叹！不过这坠舟溺水的死法，倒和诗仙李白撞了个同款。

公孙胜。凭师父罗真人一句"遇幽而还"便脱队，自行退伍，没有参加征讨方腊，回蓟州继续修道去了。属于典型的见好就收。

关胜。征罢方腊做了大名府正兵马总管，顶替了另一"大刀"闻达之位，安排可谓巧妙。可惜竟因酒醉落马而故。将军百战身不死，一朝醉落马鞍亡。当真不给老祖宗长脸。

不管怎么样说，这属于领导层的几位都从战场幸存了下来。且看接下来。

林冲

征方腊后病逝于杭州六和寺，追封忠武郎。

秦明

与方腊之侄方杰大战，被方杰一戟杀死，后被追封为忠武郎。

呼延灼

战胜方腊班师回朝后，被封为御营兵马指挥使。

花荣

大哥宋江被高俅等害死后，与吴用一同在宋江墓前自缢身亡。这
又是何必呢？当真是想不开。

柴进

征方腊后授横海军沧州都统制，后辞官回乡，得以善终。看到了
吧？还是当老百姓保太平。

李应

征方腊后授中山府郓州都统制，后辞官回乡，重做富豪。

朱仝

征方腊后授保定府都统制，最终官至太平军节度使。

鲁智深

擒方腊后在杭州圆寂，追赠义烈昭暨禅师。

武松

征方腊后被封为清忠祖师，最后在杭州六和寺病逝，寿至八十。假
和尚到了还成祖师了，不知武都头酒肉之戒能持否？

董平

征方腊时因不擅步战，战死于独松关，追封忠武郎。

张清

征方腊时战死于独松关，追封忠武郎。

杨志

征方腊时病（风寒）逝于丹徒县，追封忠武郎。死于感冒，恐怕是
最窝囊的杨家将了吧。

徐宁

征方腊时在杭州被药箭射伤，最终死于秀州，追封忠武郎。

索超

在杭州死于方腊帐下大将石宝之手。

戴宗

征方腊后授兖州府都统制,后辞官到岳庙出家,最终大笑而终。

刘唐

征方腊时战死于杭州,追封忠武郎。

李逵

被老大宋江毒死,属于陪葬。

史进

征讨方腊时在昱岭关前中箭身死。

穆弘

征方腊时病死于杭州,追封忠武郎。

雷横

征方腊时战死于德清县,追封忠武郎。

李俊

征讨方腊结束,带着童威童猛费保等一班兄弟打造大船出海而去,最后做了暹罗皇帝。

阮小二

征方腊时在乌龙岭水路兵败自刎,死后追封忠武郎。

张横

征方腊时病死于杭州,追封忠武郎。

阮小五

征讨方腊时随李俊去诈降,却被娄丞相所杀。是梁山战死的最后一条好汉。

张顺

征方腊时战死于杭州涌金门,因"魂捉方天定"有功,追封金华将军。

阮小七

征方腊后被封为盖天军都统制,因穿着龙袍戏耍被剥夺官职,贬成平民，和老母亲回梁山泊石碣村打鱼去了，60 岁寿终。

杨雄

征方腊后病死于杭州，追封忠武郎。

石秀

在征讨方腊时在昱岭关被方腊帐下大将庞万春射杀，死后追封忠
武郎。

解珍

征方腊时战死于乌龙岭，追封忠武郎。

解宝

征方腊时战死于乌龙岭，追封忠武郎。

燕青

征方腊后退隐江湖。这真是洒脱风尘过此生。如花美眷，似水流
年，羡煞旁人啊。

朱武

征方腊后被封为武奕郎兼诸路都统领。

黄信

在征方腊之后幸存，被授武奕郎。

孙立

征方腊后幸存，仍归登州为官。

宣赞

征方腊时战死于苏州，追封义节郎。

郝思文

征讨方腊时，与徐宁率小队巡哨至杭州北门，被生擒至城中，最终
被碎剐而死，追封义节郎。

韩滔

征方腊时战死于常州，追封义节郎。

彭玘

征方腊时战死于常州，追封义节郎。

单廷珪

打歙州时中计，与魏定国一同摔入坑中，被伏兵所杀。

魏定国

征方腊时战死于歙州，追封义节郎。

萧让

征方腊前被蔡京留住。在蔡太师府中受职，作门馆先生。

裴宣

征方腊后授武奕郎、都统领，后返回饮马川，受职求闲。明智之举。

欧鹏

征方腊时战死于歙州，追封义节郎。

邓飞

征方腊时在杭州被石宝所杀，追封义节郎。

燕顺

征方腊时战死于乌龙岭，追封义节郎。

杨林

征方腊后授武奕郎，后前往饮马川，受职求闲。

凌振

征方腊后幸存，被火药局御营任用。

蒋敬

征方腊后授武奕郎，后辞官返回潭州为民。

吕方

征方腊时战死于乌龙岭，追封义节郎。

郭盛

在攻打方腊时，被乌龙岭山上掉下石头砸死。

安道全

征方腊中被皇帝调入宫中，做了御医官。

皇甫端

在梁山征方腊前被宋徽宗留在东京御马监，做了人间的弼马温。

王英

征方腊时战死于睦州，追封义节郎。

扈三娘

征讨方腊时，前往接应丈夫王英，被方腊部下郑彪所杀，追封花阳郡夫人。

鲍旭

征方腊时战死于杭州，追封义节郎。

樊瑞

征方腊后授武奕郎、都统领，后辞官出家，随公孙胜修道。

孔明

征方腊时病死于杭州，追封义节郎。

孔亮

征方腊时战死于昆山，追封义节郎。

项充

征方腊时战死于睦州，追封义节郎。

李衮

征方腊前被皇帝调走，驾前听用。征方腊时战死于睦州，追封义节郎。

马麟

征方腊时战死于乌龙岭，追封义节郎。

童威童猛

征讨方腊取胜返回时，因不愿做官，在苏州同李俊一起，从太仓港驾船远渡到暹罗国。

孟康

征方腊时在乌龙岭被火炮打死，后追封义节郎。

侯健

在征讨方腊时，因座船沉没，不识水性，在杭州外海被淹死。

陈达

征方腊时战死于昱岭关，追封义节郎。

杨春

征方腊时战死于昱岭关，追封义节郎。

郑天寿

征方腊时战死于宣州，追封义节郎。

陶宗旺

征方腊时战死于润州，追封义节郎。

宋清

宋江死后虽然获得承袭其名爵的权力，但宋清婉拒，只愿回家务农。同样是生活在一起的两弟兄，做人的差距咋就这么大呢？

乐和

征讨方腊前被王都尉调走，留守京都，加入了皇家歌唱团。

龚旺

在征讨方腊时战死。

丁得孙

征讨方腊时被毒蛇咬伤而死，死后追封义节郎。

穆春

征方腊后授武奕郎，后辞官返回揭阳镇。

曹正

征方腊时战死于宣州，追封义节郎。

宋万

征方腊时战死于润州，追封义节郎。

杜迁

征方腊时战死于清溪县，追封义节郎

薛永

征方腊时战死于昱岭关，追封义节郎。

施恩

讨方腊时在常熟落水而死，死后追封义节郎。

李忠

征方腊时战死于昱岭关，追封义节郎。

周通

征讨方腊时，在独松关被厉天闰杀死，死后追封义节郎。

汤隆

征方腊时战死于清溪县，追封义节郎。

杜兴

征方腊后辞官还乡与主人"扑天雕"李应一同做了富豪，善终。

邹渊

征方腊时战死于清溪县，追封义节郎。

邹润

幸存，最后被封为武奕郎。

朱贵

征方腊时病死于杭州，追封义节郎。

朱富

征讨方腊时病死在路途中。

蔡福

在征讨方腊时阵亡，死后追封义节郎。

蔡庆

在征方腊后返乡为民。

李立

征方腊时战死于清溪县，追封义节郎。

李云

征方腊时战死于歙州，追封义节郎。

焦挺

征方腊时战死于润州，追封义节郎。

石勇

在征讨方腊攻歙州时被王寅杀死。

孙新

征方腊后授武奕郎，返回登州。

顾大嫂

征方腊后封东源县君，返回登州。

孙二娘

征讨方腊时被杜微飞刀打中阵亡，死后追封旌德郡君。

张青

在征讨方腊的歙州之战时，在乱军之中战死，死后追封义节郎。

王定六

征方腊时战死于宣州，追封义节郎。

郁保四

征方腊时战死于清溪县，追封义节郎。

白胜

在征讨方腊的路途中病死。

时迁

征方腊后犯绞肠痧病死于杭州，追封义节郎。

段景住

征方腊时溺死于杭州外海，追封义节郎。

战死者计有 59 位；

归家为民者 7 人；

自然死亡 7 人（坐化的鲁智深和戴宗也归于此类）；

病死者 9 人；

归隐者 11 人；

意外死亡者（含溺毙蛇咬坠马）5 人；

未参加征讨方腊幸免者 5 人（其中安道全是中途召回）；

死于奸臣之手 3 人；

自杀 2 人（阮小二是因战败自刎，归为阵亡）。

《水浒传》在描述方腊行刑后有诗为证："善恶到头终有报，只争来早与来迟。"果报观念，可以说是前近代中国民众的普遍认识。而一部小说，在决定人物命运上，往往体现着创作意图。《水浒传》虽由施耐庵定稿，却是宋元之际众多说话人与书会才人参与的集体创作。众多好汉不得善终，但也有些好汉却享天年。其中的择别与取舍也许隐含着作者的理想寄寓与价值判断。既折射出普通民众的思想观念，也体现统治阶级的思想史的封建底色。

在百回本《水浒传》里，直到征方腊前，梁山好汉仍全伙在世，其后与方腊对垒时却接二连三地损兵折将。及至平了方腊，从杭州准备班师时，除此前回蓟州的公孙胜与留用京师的 5 人，还有 36 位好汉。在这些人中，宋江喝了御赐药酒，自知不久人世，唯恐李逵再反，将其骗来同饮，一起鸩死；吴用、花荣寻梦蓼儿洼，在宋江墓前双双自缢；卢俊义饮下钦赐毒酒，水银坠入肾脏，酒醉站脚不稳，淹死在淮河。这类俱非善终的下场，不仅宣告了"替天行道"梁山梦的幻灭，反映了小民百姓对污浊朝政的彻底绝望，同时传达了统治阶级主流思想，即绝不容许造反领袖与骨干有好下场。

班师前夕，鲁智深在六和寺听到钱塘潮信，应了"听潮而圆，见信而寂"的偈语，坐化圆寂。武松也随即出家寺中，他在睦州决战时断了左臂，尽管已成废人，小说却说他"至八十善终"。作为一种善终的类型，小说表彰于武松与鲁智深的，无疑是"放下屠刀，立地成佛"的止杀向善观念。成为对照，刚要起程，杨雄发背疮，时迁生搅肠痧，相继而死。林冲也患风瘫病，不能痊愈，留寺由武松照看，"半载而亡"，都未能入善终之列。

刚离杭州，燕青就劝旧主卢俊义"纳还原受官诰，私去隐迹埋名，寻个僻静去处，以终天年"。卢俊义自以为没有半点异心，执迷于衣锦还乡与封妻荫子，对昔日小厮"只恐主人此去无结果"的忠告置诸脑后。燕青不告而别，遗书宋江说："自思命薄身微，不堪国家任用，情愿退居山野，为一闲人。"他未雨绸缪，早有李师师代为讨得的赦书，终于遂其所愿。燕青之得善终，小说称赞他"可谓知进退存亡之机"，也寄托了普通民众对洞明世事、了身达命的朴素追求。

到苏州城外，李俊佯装中风，请求留下童威、童猛照看，表示一俟痊愈即赴朝觐。获准以后，他与二童赶往榆柳庄。在征方腊途中，李俊路过此地，与当地费保等四人太湖小结义，烛见到"太平本是将军定，不许将军见太平"的前景，约定"趁此气数未尽之时，寻个了身达命之处"。这次会合，他们不负旧约，造船出海，"自投化外国去了，后来为暹罗国之主"。

这一笔"谁知天海阔，别有一家人"的交代，转化为明清之际《水浒后传》的引子，但陈忱的续作把未死的好汉全拉进来，虽别有寄兴，却自作主张。《水浒传》只说李俊他们"自取其乐，另霸海滨"。这一善终类型，与《诗经·硕鼠》"逝将去汝，适彼乐土，适彼乐土，爰得我所"乐相一致，而且与孔子"道不行，乘桴浮于海"的理念一脉相承。你也不妨说他们在追求虚无缥缈的理想国或乌托邦。不得不说，却成为别具浪漫主义色彩的别样一笔。据百回本《水浒传》，征辽回京后，公孙胜请宋公明兑现前诺，放他归山，从师学道，侍养老母，宋江只得让他回蓟州跟罗真人学道去了。小说结末交代，神机军师朱武与混世魔王樊瑞后来同为全真先生，云游江湖，也去投奔公孙胜出家，三人都"以终天年"。这一善终类型旨在弘扬道教，即小说作者借罗真人之口说的"俗缘日短，道行日长"，"远绝尘俗，正当其理"。《水浒传》以诗句点赞他们："知几君子事，明哲迈夷伦。重结义中义，更全身外身。"在小说作者看来，李俊与燕青在行事方式上虽有不同，但都属于"知几明哲"的典型。不过，李俊的拓自己崭新天地却比燕青的如花美眷似水流年高出不止一个层次。如果说燕青的归宿更符合普通民众的心理，那么李俊的道路则应该是施耐庵的灵魂畅想与内心投影。

与公孙胜类似的还有戴宗。他夜梦道教神崔府君的勾唤，发了善心，交出官诰，赴泰安州岳庙，陪堂出家，虔诚礼敬。数月之后，与道伴作别，"大笑而终"。公孙胜、戴宗为代表的以道化人式的善终，与鲁智深、武松那样立地成佛式的善终，相辅相成，相得益彰，也可以揣摩出作者劝侑读者"安心向善"、莫因遭受不公而将心向恶的思想了。也就是命苦不要怨社会。

总梁山战死好汉之中，谁死得最惨呢？

便是井木犴郝思文。郝思文因其母亲怀他之前梦见井木犴投胎，因此绰号井木犴。郝思文精通十八般武艺，是关胜的好兄弟，上了梁山之后立下诸多功劳。在征方腊的杭州之战中，郝思文和徐宁一同率领哨队巡哨，遇到了方腊军队的突然袭击，奋力突围不成后，他被南军活捉入城，徐宁为救他中了毒箭，最终中毒而死。郝思文被俘之后，被方天定凌迟处死，首级被悬示于城头。

凌迟，即民间所说的"千刀万剐"。凌迟刑最早出现在五代时期，正式定为刑名是在辽；此后，金、元、明、清都规定为法定刑，是最残忍的一种死刑。共需要用 3357 刀，并且要在最后一刀处死罪犯，方算行刑成功，确实惨烈至极。而被砸成肉泥的刘唐和乱箭攒身的张顺虽然也堪称惨烈，但多少算是"落了个痛快"，没有一刀一刀受零碎（那可是三千多刀啊，听着心肝儿都颤）。

小说结尾也交代了征方腊前留京五人的结局，神医安道全在太医院继续做他的御用医官；紫髯伯皇甫端擅长相马，做了御马监大使；玉臂匠金大坚工于治印，在内府御宝监任职；圣手书生萧让在蔡京府中作门馆先生；铁叫子乐和在驸马王都尉府中做清客，"尽老清闲，终身快乐"。这五人之俱得善终，都有赖于怀揣一技之长。

民谚向来有所谓"积财千万，不如薄技在身"，"一招鲜，吃遍天"，只要有独门技艺，到哪儿都吃香，归宿也不会差。这一善终类型凸显的并非一般民众对专业人才的由衷推重，而是才为官家所用方为正道的封建思想。

《水浒传》末回说，小遮拦穆春回到揭阳镇乡中，"复为良民"。这就构成了善终好汉中的顺从良民类型，为数也最多。铁扇子宋清虽受了官爵，却只在乡中务农，奉祀宗亲香火，经营宋家庄院，将多余钱财散惠给下民。原来出身贵族的柴进也归入这种类型。他怕有人纠缠自己做过方腊的驸马，"自识时务"，纳还官诰，求闲为农，回沧州横海郡为民，自在过话，"无疾而终"。扑天雕李应受他启悟，也缴了官诰，返回故乡独龙冈村过活，与杜兴一起成为富豪，"俱得善终"。阮小七穿方腊皇袍事发，褫夺官诰，复为庶民，他却内心自喜，重返石碣村，依旧打鱼为生，奉养老母，"寿至六十而亡"，也算得上善终。一枝花蔡庆仍归北京大名府，未操押狱的老行当，而是"为民"。神算子蒋敬思念故乡，回潭州"为民"，却不知是否靠摆弄算子糊口谋生。独角龙邹润也不愿为官，"回登云山去了"，也是一般平民。

综观这类善终的好汉，实际身份大有差异，宋清、柴进、李应与杜兴应属于富民阶层；相比之下，穆春、蔡庆、蒋敬与邹润的财力地位略逊，但仍明显优越于渔民身份的阮小七。小说传达的主流理念十分明确：不管哪个阶层，只有做朝廷的顺民与良民，才有好果子吃。反过来说，朝廷如能给人一个过安生日子的天下，别说乡绅富民，即便阮小七那样的贫穷小民，也决不会揭竿而起的。

报效朝廷是梁山好汉善终的另一类型。美髯公朱仝先在保定府管军，后来大破金军，做到太平军节度使。镇三山黄信仍做他的青州兵马都监。病尉迟孙立带着妻小与兄弟孙新、顾大嫂夫妇，也回登州依旧做兵马提辖。铁面孔目裴宣与锦豹子杨林"受职求闲"，仍归饮马川。

所谓"求闲"，即只受虚衔，却不赴任，宋代官制里确有这样的特许。如果说这种"受职求闲"还算善终特例，那关胜与呼延灼却另当别论了。还朝以后，关胜在大名府任兵马总管，甚得军心，但小说写他操练回来，醉酒落马，得病身亡，仍没让他善终。至于呼延灼以御营指挥使领军抗金，虽大破金兀术，最后却阵亡淮西，虽死于抗金大业，也难算善终。

这两位赚上梁山的朝廷命将，虽受了招安，再归顺朝廷，之所以仍不得善终，作者也许隐然在其中贯彻了忠君报国的价值观。其原因或是他俩身份远较前几位下层武人为高，而覆案朱仝、黄信、孙立与裴宣等上梁山的经历也多有被逼与裹挟的因素，于是，在君臣纲常层面上，对关胜与呼延灼的道德审判也就来得更严峻、更苛刻。这与宋代新儒学砥砺忠义名节之风深入民间，深刻感染到这些俗文化的创作者也许是不无关系的。

假如不招安

读罢《水浒传》，许多读者都对宋江坚持招安，致使众兄弟折损大半的结局扼腕不已。我与许多读者有一个共同的猜想，就是梁山如果不招安会怎样？

那么首先晁盖不能死。如果晁盖没有死在曾头市，梁山会怎么样呢？

其实这个问题不难回答，花荣就可以给出答案。只要不像史文恭那样在箭杆上留下名字就可以了。对于神箭将军花荣来说，这就像球星射点球一样。射中是再正常不过，射不中才反常哩！有的读者可能会说，宋江敢于以下犯上，以老二的身份公然放倒老大夺取头把交椅吗？历史可以随意给出一连串现成的标准答案。刘邦是怎么干掉项羽的呢？李世民又是怎么干掉李建成（这还是亲兄弟呢）的？其实施耐庵就有亲眼看见的经历。

就是元末天完政权的血腥更迭史，不过天完政权的知名度不高，但是在施耐庵生活的年代里，天完政权可是大名鼎鼎。雄踞湖广的天完政权，由元末农民军领袖徐寿辉创建。徐寿辉为显示自己的强大，因而取名叫天完（在大上加一横，在元上加个宝盖头），天完政权想要震住大元。亦有解释是源于"大宋"，即大字加一横，宋字去木加元。这个政权曾多次痛击元朝，一度被看作一统天下的"最热门人选"。可作为"老大"的徐寿辉，却先被"老二"倪文俊架空，成了光杆司令。好不容易借助老部下陈友谅的力量除掉倪文俊，却转眼又被"新老二"陈友谅杀掉。"天完"的国号也被陈友谅改掉，变成了"汉"。

远在汉唐，近在施耐庵的眼前，都是活生生的例子。如果施耐庵笔锋一转，让晁盖在曾头市"死里逃生"，那么接下来梁山泊的命运，恐怕不会比天完政权好多少。

以宋江的野心和势力，以及吴用的阴险卑鄙，晁盖逃过史文恭这次这一箭，还能逃得过几次？他的后心，不知早已经被多少支箭瞄准了。而他不多的几个真心弟兄，要么昧着良心假装不见，要么步他后尘一起去也。收拾他们就不需要这么麻烦、遮遮掩掩的了。李逵会很乐意接受这个任务的，弄不好原来的朝廷军官之中还会主动站出来几个和李铁牛争呢。

如果梁山真的不走招安这条路，按现有的模式一路做大，那么以宋江的诡诈，必定发展成为独夫民贼。那样的话，太平天国诸王相残，溃于内乱的结局，就是梁山的模板。

那么梁山有没有可能走李自成的道路，演变成为一次真正的农民起义呢？

答案是不可能。梁山聚义，不是起义，更谈不上是农民起义，因为自始至终，梁山都不曾提出过一个革命口号，也从未将推翻赵宋王朝统治作为斗争目标。如果抠字眼的话，梁山其实连聚义都不算，顶多叫聚众，聚众行凶，因为他们聚到一起，不是为了什么"义"。冒充宋江强抢民女的王江盘踞在牛头山。这牛头山离梁山近在咫尺，却不见自吹除暴安良的梁山主动前去为当地群众除此一暴。足见梁山的替天行道根本就是鬼扯！这些人聚到一起，是为了行不法之事，聚众作恶，为犯罪增加力量和本钱，抑或聚集在一起以提高抗风险能力。仅此而已。

梁山初次招安失败，与孙悟空第一次上天庭，不堪养马受辱，又反下界，如出一辙。

梁山好汉们整日里痛骂朝廷腐败。可是我们可以从书中处处读到某某好汉，被问到为什么不上梁山时，都会回答：早想去投奔梁山，只恐无人引荐，不得收留。可见，上梁山要有关系有门路。而且上了山之后，混得怎么样，还得有背景、有靠山这样的潜规则，俨然一个小朝廷。这和他们口中痛骂的腐败的官府有什么区别？

如果宋江真的把斗争目标从"清君侧"调整为"清君"，那么支持他的恐怕只会剩下一直嚷着要"杀上东京，夺了鸟位"的李逵了。原先"为义气所感"而归降的朝廷武将们抛弃宋江反下山去，向朝廷立功赎罪简直是一定肯定以及确定的了。真起义造反，实际是一条高风险系数、低成功率的性价比极低的道路，必然不可能成为宋江、呼延灼、关胜们的选择。其实，在陈桥驿厢官私自克扣徽宗的赏赐，引得小卒怒杀厢官，宋江挥泪（虚伪之极）斩小卒之时，众好汉皆冷眼旁观竟无一人阻拦，这代表着梁山反抗意识的丢失。从这一刻起，梁山的脊梁就已经折断了，再也不可能竖起反旗了。

退一万步说，如果梁山真的坚持造反并成功了，他们做的也不太可能比原来的徽宗蔡京们更好。您是想让王英周通之流到地方上担任州县长官，更大的可能是他们只会比梁中书、蔡九知府等做得更坏，让百姓遭受更大的苦难。

大家可以回看李逵坐堂寿张县一章，黑厮演了一出闹剧。这里施耐庵也许是想写点轻松的内容，来个开心一刻；抑或是想表明，梁山好汉们根本不适合做官。

看《水浒传》，读好汉们如何英勇无敌，确实让人热血沸腾，但这大都是源自作者的生花妙笔和主角光环。然而归根到底，梁山集团仍然是一个以抢劫为生的犯罪团伙，尽管打出了替天行道的旗号，但终归是欺人自欺而已，装点门面罢了。

梁山从"排座次"开始，宋江隐为天子，吴用即为太师，就已经有了"小朝廷"的雏形，也开始了"卖官鬻爵"。而招安之后众人平王庆田虎，征辽讨方腊，其实根本不是为了报效朝廷博取功名，而是为了兄弟情义，追求同生共死。当然也可能是被社会接纳，受了国家诰命，"穿了锦袄子"（解珍解宝语），确实产生了一定的荣誉感与归属感，并多少对宋江坚持招安有了一定的理解，境界因而有所升华造成的。

那么如果不造反也不招安，就这么继续占山为王下去呢？

那还得问问方腊愿不愿意。宋江无法接受方腊的成功，甚至连面对都不行。因为如果方腊成功了，那么就证明招安不是最好的，至少不是唯一的出路。这是对宋江招安路线以及领导权威的巨大挑战。无论如何，宋江都要阻止这一情况的发生。方腊的成功将是宋江彻底的失败。所以梁山不管招不招安，宋江和方腊都必有一战。即便不做官兵，但恐怕梁山的战绩仍提高不了多少，武松的胳膊以及弟兄们的性命还是保不住。

大家可能一直忽略了一个问题，就是经济因素。其实，经济因素才是梁山不得不选择招安的主要原因。

起初的梁山队伍并不是很大，靠着简单粗暴的掠夺方式足以让他们生活得很好。但是随着队伍的扩大，梁山的经营管理方式还是老样子，只不过是多了几个山头而已。但是平日的开支确实越来越多，除了生活所需，还有对外军事行动产生的费用，这加起来可是一笔不小的开支。我们知道梁山好汉们是不从事农业生产的，最多也就是会动手打一些野味之类的。而他们经营的酒店也是没什么实际性的收入，大都是负责"邀接来宾"。那么梁山的收入从哪里来呢？连块巴掌大的田地都没有，其实很简单，就是靠打劫获取财物。梁山这种获取财物的方式自始至终都没有改变过，但是单靠这样的方式根本不长久。

首先梁山好汉所能触及的范围十分有限，打劫来打劫去就是在这么点地方之内。其次他们打劫的对象虽是官吏豪强，但是长此以往，会导致能够被打劫的对象越来越少，而且这些官吏豪强也不是傻子，次次栽到你们手上。这样下去，梁山这门来钱快的"生意"必定会枯竭。所以梁山才频频去打祝家庄之类村坊的主意，打着杀富济贫的旗号，打劫平民老百姓，但是从三打祝家庄的艰难就可以知道，其实这也并不容易。付出的成本一点也不低。而且也不是所有的村镇都像祝家庄、扈家庄一样富庶！吃大户可以，但大户也不是到处都有，随便你吃。而人最根本的需求就是能够生存下去，若是导致生存都出现了问题，那么就会为了生存资源而展开抢夺。官吏豪强都打劫不成了，但是生活还要继续下去，梁山众兄弟怎么办？那只能开始打劫老百姓了，不然的话就会饿死。而这样一来，梁山好汉所谓"替天行道、忠肝义胆"的名声就全都搞坏了，直接成了打家劫舍的盗匪。昔日的受百姓尊敬的好汉，就会成为人人痛恨的贼寇，这样下去就会直接走向自取灭亡的道路，他们更会背负骂名，受人唾弃，将永远为社会所拒绝。

因此，宋江不走招安这条道路，哪还有其他什么路可走呢？这应该是梁山好汉能够走得最好的一条道路，虽然最终下场都不是很好，但这与操作不当有着直接关系。如果在招安过程中早做安排，留有后手，结局应该不至于这么惨。本来，这应该是一向诡诈的宋江吴用所擅长的。然而，宋江连个县城的小小押司都干不好，真到了庙堂之上，让他和高俅蔡京们比拼政治手腕，还不让人家玩死？

　　而且，即便几大奸臣不谋害宋江他们，梁山好汉们也不可能真的被统治集团所接纳。他们脸上的金印可以祛除，但在人们心中是抹不掉的。不仅朝廷官员骂他们是贼寇，方腊的手下也骂他们是草寇，尽管这些人和他们曾经走的是相同的路。宋江之前的经历说明，他只能在县乡一级吃得开，很会搞基层关系，就是比较会来事。但层次一高就玩不转了，也就是不适合过高级政治生活。并非招了安就万事大吉，天子的金銮殿怎是忠义堂可比？

　　归根到底，施耐庵只给梁山留了招安一条路。

后　记

　　《水浒传》是一部什么样的书？屡有不同见解，不同的时代各有不同评论。不论如何，樵人以为《水浒传》首先是一部好书。一部《水浒传》置于案头、枕边多年，经近来复又认真深入参读，历数年查集资料，开始将心得略做叙述。自 2018 年初开始动笔，其间于 2018 年 9 月突然因病住院，致使写作中断半年，后终因对《水浒传》情愫不灭，于病床之上，夜以继日，拙作今幸而小成。对医生护士们精心治疗、家人悉心照料，以及亲友们的大力鼓励支持，表示由衷感激之情。

2019 年，暮冬涂月于

徐州雍景新城